박재영 新무협 판타지 소설

# 흑첨향
### 黑恬鄉
꿈속의 세계

7

## 흑첨향 7
박재영 新무협 판타지 소설

초판 1쇄 찍은 날 / 2003년 2월 12일
초판 1쇄 펴낸 날 / 2003년 2월 20일

지은이 / 박재영
펴낸이 / 서경석

편집장 / 문혜영
편집 / 장상수 · 박영주 · 김희정 · 유경화
마케팅 / 정필 · 강양원 · 이선구 · 김규진 · 홍현경

펴낸곳 / 도서출판 청어람
등록번호 / 제1081-1-89호
등록일자 / 1999. 5. 31
어람번호 / 제2-0183호

주소 / 경기도 부천시 원미구 심곡1동 350-1 남성B/D 3F (우) 420-011
전화 / 032-656-4452 팩스 / 032-656-4453
http://www.chungeoram.com
E-mail § eoram99@chollian.net
ⓒ 박재영, 2001

값 7,500원

ISBN 89-5505-198-0 (SET)
ISBN 89-5505-612-5 04810

※ 파본은 본사나 구입하신 서점에서 교환하여 드립니다.
※ 저자와 협의하여 인지를 붙이지 않습니다.

# 흑첨향

박재영 新무협 판타지 소설

7 완결

黑甛鄉
꿈속의 세계

도서출판
청어람

목     차

제1장  용(龍)의 권족들 / 7
제2장  격돌(激突) / 31
제3장  탈환(奪還) / 59
제4장  수련(修鍊) / 93
제5장  악녀(惡女) / 121
제6장  소멸(消滅)의 힘 / 149
제7장  용(龍)의 무덤 / 179
제8장  풍운무림(風雲武林) / 203
제9장  은빛의 공포 / 229
제10장  추적과 역추적 / 247

# 제1장
# 용(龍)의 권족들

광정(光晶)이란 곧 도가에서 말하는 양신(陽神)을 의미한다.

운기를 오래 한 사람은 선태(仙胎)를 지니게 된다. 이 선태가 출신(出神)의 행으로 자라 종내 또 하나의 자신을 만들어내는 바 그것이 바로 양신이다.

사람들이 법신검에 대해 알고 있는 것은 극히 단편적인 것에 지나지 않았다.

법신검은 정형화된 형체가 있는 검(劍)이 아니다. 또한 법신검에는 역대 전승자들의 의지가 담겨져 있어 스스로 주인을 선택할 뿐 남이 그것을 빼앗을 수는 없다. 게다가 극품(極品)의 신체를 지닌 사람만이 법신검을 받아들일 수 있었다.

수많은 세월을 이어오면서도 전승자가 몇 명 되지 못한 이유는 법신검을 받아들일 신품을 지닌 후예가 드물었기 때문이다.

능비령이 자신의 마음속에 들어가 역대 법신검 전승자들을 만난 직후, 서로의 의식(意識)이 한데 뒤섞이기 시작했다.

역대 전승자들은 자신들의 의식을 능비령의 의식 속으로 빠르게 흘려 넣었다.

능비령은 이내 역대 전승자들과 의식을 공유하게 되었지만 그것은 매우 선별적인 것이었다.

법신검의 역대 전승자들은 오랜 세월을 통해 경험으로 터득한 밀법과 지식들을 능비령의 의식 속에 흘려넣은 뒤 다시 무의식의 영역으로 물러났다. 그들이 능비령으로 하여금 의식의 일부만은 공유하게 한 것은 서로의 자아(自我)가 뒤섞이는 것을 방지하기 위해서였다.

능비령은 문득 한 가지 생각을 떠올렸다. 예전에는 전혀 모르고 있던 일이 이제는 그의 지식이 되어 마치 처음부터 알고 있던 내용처럼 머리 속에 떠올랐다.

'처음 법신검을 만들어낸 것은 용의 권족 중 한 명인 금왕(金王)이었다. 그는 육체를 지닌 채 윤회(輪廻)되는 것을 포기하고 광정을 남겼다. 그 광정이 있었기에 법신검이 계속 세월을 건너뛰며 전승될 수 있었던 것이다.'

능비령은 자신의 머리 속에 자연스럽게 떠오르고 있는 지식을 반추했다. 이제는 그 자신의 지식이 되어버렸지만 원래는 역대 전승자들의 지식이었다.

'금왕이 남긴 광정은 일종의 수레 역할을 했다. 법신검의 전승자들은 그 수레에 올라타 긴 세월을 흘러올 수 있었던 것이다.'

대체적인 불사성(不死性)…

윤회전생(輪廻轉生)… 영겁회귀(永劫回歸)…….

불가에서 말하는 윤회(輪廻)란 전생(轉生), 재생(再生), 또는 유전(流轉)이라고도 한다. 생명이 있는 것은 죽어도 거기서 그치는 것이 아니라 다시 태어나 생이 반복됨을 말한다.

생명이 윤회하는 세계로는 지옥, 아귀(餓鬼), 축생(畜生), 아수라(阿修羅), 인간, 하늘의 육도(六道)가 있는 바, 행위로 인해 쌓여진 업(業)에 의해 다시 탄생되는 세계가 결정된다 한다.

윤회에서 가장 중요한 것은 다시 태어날 때 전생(前生)의 기억을 모두 잊는다는 것이다.

용(龍)의 권족이라 불리는 종족에게도 죽음은 어김없이 찾아온다. 문제는 그들이 다시 태어날 때 전생의 기억을 모두 지니고 태어나는 데 있었다.

모든 생명체는 끝없이 윤회하면서도 전생을 기억하지 못하는 반면 용의 권족들은 모든 무공과 밀법 등의 지식(智識)을 고스란히 지닌 채 윤회하는 것이다.

때로는 잠시 전생을 기억하지 못할 때도 있지만 각성하는 순간 그 아득한 세월을 윤회하면서 터득한 지식과 힘을 되찾는다. 해서 그들은 모든 생명체 중에서 가장 강할 수밖에 없었다.

'전생을 모두 기억한다는 것은 영원히 살아 있는 것과 마찬가지이다. 이계칠군은 너무도 아득한 세월을 생존해 왔기에 무료할 수밖에 없었다. 해서 그들은 세상의 일을 간섭하기를 즐겼는데, 그들로서는 단지 무료함을 달래는 유희(遊戱)에 불과했다. 문제는 그 유희가 천리(天理)를 역행한다는 것이다. 그 때문에 이계칠군은 소멸되어야 한다.'

능비령이 눈을 떴다.

역대 법신검 전승자들의 의식을 공유한다는 것은 수많은 무공과 밀법, 지식과 경험을 함께 공유함을 의미했다. 그는 너무 많은 비밀을 알았지만 필요하지 않을 때는 그것들을 봉인하는 방법도 알았다.

다음날부터 능비령은 혈무연의 내원에 틀어박혀 음에 대해 공부하기 시작했다. 내원은 늘 한적하기 이를 데 없어 방해받지 않고 음을 익히기에는 최적의 장소라 할 수 있었다.

사해마종 천숙보는 문의 일이 바빠 내원에 들어오는 일이 거의 드물었다. 때문에 내원에는 천자재와 무성 율도극, 그리고 능비령, 단 세 명만이 기거하는 것이나 마찬가지였다.

능비령이 음을 익히는 방법은 다소 특이했다. 그는 천소악부를 뒤적이면서도 첫 장의 마음을 다스리는 비결에 더 많은 시간을 할애할 뿐 그 뒤의 악보들에는 무관심해 보였다.

또한 그는 사해마종 천숙보가 빌려준 칠현금을 탄주하면서 늘 일곱 개의 현(絃) 중 단 한 개의 현만을 뜯었다.

사실 현을 뜯는 것은 단지 보조 수단이었다. 그는 단 한 줄의 현을 퉁기며 그 속에 마음을 담기 위해 노력했다.

그는 때때로 무성 율도극이 즐겨 찾는 가산으로 칠현금을 들고 가 탄주하기도 했는데 역시 늘 단 한 줄만 퉁길 뿐이었다.

단조롭기 이를 데 없는 일상이 이어졌다.

무성 율도극은 늘 가산의 바위 위에 쪼그려 앉아 담을 바라보고 있었고 천자재는 그런 율도극의 옆에 서서 종알종알 말을 걸거나 젖은 면건으로 얼굴과 손발을 닦아주는 등 이것저것 세밀하게 보살펴 준다.

능비령은 그들과 삼 장 정도 떨어진 곳에 자리 잡고 앉아 명상에 잠

기거나 칠현금을 탄주했다.

시간이 정지된 장소라고 할까?

실제로 시간은 빠르게 흘러가고 있었지만 세 사람은 시간이 정지된 것처럼 늘 같은 생활을 반복했다. 그러면서도 능비령을 비롯해 어느 누구도 무료하게 여기지 않았다.

한 달이 지났을 때 능비령은 음에 자신의 마음을 담을 줄 알게 되었다. 그리고 다시 열흘이 지났을 때 그는 단 한 줄의 현만으로도 음의 고저장단을 만들어내 곡(曲)을 완성하는 방법도 알게 되었다.

비록 단 한 줄밖에 없는 일현금이었지만 능비령은 끝내 고요한 깊이가 있는 소리를 낼 줄 아는 경지에 이르렀다.

그때부터 능비령은 가산의 바위 위에 쪼그려 앉아 있는 무성 율도극을 향해 탄주하기 시작했다.

인간의 무의식 속에는 수백 수천 개의 닫혀진 방이 있었다.

능비령은 한 번 경험한 적이 있어 이제 더 이상 율도극의 무의식 속으로 들어가려는 시도는 하지 않았다. 그 대신 굳게 닫혀진 무의식의 방 어딘가에 숨어 있는 율도극의 마음을 음(音)으로 끌어내는 방법을 찾고 있었다.

능비령은 자신의 마음을 음에 담아 무성 율도극의 마음을 향해 탄주했다. 현은 단 하나뿐이었지만 그의 음률에는 인간의 모든 감정이 담겨져 있었다.

한 사람은 탄주하고, 또 한 사람은 듣는지, 듣지 않는지 아무런 표정 변화가 없다.

변함없는 일상이 반복되며 다시 열흘이 지났다. 무성 율도극에게서는 여전히 아무런 변화가 없었다.

능비령은 실망하지 않았다. 서두르지 않고 조금씩 그의 무의식의 닫혀진 방들을 두드리다 보면 언제고 그 방문들이 열릴 것이라고 확신하고 있기 때문이었다.

혈무연에 도착한 지 정확히 두 달째 되는 날 능비령은 오랜만에 혈무연 내원을 벗어나 용천의 저잣거리로 나섰다.

그는 원래 저잣거리를 구경하는 걸 무척 좋아했지만 이번만큼은 주위를 두리번거리지 않고 곧바로 저잣거리 한쪽의 장인촌(匠人村)을 찾아갔다. 대장간과 화방(畵房), 그리고 칠현금을 만드는 공방(工房) 등이 한 군데 모여 있는 곳이었다.

능비령은 이미 천자재에게 자세한 위치를 물어두었기에 이내 악기를 만드는 공방을 찾을 수 있었다.

"검에다 현(絃)을 연결시켜 달라고 하셨습니까?"

"예. 일현금(一絃琴)을 만들고 싶습니다."

칠현금을 제작하는 공방은 규모가 매우 작아 일하는 사람이라고는 육십이 넘은 노인 한 명뿐이었다.

키가 왜소하고 주름이 깊은 노인은 평생 칠현금만을 만들며 보낸 진정한 장인(匠人)이었는데 한눈에 보기에도 고집이 세 보였다.

노인은 누가 말을 걸어도 어지간해서는 입도 열 것 같지 않은 태도였지만 능비령이 홍로검을 내밀자 흥미를 느낀 눈빛이었다.

"음… 검에 현을 매달아 일현금으로 만들어달라는 말은 평생 처음 들었소이다."

노인은 홍로검을 빼 들고 이리저리 살피며 능비령의 요구가 흥미롭다는 듯 눈을 빛냈다.

홍로검은 전체가 만년온옥으로 만들어진 검이었다. 그 자체의 가치만 해도 어지간한 성(城)을 하나 살 수 있을 정도의 귀한 보물이었다.

하지만 노인은 그 엄청난 보물은 대하고도 별반 놀란 기색이 아니었다. 노인은 홍로검의 가치보다는 그 검에 한 줄의 현을 묶어 일현금으로 만드는 것에 더 흥미를 느낀 듯했다.

"음… 검신에 홈을 파서 일현금으로 사용하지 않을 때는 현이 검신 속으로 파묻히게 하면 검을 사용할 때도 문제가 없겠지만, 소리가 울리게 하려면 어떻게 해야 하나……?"

노인은 홍로검을 이리저리 살피며 혼자 중얼거리기 시작했다. 이미 앞에 서 있는 능비령에 대해서는 까맣게 잊어버리고 새로운 작품을 구상하는 데 정신이 팔린 태도였다.

"삼 일 뒤에 다시 오겠습니다."

능비령이 몸을 돌렸다. 노인은 여전히 자신의 생각에만 빠져 있어 대답조차 하지 않았다.

삼 일 뒤 능비령이 다시 공방을 찾았을 때 노인이 내민 것은 홍로검의 검집이었다.

"알고 보니 이 검에는 밀법이 심어져 있디군요. 검에 상처를 내면 그 밀법들이 모두 파괴되어 검의 위력이 손상됩니다. 해서 검집에 현을 달았습니다."

검집을 받아 들며 능비령은 크게 놀라지 않을 수 없었다. 노인이 홍로검에 밀법이 심어져 있다는 것을 알아볼 줄은 미처 예상도 하지 못했다.

노인이 내민 검집을 살펴보자 과연 한 줄의 현이 묶여 있었다.

검집의 중앙 부위에는 동그랗게 구멍이 뚫려 있었다. 검집의 빈 공간으로 음이 흘러 들어가 공명(共鳴)할 수 있도록 만들어놓은 구멍이었다.

"검을 집어넣은 상태에서도 음이 공명되도록 검집 안의 공간을 넓혀 놓았으니 검을 꺼내지 않고도 탄주할 수 있을 것입니다."

띠잉…….

능비령은 시험 삼아 현을 퉁겨보았다.

칠현금에 비해 공명음이 작았다. 하지만 하나의 악기로서 전혀 손색이 없었을 뿐만 아니라 음이 검집 안의 빈 공간을 휘돈 후 다시 흘러나오는 과정에서 더욱 신비한 공명음을 연출해 내고 있었다.

"훌륭하군요."

능비령은 검집을 이용해 일현금을 만들어준 노인의 솜씨에 진정으로 감탄했다. 노인 역시 이 세상에는 존재하지 않는 일현금을 만들었다는 자부심 때문에 무척이나 흐뭇해하는 표정이었다.

잠시 후, 혈무연의 내원으로 돌아와 자신의 거처로 들어서려던 능비령은 크게 놀라지 않을 수 없었다.

천자재와 무성 율도극은 평소와 마찬가지로 가산에 서 있었는데 그 옆에 한 사람이 더 있었다.

천자재와 마치 친자매인 양 깔깔거리며 재미있다는 듯 다정하게 이야기하고 있는 궁장소녀, 풍성한 궁장이 마치 어른의 옷을 빌려 입은 듯 보이고 아이답지 않게 화장이 짙어 언뜻 보기에는 만들어진 인형 같기만 하다. 바로 천녀문의 문주였다.

'은왕(銀王)이다!'

능비령은 한눈에 궁장소녀의 본성을 알아보았다. 이미 역대 법신검 전승자들의 지식을 공유하고 있기에 가능한 일이었다.

궁장소녀가 능비령에게 다가왔다. 적의를 찾아볼 수 없는 부드러운 눈빛이었다. 오히려 그녀는 능비령에게 다가오며 공포를 억누르고 있는 태도였다.

"법신검이 깨어났나요?"

궁장소녀는 자신을 소개하지 않았다. 사실 용의 권족들에게 이름 따위는 무의미했다. 그녀는 단지 은왕일 뿐, 아득한 세월을 윤회되면서 너무도 많은 이름으로 불려왔기에 스스로도 누구라 소개해야 할지 알지 못했다.

"그렇소."

"역시 그랬군요."

또다시 궁장소녀, 은왕의 눈 깊은 곳에 공포의 빛이 스쳐 갔다. 하지만 그녀는 공포를 억누르고 능비령을 직시하며 입을 열었다.

"난 스스로 감히 법신검을 찾아왔지만 소멸되고 싶지는 않아요. 그래서 당신의 자비를 구하기 위해, 당신을 위해 사문정생을 죽였으니 내 부탁을 들어주세요."

"사문정생을 죽인 사람이… 당신이었단 말이오?"

능비령은 서국의 군주 사문정생을 막능여가 죽였으리라고 추측하고 있었다. 한데 시국의 실질적인 배후인 천녀문의 문주가 그를 죽였다니 실로 뜻밖의 일이 아닐 수 없었다.

"솔직히 말하면 내 손으로 사문정생을 죽일 수밖에 없었어요. 그가 살아 있으면 곤오극이 계속 함허서원에 머물러 있을 테고, 그렇게 되면 적왕 역시 떠나지 않을 테니까요."

"곤오극……?"

"태방시원의 장문인이죠. 아! 아마 당신은 막능여라는 이름만을 알고 있겠군요."

'막 형님의 본명이 곤오극이었구나.'

능비령의 내부에서 법신검의 기운이 들끓기 시작했다. 잠들어 있던 법신검 역대 전승자들이 깨어나 눈앞의 은왕을 소멸시키라고 말하고 있었다.

능비령은 자신의 의지와는 관계없이 뛰쳐나갈 듯 폭주하고 있는 법신검의 힘을 억눌렀다.

은왕의 방문은 그로서는 예상 밖이었다. 그녀가 찾아온 이유가 궁금했다.

"날 찾아온 이유가 무엇입니까?"

능비령이 법신검의 기운을 억누르고 인간 능비령으로서 질문을 던지자 궁장소녀가 안도의 한숨을 내쉰 후 입을 열었다.

"난 적왕과 싸우면서 내 각성이 불완전하다는 걸 알게 되었어요. 힘의 일부를 기억하지 못해요. 그 이유를 알고 싶어요."

"당신 스스로 기억을 지웠소."

능비령은 고개를 끄덕이며 대답했다. 그가 은왕에 대해 알고 있을 리는 없었다. 법신검 전승자들의 지식이었다.

전생을 모두 기억한다는 것이 반드시 축복이라고만 할 수는 없었다. 오히려 그것은 천형(天刑)이기도 했다.

사람이 태어나 한 인생을 살다 보면 사랑하는 사람도 생기고 아이도 낳게 된다. 정(情)에 빠질 수밖에 없는 것이다. 용의 권족들은 죽어도 다시 태어나지만 그가 정을 준 다른 생명체들은 유한한 생(生)을 지녔기에 그 정(情)을 이어갈 수 없었다.

은왕은 매번 윤회될 때마다 전생의 기억 때문에 고통받는 것이 싫어 스스로 기억의 일부를 지웠다. 하지만 그 과정에서 능력의 일부마저 지워진 것이다.

"그랬군요."

은왕이 고개를 끄덕였다.

후회하는 표정은 아니었다. 능력의 전부를 되찾지 못한다 하더라도 전생을 낱낱이 기억하는 일을 포기하는 게 낫다는 태도였다.

궁장소녀, 은왕이 돌아가려고 몸을 돌리는 순간 능비령의 전신에서 해일처럼 거대한 힘이 일어났다.

"법신검의 사명은 이계칠군을 소멸시키는 것이오. 당신을 보내줄 수 없소."

은왕이 고개를 돌려 능비령을 바라보았다. 예상과는 달리 오히려 담담한 눈빛이었다.

"결국 나를 소멸시키겠다는 건가요?"

"전생을 기억하지 않겠다고 약속해 주시오. 그렇다면 소멸시키지 않겠소."

현재의 능비령은 능비령으로서 말하는 것이 아니었다. 그는 법신검 전승자들의 의식으로 은왕을 상대하고 있었다.

은왕의 눈에 의아해하는 빛이 솟아났다.

"단지 약속만 하면 돌아가도 된다는 건가요?"

"말에는 힘이 있소. 그것을 일러 언령(言靈)이라 하오. 특히 용의 권족들이 한 약속은 그 자체로써 스스로도 거부할 수 없는 힘을 지니게 되오."

"약속을 한 순간부터 나는 다음 생부터 전생을 기억하지 못하게 되겠군요. 물론 당연히 모든 지식과 힘도 기억해 내지 못할 테고."

은왕은 잠시 동안 대답하지 못했다.

그녀의 표정이 수시로 변화되고 있어 그녀가 내심으로 극심한 갈등을 겪고 있음을 알 수 있었다.

"휴우……! 오랜 세월 동안 스스로 질문하면서도 대답을 구하지 못한 문제였어요. 이런 식으로 영생을 누리는 것이 과연 행복한 삶일까 하고 말이에요."

잠시 후 그녀의 입에서 긴 한숨이 새어 나왔다.

그녀의 독백이 이어졌다.

"다시 태어나 각성할 때마다 전생의 일이 기억나 괴로웠어요. 전생에서 이루지 못한 일들에 대한 아쉬움에 사로잡혀 새로 태어난 인생조차 의미없이 보낼 때가 한두 번이 아니었어요."

"결심을 했소?"

능비령의 마음속에 있는 법신검 전승자 중 한 명이 독촉을 했다.

은왕이 고개를 끄덕였다.

"좋아요, 약속하겠어요. 나는 다시 태어나도 전생을 기억하지 않을 거예요."

그녀의 대답과 함께 능비령의 의지를 밀어내고 대신 상대하던 법신검 전승자가 아득한 무의식의 영역 속으로 사라져 버렸다.

능비령이 문득 은왕을 바라보았다.

"이건 개인적인 부탁인데 들어주시겠소?"

은왕은 이미 능비령이 본래의 능비령으로 돌아온 것을 알고 있었다. 그녀가 고개를 끄덕이자 능비령은 숫기없는 소년처럼 뒤통수를 긁적이며 입을 열었다.

"천녀문을 해체시키면 안 될까요? 난 무엇 때문에 그런 문파를 만들었지 이해할 수 없습니다. 언제고 딸이 부친을 죽이고 아내가 남편과 대적하게 될지도 모르는 그런 문파가 왜 계속 이어져 내려와야 하는지 정말 이해할 수 없습니다."

무림의 긴 역사 동안 천녀문이 무림에 모습을 드러낸 적은 단 한 번도 없었다.

원래 흩어져 있는 흑첨향 서국을 하나로 묶은 인물은 바로 은왕이었다. 은왕은 아득한 세월 이전에 천녀문을 창설했지만 그 힘을 사용한 적은 없었다.

은왕이 고개를 끄덕였다. 지금의 은왕은 원래의 기억을 모두 지니고 있지 못했다. 때문에 스스로 천녀문을 창설한 이유도 이미 잊어버린 상태였다.

"천녀문은 해체될 거예요. 어차피 지금의 생에서 내가 죽게 되면 자연적으로 해체되지요. 하지만 그대 부탁대로 내가 살아 있을 때 천녀문을 해체하겠어요."

능비령이 보기에 은왕은 지쳐 있는 듯했다. 너무도 아득한 세월을 살아왔다는 것 자체에 실증을 느낀 게 분명했다.

"적왕을 조심하세요. 인간 세상에는 혈왕이라고 알려져 있는 존재예요. 그는 스스로도 혈왕이라 불리는 걸 좋아할 정도로 호전적이에요."

능비령이 고개를 끄덕였다.

적왕은 그 호전성 때문에 법신검 이대(二代) 전승자에 의해 봉인된 상태였다. 너무도 강해 소멸시키지는 못하고 단지 더 이상 윤회되지 못하게 막았을 뿐이었다. 그 봉인을 풀고 적왕을 이 세계로 끌어낸 사람은 바로 공주 주선이었다.

늘 같은 모습이었다.
 허리까지 늘어진 칠흑 같은 장발, 여인보다 고운 흰 피부에 조각해 놓은 듯한 얼굴…
 사내는 같은 장소에서 언제나 칠현금(七絃琴)을 뜯고 있었다.
 그에게는 존재감이 있었다.
 태산의 정상 한쪽, 아득한 낭떠러지 끝에 돌출된 암반 위에 앉아 있는 그의 모습은 벼랑 끝에 매달려 있는 한 점(點)에 지나지 않는다. 하지만 그는 그 거대한 벼랑과 그 벼랑이 속해 있는 산정(山頂)까지, 심지어 그 주변의 모든 공간을 지배하고 있는 듯한 거대한 존재감을 풍겨내고 있었다.
 착각이었을까?
 천패공 조확은 그 거대한 존재감에 숨이 막히는 듯한 압박감을 받았다가 깜짝 놀라 다시 눈을 드니 사내는 벼랑 끝에 앉아 있는 왜소한 존재로 자연에 속해 있을 뿐이었다.

대략 이십 대 초반 정도 되었을 것 같다. 하지만 다시 보니 그보다 훨씬 나이가 많을 듯한 경륜이 엿보이는 얼굴이었다. 그러면서 또한 보기보다는 어린 듯한 느낌을 주기도 하는, 나이를 추정하기 힘든 얼굴이었다.

전율스러운 아름다움……

어둠처럼 짙은 흑의를 걸친 사내는 여인인지 사내인지 구분이 되지 않을 정도로 아름다웠고, 또 신비스러워 보인다.

천패공 조확은 사내의 등 뒤에 멈춰 선 뒤 문득 뒤를 돌아보았다. 그가 올라온 방향 저 아래쪽으로 거대한 십승관의 전경이 보였다.

아름답고 신비한 선율이 사내의 무릎 위에 올려져 있는 칠현금에서 흘러나오고 있었다. 그 음률은 너무도 환상적이어서 이 세상의 음률 같지가 않았다.

"이림이 왼팔을 잃었다고 했습니까? 정말 믿기 힘든 일이군요."

흑의사내는 탄주를 멈추고 일어서서 조확을 향해 몸을 돌렸다.

단아한 얼굴과 깊은 눈빛에 천패공 조확은 다시 전율했다. 그는 백 번을 죽었다가 다시 태어나도 흑의사내의 아름다움과 고요함을 지니진 못할 것이라 생각했다.

"왼팔을 잃은 것이 충격이기는 하겠지만 그 때문에 법신검을 추적하는 일을 그만둔 것은 아닙니다."

"그렇다면 이림은 왜 움직이지 않을까요?"

"누군가가 자신의 미래를 읽고 그것을 바꿨다는 것을 알았기 때문입니다."

"이림의 미래를 바꾼 사람이 과연 누구였을까요?"

천패공 조확은 흑의사내와 입을 열어 이야기를 할 필요가 없었다. 상대는 이미 그의 마음의 파장을 읽고 있어 입을 열어 이야기한다는 것이 무의미했다. 그가 때때로 입을 열어 질문을 던지는 이유는 단지 서로 대화하는 느낌을 갖고 싶기 때문이었다.

"나도 아직 그가 누군지 모릅니다. 단지 우리 종족이 아니라는 것 정도만 알고 있습니다. 참으로 놀라운 일이지요."

천패공 조확이 흑의사내를 만난 것은 이미 10년 전이었다. 그는 그때도 지금과 똑같은 모습을 하고 있었다.

그는 스스로를 백룡(白龍)의 후예, 백왕(白王)이라 했으며 천패공 조확으로 하여금 그가 인간과 다르다는 것을 믿을 수밖에 없는 능력을 보여주었다.

사형인 무성 율도극으로 하여금 십승관을 떠나도록 조작한 것도 그였고, 이림을 포섭해 수령무를 맡기게 한 것도 그였다. 결국 천패공 조확이 용성의 성주가 되어 십승관을 물려받을 유력한 후계자가 될 수 있게 만들어준 것도 바로 눈앞의 흑의사내였다.

"내 목적은 하나입니다. 같은 능력을 지니고 있는 우리 종족들 중 단 하나만이 남는 것……. 물론 최후의 생존자는 내가 되어야 하겠지요."

태초에 만물이 생겨날 때 용(龍)이 아홉 종을 낳았으되 그 아득한 세월을 내려오면서도 소멸된 것은 겨우 세 종뿐, 아직 여섯 종이 존재하고 있다 했다.

용의 권족들 중 가장 호전적인 존재는 바로 적왕이었다.

힘에 대한 외경심…

죽음을 거부하지 못하고 체념한 채 죽어가는 나약한 생명체들이 내뿜는 공포가 주는 쾌감……

적왕은 자신의 손에 죽어가는 나약한 생명체에 대해 혐오감을 지닌 채 피의 유희를 즐기는 존재였다.

두 번째로 강한 것은 흑룡(黑龍)의 후예, 흑왕(黑王)이었다. 그는 모든 용의 권족 중 가장 냉정했으며 목적을 위해서라면 피를 나눈 혈육조차 죽일 수 있는 존재였다.

한때는 모용문책(慕容文策)이었으며 또 두사눌(杜思訥)이었고, 그리고 형문종(形文宗)이었으며 또한 동진조(桐塵照)였다가 현재는 이림(李林)이라는 이름을 지닌 존재, 그가 바로 흑왕이었다.

"이림… 흑왕은 이미 내가 자신을 이용하려는 것을 알고 있습니다. 하지만 그 역시 어차피 법신검과의 싸움을 피할 수 없기 때문에 결국 법신검을 추적할 것입니다. 나와의 승부는 그 뒤가 되겠지요."

백왕은 힘을 숭상하지 않았다. 그는 칠현금을 벗삼아 고적한 생활을 즐기는 성품이었다.

스스로 피의 현장에 뛰어들어 싸우기보다 뒤에 몸을 숨긴 채 모든 것을 조종하기 좋아하는 존재, 그가 바로 백왕이었다.

무림의 역사가 시작된 이래 모든 절대자들은 적뿐만 아니라 자기 편의 희생을 디딤돌로 해서 패권을 차지했다. 손에 피를 묻히지 않은 권좌란 존재하지 않았다.

십승관의 대관주, 일정 무승휴 또한 자신의 수하들에게조차 죽음을 명한 적이 한두 번이 아니었다.

한데 나이를 먹은 탓일까?

그 철혈(鐵血)의 절대자, 무림의 황제 무승휴는 이제 피[血]가 싫어졌다.

무승휴가 대관주 후계자 쟁탈전에 휘말려 피를 흘리며 죽어간 수많은 청년들 모두 자신의 아들들이자 제자들이었으며, 나아가 미래를 이끌어갈 인재들이라는 자각을 갖게 된 것은 꽤 오래전부터라고 할 수 있었다.

'너무 많은 피가 흘렀어. 무림의 정기가 쇠퇴될 정도로……. 십승관의 탄생 동기가 지금에 와서는 왜곡되어 버린 것이다.'

무승휴는 요즘 들어 화원에 머물러 있는 시간이 유독 많았다.

피어나는 생명이 좋았고 화려하게 물든 꽃이 아름다웠다.

화무십일홍(花無十日紅)이라…….

사람들은 꽃의 아름다움이 열흘밖에 가지 못함을 안타까워하지만 꽃은 비록 시들어도 해가 바뀌면 새로운 생명을 얻어 다시 화려하게 꽃망울을 터뜨린다.

화원 속에는 비단 꽃만이 존재하는 것이 아니었다. 아주 작은 수많은 생명들이 그 안에 함께 어울려 화원을 이루고 있다. 방원 이십여 장 정도의 좁은 화원은 하나의 작은 우주였다.

언젠가 화원 구석에서 두꺼비 한 마리가 오랫동안 꿈쩍도 하지 않고 앉아 있는 것을 유심히 지켜본 적이 있었다. 비가 온 다음날이었다.

작은 날벌레 한 마리가 잎에서 잎으로, 꽃봉오리에서 꽃봉오리로 날아다니며 두꺼비 주위를 빙빙 맴돌았다. 하지만 두꺼비는 석상처럼 움직이지 않았다. 날벌레는 마침내 마음을 놓고 좀 더 가까이 접근했다. 바로 그 순간 두꺼비의 입에서 눈 깜짝할 사이에 혀가 튀어나와 벌레를 휘감아 입 안으로 끌어들였다.

무승휴는 두꺼비가 사냥하는 모습을 보며 그 두꺼비 역시 늘 뱀으로부터 위협을 받고 있다는 걸 생각해 냈다. 다시 생각의 나래가 이어져 무승휴는 두꺼비를 잡아먹는 뱀 역시 언제나 매의 발톱에 노출되어 있다는 것을 떠올렸다.

잡아먹히고 잡아먹는 치열한 적자생존이 곧 자연의 법칙이다. 인위적으로 모든 뱀을 없애 버리면 뱀의 식량이 되고 있던 들쥐가 너무 많이 번식해 모든 풀을 없애 버릴 것이고 결국은 순환의 고리가 끊어져 함께 멸망당한다.

무승휴는 무림의 일도 이와 다르지 않다고 생각했다.

수많은 문파들이 서로 어울려 싸우다가 멸문되고, 또 새롭게 탄생되던 백가쟁명(百家爭鳴)의 시대가 오히려 자연 법칙의 순행이었다는 것을 깨달은 것이다.

'십승관은 무너져야 한다. 무림은 무림인에게 돌려주어야 함이다.'

오랜 세월 동안 그의 머리 한구석에서 맴돌던 상념이 결국 하나의 계획으로 바뀌어 점차 구체화되기 시작했다.

그가 하려는 일은 비록 십승관 대관주라 하더라도 생명을 내놓아야 할지 모르는 위험천만한 일이었다. 그 일은 곧 십승관의 십대세력들은 물론 심지어 그의 수하들과 제자들마저 배신하는 행위이기도 했다.

계획을 실행하기 위해서는 준비가 필요했다.

무승휴는 오랜만에 만인혈의 정보망을 검색해 보았다. 언제부터인가 십승관의 업무에 대해 그에게 일체 보고되지 않고 있었다. 물론 그는 이미 알면서도 내버려 둔 상태였다.

지금 십승관의 모든 업무를 관장하고 있는 인물은 그의 셋째 제자인 조확이었다. 어떻게 보면 무승휴는 이미 아무런 실권도 없는 명분뿐인 대관주였다.

돌이켜 보니 그가 모든 일에 권태를 느껴 십승관의 일을 돌보지 않은 것이 이미 10년 전부터인 것 같았다. 첫째 제자인 율도극이 아무 말 없이 십승관을 떠난 뒤부터 모든 일에 의욕을 잃어버렸던 것이다.

그로부터 열흘 후, 무승휴는 뇌옥에 갇혀 있는 천을계의 일언주를 찾아갔다.
 무승휴가 계획하고 있는 일은 서두른다고 될 일이 아니었다. 하나씩 포석을 깔아놓으며 차분하고 치밀하게 준비해도 실패할 확률이 더 많은 승부였다.
 그 첫 번째 포석으로 무승휴는 천을계를 생각해 낸 것이다.
 무승휴를 놀라게 한 첫 번째 일은 뇌옥 안에 작은 황궁이 만들어져 있다는 점이었다. 그리고 천을계의 일언주를 만나자 그 처참한 몰골 때문에 그는 또 한 번 놀라야만 했다. 하지만 일언주 능사익과 이야기하면서 그는 지금까지 놀란 것을 모두 잊어야 했다.
 일언주 능사익은 그 처참한 몰골에 비해 너무도 밝은 성품을 유지하고 있었다. 그는 세상을 긍정적이고 밝게 보고 있었는데, 그 내면의 밝음을 다른 사람에게까지 투영시키고 있었다. 게다가 이야기를 나누다 보니 그 박학함이 가히 대석학을 무색케 할 정도였다.
 무승휴는 거대한 살덩어리에 불과한 능사익을 자신 못지않은 또 한 명의 절대자라고 인정하지 않을 수 없었다. 그는 십승관과의 싸움에서 패한 패장(敗將)이었지만 그렇다고 패배자는 아니었다.
 "새로 탄생된 천을계의 계주를 한번 만나게 해주시겠소?"
 일언주 능사익과 친구처럼 지내며 뇌옥을 드니들던 무승휴가 본론을 꺼낸 것은 한 달가량이 지난 뒤였다.

## 제2장
# 격돌(激突)

산(山)을 오르는 것은 힘들여 올라가는 과정을 겪어야만 성취감을 느낄 수 있다. 누구나 아무런 노력 없이 한 번에 산정(山頂)까지 올라갈 수 있다면 오히려 산을 오르려 하는 사람이 드물 것이다.
 능비령의 상황이 바로 그러했다.
 노력하지 않고 얻은 모든 밀법과 무공, 그리고 가공스러운 능력에 대해 그는 점차 회의감을 느끼고 있었다.
 (어처구니없는 생각을 하고 있군. 설마 우리들로부터 전해 받은 모든 것을 포기하겠다는 것은 아니겠지?)
 "스스로 노력해서 이룬 성취가 아니고서는 의미가 없다는 생각이 들었습니다."
 능비령은 화원과 가산이 한꺼번에 보이는 앞마당의 평상 위에 걸터앉아 독백하듯 혼자 중얼거리고 있었다. 정확히 말하면 그의 마음속에 함께 존재하고 있는 역대 법신검 전승자 중 한 명과 이야기를 나누고 있는 중이었다.

그는 굳이 입을 열어 말할 필요가 없이 마음속으로 생각만 하면 되었지만 일부러 입을 열어 중얼대듯 말을 이었다.

"산을 올라갈 때 힘들이지 않고 한 번에 정상까지 올라가는 건 산을 오른다는 목표를 쉽게 이룰 수는 있겠지만 산을 오르면서 대할 수 있는 많은 것들을 잃게 되는 결과가 됩니다."

(쉬운 길을 놔두고 일부러 힘든 길을 택할 필요는 없네.)

"그렇지 않습니다. 산을 오르면서 마주치게 되는 것들… 예를 들어 계곡에 흐르는 맑은 물, 이슬이 맺혀 있는 나뭇잎, 그리고 겹쳐진 나뭇잎들 위로 쏟아져 내리는 햇살의 음영 등… 그런 아름다운 것들을 놓치면서 정상에 오른들 무슨 보람이 있을까요?"

(무슨 뜻인가?)

"산을 오르는 것이 힘이 들기 때문에 정상에 올랐을 때 더 큰 보람을 느끼는 게 아닐까요?"

(그야 그럴 수도 있겠지. 하지만 자네가 법신검을 얻어 역대 전승자들의 모든 능력을 공유하게 된 것과 산을 오르는 것을 단적으로 비유할 순 없지 않은가!)

"이뤄야 할 목표가 없다는 것은 너무 허망한 일입니다. 또 세상의 비밀을 모두 알아버렸다는 것은 허무하기만 할 뿐 하나도 즐겁지 않습니다."

평상에 걸터앉아 홀로 중얼대고 있는 능비령의 모습은 남이 보기에 정상이 아니었다. 과연 가산 한쪽에서 무성 율도극을 보살피고 있던 천자재가 자꾸 고개를 돌려 능비령을 이상스럽다는 눈빛으로 바라보고 있었다.
　(우리가 전해준 모든 것들을 봉인하겠다는 것인가? 그건 곧 법신검을 봉인하는 것이나 마찬가지라는 걸 알고 있는가?)
　"난 아직 젊습니다. 벌써부터 모든 것에 의욕을 잃어버린 늙은이가 되기는 싫은 겁니다."
　(자네… 정말이었군.)
　"예."
　능비령은 대답을 한 후에야 확고하게 결심을 굳혔다.
　다음 순간, 그는 법신검 역대 전승자들과 의식을 공유하면서 전해 받은 모든 밀법과 무공, 그리고 많은 비밀과 능력들을 스스로 봉인해 버렸다.
　자신의 의식 일부를 봉인하는 방법 또한 그들로부터 전수받은 것이지만 능비령은 그 능력을 이용해 전수받은 다른 모든 능력을 봉인시킬 수 있었다.
　능비령은 그들과 의식을 공유하면서 전해 받은 모든 능력을 잊었지만 법신검 자체의 힘은 그 자신의 내공으로 사용할 수 있었다.
　법신검 역대 전승자들이 그의 마음속에서 혀를 찼다.
　이때, 천자재가 능비령의 눈치를 살피며 조심스럽게 다가왔다.
　"아까부터 뭘 그렇게 혼자 중얼거리는 거예요?"
　"그냥 이것저것 생각할 게 있었단다."
　"계주님은 생각하면서 중얼거리는 습관이 있나 보군요? 하긴 나도 가끔 혼자 이야기할 때가 많아요."
　천자재가 이해한다는 듯 고개를 끄덕였다.
　무언가 할 말이 있는 듯 머뭇거리고 있는 천자재를 향해 능비령이 미소했다.

"내게 할 이야기가 있는 모양이구나?"

"저어… 전에 계주님이 처음 이곳에 왔을 때 내가 한 말 있잖아요."

"무슨 말을 했었지?"

"그러니까 그게… 왜 내가 저 할아버지 시중을 딴사람에게 시키라고 아빠께 말해 달라고 부탁했잖아요."

"아… 미안하구나. 아직 이야기하지 못했단다. 내 당장이라도 네 아빠께 시중들 다른 사람을 구하라고 부탁하겠다."

능비령이 정말로 미안하다는 듯 정색했다.

천자재가 고개를 저었다.

"그게 아니에요. 내가 한 말을 그냥… 없었던 것으로 해주세요."

능비령은 뜻밖이라는 표정이 되지 않을 수 없었다. 그는 자신이 잘못 들은 게 아닌가 확인하기 하기 위해 질문을 던지지 않을 수 없었다.

"네가 계속 시중을 들겠다는 것이냐? 넌 분명히 너무 힘들다고 한 것 같은데?"

"힘든 건 사실이에요. 하지만 다른 사람들은 아마 저 할아버지를 시중들 수 없을 거예요. 천상 내가 계속 시중드는 수밖에 없어요. 아마 이런 걸 운명이라고 하나봐요."

'이 아이는 운명이라는 말을 아무 데나 붙이는구나.'

능비령이 내심 실소했다. 하지만 천자재가 무성 율도극을 안타깝게 여기는 마음이 갸륵해 내심 천자재가 대견스럽게 여겨졌다.

천자재가 문득 가운뎃손가락으로 자신의 입술을 누르며 말했다.

"쉿! 아빠가 오고 있어요. 정말 내가 한 말은 취소예요."

능비령이 고개를 돌려 바라보니 사해마종 천숙보가 성큼성큼 다가

오고 있었다.

"율여군의 행적을 알아냈습니다."

"수고하셨습니다."

"10년 전에 십승관을 떠난 뒤 백향목전(白香木殿)을 재건시키기 위해 고군분투하고 있지만 쉽지가 않은 모양입니다."

"여자 혼자의 힘으로 무너진 가문을 다시 세운다는 게 어디 쉽겠습니까."

능비령이 고개를 끄덕였다. 사실 그가 지금까지 혈무연에 머문 것은 율여군의 행적을 알아내기 위해서였다.

"곧바로 백향목전으로 가시겠습니까?"

"그럴 생각입니다."

따로 준비할 것도 없었다. 능비령은 그 길로 곧바로 일어나 휘적휘적 길을 떠나기 시작했다.

2

이림은 확신에 차 있었다.
누군가 자신의 미래를 읽고 그가 하고자 하는 일을 방해했다는 것을 깨닫고 나서 그는 확신을 갖고 기다리기 시작했다.
자신의 미래를 읽은 어떤 존재는 반드시 한 번 정도 다시 그에게 접근해 올 것이다. 상대가 계속 이림의 미래만을 보고 행동한다면 그로서도 어쩔 수 없다. 하지만 단 한 번만이라도 현재의 그와 접촉을 한다면 이림은 상대를 잡을 자신이 있었다.
그리고… 그의 기다림은 예상보다 길지 않았다.
아무런 매개체도 존재하지 않는다. 단지 누군가가 자신을 보고 있는 듯한 시선(視線)이 느껴질 뿐이었다. 마음의 가닥이 자신과 접촉된 것도 아니었다.
이림은 누군가가 공간을 격해 자신을 보고 있는 것을 알았다. 수많은 세월을 윤회하면서 온갖 무공과 수많은 밀법들을 터득하고 있는 이림으로서도 상대가 어떤 방법으로 자신을 지켜보고 있는 것인지 알 수 없었다.

이림은 그 시선을 모르는 체했다. 하지만 그 시선을 매개체로 단리수아에 대해 하나씩 파헤치기 시작했다.

단리수아가 이림의 현재를 보려 한 것은 과연 그가 계속 능비령을 추적하고 있는지 궁금했기 때문이었다. 그녀는 자신이 이림을 지켜보고 있는 동안 상대가 자신의 시선을 매개체로 그녀의 모든 것을 파헤치고 있다는 것을 전혀 알지 못했다.

이림은 단리수아의 시선이 사라진 뒤 눈을 떴다.

단리수아… 능비령… 천뢰도…….

이림이 단리수아의 시선을 매개체로 역추적해 그녀의 마음속에서 알아낸 것들 중 가장 중요한 것은 이 세 마디였다.

천뢰도라면 십승관의 십대세력들 중에서도 무시할 수 없는 대문파이다. 단리수아가 천뢰도에 있다는 것이 마음에 걸리기는 했지만 큰 문제는 아니었다.

"소아야! 도망가야 해! 그가 오고 있어."

단리수아는 서탁 앞의 의자에 앉아 명상에 잠겨 있다가 공포에 질려 소리치며 벌떡 일어섰다.

풍전소는 단리수아의 방 앞에 있는 화원에 서서 한 자루 검을 들고 삼초검을 연마하고 있다가 깜짝 놀라 고개를 돌렸다.

단리수아가 방을 뛰쳐나오다가 굳어진 채 멈춰 섰다.

화원 중앙의 공간이 열리며 이림이 천천히 걸어나왔.

그는 먼지 한 점 묻어 있지 않은 눈부시게 흰 백의를 걸치고 있었고 피부 또한 분을 바른 듯 희었지만 기이하게도 어둠의 일부처럼 느껴지고 있었다.

빛이 아무리 밝아도 어둠의 본질을 벗겨내지는 못한다. 그는 태고적부터 존재했을 어둠의 무게를 지니고 있었다.

"주인님, 누구예요?"

풍전소가 이림과 단리수아를 번갈아 보며 질문을 던졌다. 무의미한 질문이었다. 그 역시 상대가 단리수아의 적이라는 것 정도는 느끼고 있었던 것이다.

이림은 주위를 둘러보며 천천히 단리수아를 향해 다가들었다.

그가 생각하기에 단리수아를 죽이는 것은 손바닥 뒤집는 일만치나 쉬울 것 같았다. 하지만 같은 용의 권족이 아닌 인간이 어떻게 미래를 읽고 그것을 바꿀 수 있는 능력을 지니고 있는지 궁금했다. 때문에 단숨에 죽일지, 아니면 사로잡아 문초를 한 뒤에 죽일지 결정을 내리지 못한 상태였다.

쉭!

단리수아를 향해 다가들고 있는 이림을 향해 풍전소가 뛰어들었다.

위에서 아래로 내려치는 평범한 검초였지만 이림은 순간적으로 크게 놀라 황급히 몸을 피하지 않을 수 없었다.

삼초검의 제이초가 이어졌다.

황급히 풍전소의 검을 피해낸 후 이림은 어이없어하는 눈으로 풍전소를 바라보았다. 아차 했으면 몸의 일부분을 내줘야 했을 검법이 일개 소년의 손에서 펼쳐졌다는 것이 그로서는 믿어지지 않았다.

풍전소가 다시 파리 잡는 검법인 삼초검의 기수식을 취했다. 머리

위에 수직으로 검을 세운 엉성한 자세였다.
 이림은 경시하지 않은 채 풍전소의 검을 주시했다.
 쉬익!
 또다시 가공스러운 검초가 펼쳐졌다. 이림은 일초와 이초의 연결 부위에서는 허점을 찾지 못했고 다시 삼초가 이어지려는 순간에야 간신히 반격을 할 수 있었다.
 슈우욱!
 이림의 오른손이 검날을 흘려보내며 풍전소의 가슴을 향해 밀려갔다.
 턱!
 이림의 오른손이 풍전소의 가슴에 닿기 직전, 공간 속에서 불쑥 깡마른 손 하나가 튀어나와 그의 손을 쳐냈다. 바로 해예수의 손이었다.
 이림의 손은 해예수에 의해 방향이 바뀌었지만 그 여력만으로도 풍전소의 몸이 뒤로 퉁겨졌다.
 이림은 천천히 손을 거두며 좌측을 바라보았다. 등을 꼿꼿이 세운 검은 머리의 노파가 그곳에 서 있었다.
 이림이 해예수를 바라보며 고개를 갸웃했다. 정말 놀란 표정이었다.
 해예수가 정중히 입을 열었다.
 "주인으로 모시게 된 사람입니다. 자비를 베풀어주십시오."
 "이형의 무리가 어떻게 경계를 넘어올 수 있었느냐? 영력이 그토록 강한 걸 보니 이미 이름을 얻었구나."
 이림은 다른 세계의 이형이 감히 자신을 방해했다는 것 자체가 믿어지지 않는다는 태도였다.
 "해예수라 합니다. 이름을 얻는 대신 주인으로 삼아 보호해 주기로

계약을 맺었습니다."

"감히 물러서지 않겠다는 것이냐?"

"자비를 베풀어주십시오."

해예수는 이미 이림의 정체를 알고 있으면서도 끝내 물러설 태도가 아니었다.

이림이 한 걸음 다가들었다. 거대한 힘이 파도처럼 그의 전신에서 일어났다.

해예수의 눈에 언뜻 공포의 빛이 스쳐 갔다.

꽈꽈꽈!

돌연 이림이 발을 내딛는 지면 속에서 흙으로 만들어진 창들이 솟구쳐 올라왔다.

이림은 발을 한 번 휘젓는 동작으로 수많은 토창(土槍)들을 파괴한 후 고개를 돌렸다.

별채의 월동문 앞에 여교와 흑화고가 서 있었다.

"누군데 감히 나의 소아를 괴롭히는 거지?"

여교는 무척이나 화가 난 태도였다. 한쪽에 서 있는 풍전소의 입에서 피가 흘러내리고 있는 것을 목격했기 때문이었다.

이림의 눈이 여교의 한 걸음에 뒤에 서 있는 흑화고에게 멈춰졌다. 그가 보기에 지금 이 자리에 가장 강한 인물은 바로 흑화고였다. 조금 전에 흙의 정을 불러 토창으로 공격하게 만든 것도 그녀가 분명했다.

파파파팍!

그가 흑화고에게 잠시 눈을 돌린 사이 두 개의 비수와 두 자루의 작은 도끼가 무서운 속도로 날아들었다.

두 개의 비수와 두 자루의 도끼는 비록 눈부시게 빨랐지만 이림을 위협할 수는 없었다. 하지만 이림은 두 개의 비수와 두 자루의 도끼를 던져 낸 후 잇따라 검을 뽑아 들고 덮쳐 오고 있는 여교를 보며 내심 감탄하고 있었다.

여교의 공격 배합이 실로 절묘했다. 먼저 발출된 두 개의 비수와 두 자루의 도끼를 막는 순간 또 다른 공세가 연환될 게 분명했다. 게다가 공세에 담겨 있는 내력은 결코 어린아이 수준이 아니었다.

이림의 놀람은 이루 말할 수 없었다. 자신을 막아서고 있는 사람들 중 두 명은 어린아이에 불과했다. 하지만 그들조차 오십여 초 이내에는 쉽사리 죽일 수 없을 정도의 고수들이었다. 게다가 이형까지 감히 그에게 대항할 줄은 예상도 못한 상태였다.

과연 이림이 두 개의 비수와 두 자루의 도끼를 흘려보내기 무섭게 여교의 손에서 유성 같은 검세가 쏟아져 나왔다.

이림은 이미 대비하고 있었기에 오히려 그 검세 속으로 파고들어 손을 쳐냈다.

그의 손끝에서 힘이 일어나 그 힘이 유형(有形)의 칼로 변환되려는 순간 파공음도 없이 두 자루의 비도가 날아왔다.

흑화고가 던져 낸 비도는 일체의 파공음도 없을 뿐만 아니라 그 속도와 힘, 그리고 각도의 배합이 가히 경탄할 만한 것이었다.

이림은 여교를 공격하던 힘을 돌려 흑화고의 비도들을 상대할 수밖에 없었다.

꽈직!

두 자루의 비도가 가루가 되어 흩어졌다.

이림은 신형을 안돈시킨 후 천천히 주위를 둘러보았다.

단리수아가 한 걸음 뒤에 물러서 있는 상태에서 흑화고와 해예수,

그리고 여교와 풍전소가 자연스럽게 이림을 포위한 진형이었다.

이때, 멋도 모르고 이림에게 공격을 퍼부었던 여교의 전신이 와들와들 떨리기 시작했다.

풍전소가 이림에 의해 퉁겨 나간 뒤 입에서 피를 흘리는 모습을 보고 격분해 무작정 덤벼들었지만 지금은 달랐다.

여교는 상대가 어떤 존재인지 모르고 있었다. 하지만 새삼 이림을 바라보는 순간 알 수 없는 공포가 그녀의 몸을 엄습해 왔다.

인간이 아닌 존재… 도저히 항거할 수 없는 거대한 존재…….

여교가 입술을 깨물었다. 고통과 함께 입술이 찢어지며 피가 흘러나오자 간신히 몸의 떨림이 멈춰졌다.

스읏!

이림의 몸이 그림자가 되어 번뜩였다. 서 있는 이림의 모습이 잔상(殘像)으로 남아 있을 만큼 엄청난 속도였다.

흑화고는 이림의 공세가 너무도 빨라 미처 막거나 피할 엄두도 내지 못한 채 제자리에 서 있었다.

흑화고의 몸이 마치 가루로 만들어진 사람처럼 터져 나갔다. 하지만 그것은 너무도 빠른 이림과 흑화고의 움직임이 만들어낸 잔상일 뿐 그 순간 흑화고는 이미 삼 장 옆으로 몸을 피한 뒤였다.

이림의 몸이 다시 움직였다. 처음부터 그녀의 움직임을 간발의 차이로 뒤쫓아 흑화고가 신형을 세우는 순간 이미 그의 손이 그녀의 한쪽 어깨를 쳐내고 있었다.

꽈앙!

흑화고의 신형이 가랑잎처럼 퉁겨졌다.

퉁겨 나가는 그녀의 몸을 이림이 바싹 붙어 뒤쫓았다. 너무도 거대한 힘이 인간의 눈으로는 볼 수도 없을 정도로 빠르게 밀어닥치자 흑화고로서도 속수무책인 듯했다.

"멈춰!"

풍전소와 여교가 동시에 움직였다. 해예수 역시 갈고리 같은 손으로 이림의 등을 노리고 있었다.

일수만 더 뻗으면 흑화고를 죽일 수는 있었다. 하지만 이림 또한 세 가닥의 공세에 노출된다.

이림은 분노한 채 손을 돌려 이번에는 풍전소를 향해 덮쳐 갔다.

퉁겨지던 흑화고가 역으로 이림을 추적해 왔다. 여교와 해예수 역시 풍전소를 노리고 있는 이림을 향해 공격 방향을 바꿨다.

해예수와 흑화고 등은 단 한 번도 연수합공을 해본 적이 없었지만 지금의 공수 배합은 마치 오래전부터 손발을 맞춰온 사람들처럼 완벽했다.

어떻게 보면 사냥꾼들이 마구 날뛰는 야수를 몰아세우는 것처럼 보인다. 하지만 지금의 균형은 매우 위태로운 것으로써 흑화고 등 네 명 중에서 단 한 명이라도 당하게 되면 균형이 순식간에 깨어질 수밖에 없는 상황이었다.

해예수가 풍전소의 옆에 바싹 따라붙으며 입을 열었다.

"우리들 힘으로는 막을 수 없다. 법신검만이 용의 권족을 상대할 수 있다. 그가 있는 곳으로 도망쳐야 한다."

이림의 목표는 단리수아였다.

풍전소는 기회를 보다가 단리수아 옆으로 달려가 그녀의 손을 잡았다.

풍전소가 단리수아와 함께 사라져 버리자 이림은 공격해 오는 흑화고를 무시한 채 공간 속으로 뛰어들었다. 뒤따라 해예수의 몸도 사라져 버렸다.

단리수아는 눈앞의 풍물이 바뀌자 놀라 주위를 두리번거렸다. 단리수아와 풍전소는 평화스러운 고을이 내려다보이는 산 중턱에 서 있었다.
"여기가 어디지?"
"유양이에요. 내가 살던 곳이에요. 그냥 아무 곳으로 공간 이동한다는 게 여길 온 것뿐이에요. 주인님께서는 빨리 비령 형님이 어디 계신지 알아내 주세요."
"능 가가가 있는 곳을 찾아내라고?"
"아까 그 사람을 막을 수 있는 사람은 법신검을 지닌 비령 형님밖에 없어요. 빨리요. 쫓아오고 있어요."
풍전소는 눈앞의 공간이 열리는 것을 보고 다시 황급히 공력을 끌어올렸다.
한 번 공간 이동할 때마다 엄청난 공력이 체내에서 빠져나갔다. 풍전소는 우연히 공청석유를 복용해 그 공력이 무림고수의 수준에 이르러 있지만 이런 식으로 연달아 공간 이동을 하는 것은 무리가 있었다.
풍전소가 두 번째로 공간 이동을 해서 몸을 피한 곳은 낙양 외곽의 염부리였다.
단리수아는 이림이 자신을 추적하고 있기 때문에 흑화고와 여교가 안전해졌다는 것을 알고 내심 안도했다. 그녀는 마음을 가라앉힌 후 능비령의 현재 모습을 보기 시작했다.
간신히 능비령의 모습을 잡는 순간 이림이 다시 쫓아왔다.

"어디예요?"

풍전소가 다급히 소리쳤다. 삼 장 앞의 공간을 열고 나타난 이림이 이미 일 장 앞으로 다가와 있었다.

단리수아가 풍전소의 손을 통해 자신의 머리 속에 떠올라 있는 능비령과 그 주변 지형의 모습을 전이(轉移)시켰다.

이림의 공격이 막 풍전소와 단리수아의 몸을 꿰뚫기 직전 그 둘의 모습이 흐려졌다.


능비령이 찾아가려는 백향목전은 강소성(江蘇省)에 위치해 있어 결코 가까운 거리는 아니었다.

'용성은 산동과 하북, 산서의 삼 개 성(省)을 관장하고 있다. 때문에 남쪽으로 세력을 확장하는 과정에서 백향목전이 눈엣가시가 되었을 것이다.'

혈무연을 벗어난 능비령은 관도를 따라 한가롭게 걸으며 삼십 년 전 백향목전이 멸문된 이유를 생각하고 있었다.

백향목전은 십승관의 십대세력을 제외한 중소문파들 중에서는 규모가 큰 편이라 할 수 있었다. 게다가 위치적으로 용성과 가까웠다. 만에 하나 백향목전이 십대세력 중 다른 세력을 지지하게 된다면 그야말로 코앞에 적의 전진기지를 허용하는 상황인 것이다.

'율여군은 스스로 자신을 키워준 율도극을 암산했던 여자이니 절대로 그의 병을 고치기 위해 나서지는 않을 것이다. 백향목전의 재건을 도와주는 조건으로 흥정을 할 수밖에 없을까?'

능비령은 막상 율여군을 만나러 가면서도 그녀를 회유시킬 방도가 떠오르지 않아 막막하기만 했다.

문득, 능비령의 몸이 굳어졌다.

전혀 느낄 수 없던 어떤 힘이 한순간에 그의 주위로 밀려오는 느낌… 동시에 능비령과 삼 장 정도 떨어진 곳의 공간이 열리며 풍전소와 단리수아가 그 공간 안에서 불쑥 튀어나왔다.

"단리 누이!"

능비령은 크게 놀라지 않을 수 없었다.

풍전소는 무척이나 지친 듯 숨을 헐떡이고 있었고 늘 차분하기만 하던 단리수아 역시 안색이 창백했다. 한눈에 보기에도 쫓기고 있음을 알 수 있었다.

풍전소가 열고 나온 공간이 닫히기 무섭게 반대 편에서 공간이 열리며 이림이 모습을 드러냈다.

(흑룡의 후예, 흑왕이네. 조심하게!)

법신검 역대 전승자들 중 한 명이 능비령의 마음속에서 말해 주었다.

능비령은 긴장하지 않을 수 없었다.

이림 역시 이미 법신검을 알아본 듯 단리수아에게는 더 이상 관심을 두지 않고 능비령만을 직시했다.

법신검은 금왕이 남긴 광정으로서 곧 금왕 그 자체라 할 수 있다. 여기에다가 수대를 내려오며 전승되는 동안 역대 전승자들의 경험과 무공, 그리고 진신내력이 보태져 있는 상태였다. 하지만 광정을 남기는 과정에서 모든 힘이 완벽하게 융화되지 못하기에 과연 어느 정도로 강한지 이림으로서도 헤아릴 수 없었다.

능비령은 눈을 이림에게 고정시킨 채 천천히 홍로검을 뽑아 들었다.

이림이 갑자기 온몸에 살기를 모았다. 그 살기에 반응해 능비령의 전신에도 순간적으로 살기가 꽉 찼다가 갑자기 사라져 버렸다.
 능비령과 이림의 거리는 삼 장 정도, 어느 쪽이든 조금이라도 앞으로 움직이면 서로의 공격권에 들어가게 된다.
 그 거리를 없애 버린 것은 이림이었다.
 이림이 성큼 한 걸음 다가들었지만 아직 공격을 개시한 것은 아니었다.
 이림과 능비령 모두 전신의 공력을 모두 끌어올린 상태였다. 그 때문인지 주위의 압력이 팽팽해져 있었다. 주변의 공기가 부글부글 끓는 것 같은 느낌이었다.
 풍전소와 단리수아는 삼 장 정도 떨어진 거리에 서 있었지만 대치해 있는 두 사람에게서 뿜어져 나오는 압력 때문에 제자리에 서 있을 수 없을 정도였다.
 띠잉……!
 그 터질 듯한 긴장을 깨며 돌연 한줄기 맑은 음향이 울려 퍼졌다.
 능비령은 오른손으로 홍로검을 쥔 채 왼손으로 홍로검의 검집에 묶여 있는 현을 퉁겨내고 있었다.
 맑고 영롱한 음향이다. 하지만 한 점으로 집중되고 있는 음파(音波)에 실려 있는 공력은 가히 일 장 두께의 철판이라도 구멍을 뚫어버릴 가공스러운 것이었다.
 능비령이 일현금을 탄주한 것이 신호인 양 두 사람의 모습이 한순간 그림자가 되어 번뜩였다.
 능비령은 법신검과 이계신공의 두 가닥 기운을 모두 끌어올려 법신검의 공력은 공격에 사용하고 이계신공의 공력은 체내를 휘돌게 해 몸을 보호했다. 그 상태에서 홍로검이 휘황찬란한 노을빛을 뿜어내며 유성이 폭발하는 듯한 검세를 뿜어내기 시작했다.

이림의 손에는 어느새 한 자루 기형도가 쥐어져 있었다. 마치 손바닥 속에서 스며 나온 듯한 기형도였다.

길이는 겨우 한 자에 불과하다. 마치 얼음으로 만들어진 듯 투명한 기형도는 전체적으로 굴곡이 심해 거대한 야수의 이빨을 보는 듯한 형상이었다.

이림은 코웃음 치며 홍로검의 노을빛 속으로 뛰어들었다. 그의 손에 쥐어져 있는 기형도에서 백색의 도광이 뿜어져 나와 수백 자루의 도가 공중에서 춤을 추는 듯 현란했다.

도광과 검광이 서로 얽히자 무서운 압력이 사방으로 퍼져 나가고 있을 뿐 두 사람의 모습은 보이지 않았다.

홍로검의 노을빛 검광이 울타리를 형성하자 기형도의 도광은 노을빛 검광의 울타리 주위를 빙글빙글 돌기 시작했다.

법신검은 깨어났지만 능비령은 그것을 단지 자신의 진기로 사용할 뿐이었다. 역대 전승자들의 무공과 밀법을 스스로 봉인해 능비령은 자신이 익힌 무공만으로 이림을 상대해야만 했다.

그의 홍로검에는 밀법이 심어져 있어 검 자체가 상대의 밀법을 막아낼 수 있었지만 그것도 한계가 있었다. 홍로검을 만든 사람의 밀법보다 더 강한 밀법이 펼쳐지면 속수무책이었다.

차차차창!

한순간, 검과 도가 직접 격돌하는 듯한 맑으면서도 거친 음향이 연달아 울려 퍼지며 두 사람의 모습이 드러났다.

능비령과 이림은 이 장 거리를 격한 채 처음처럼 마주 서 있었는데 어떻게 보면 지금까지 한 번도 움직이지 않은 사람들 같았다. 하지만 지켜보고 있던 풍전소와 단리수아는 조금 전의 격돌에서 누가 이득을 보았는지 이미 알고 있었다.

이림과 능비령은 여전히 같은 자세였다. 하지만 능비령의 전신 곳곳에 무수한 상처가 입을 벌린 채 피를 뿜어내고 있었다.

슈파앗!

이림의 신형이 또다시 번개처럼 번뜩였다. 가공스러운 도기(刀氣)가 전뢰처럼 사방으로 가지를 늘어뜨리며 치달려나갔다. 동시에 능비령의 손에서도 홍로검의 검광이 붉은 노을처럼 뿜어져 나와 순식간에 사방을 뒤덮었다.

두 사람의 모습이 도기와 검광에 가려지듯 사라져 버린 것은 다음 순간이었다.

꽈아앙!

짧은 순간이 지난 후 다시 모습을 드러낸 능비령의 입가에는 피가 묻어 있었고, 왼쪽 팔에 생겨난 새로운 상처에서 피가 흘러내려 손을 타고 지면으로 떨어져 내렸다.

잠시 후 왼팔의 상처에서 흘러나오는 피는 멈춰졌지만 왼팔 전체의 땀구멍을 통해 살색의 액체가 스며 나오기 시작했다. 살색의 액체는 마치 땀이 흘러나오는 것처럼 땀구멍을 통해 스며 나온 후 한 덩어리로 뭉쳐지며 지면으로 떨어져 내렸다.

능비령은 지면에 떨어져 있는 한 덩어리의 살색 액체를 보고 왼팔과 왼손에 넓게 퍼져 기생하고 있던 영류정이 죽었다는 것을 알 수 있었다.

이림이 고개를 갸웃했다.

뭔가 이상했다. 눈앞의 소년은 강하기는 했지만 그가 예상하고 있던 법신검의 힘과는 거리가 멀었다.

(봉인을 풀게!)

(지금 상태로는 흑왕을 상대할 수 없다. 어서 봉인을 풀어라!)

능비령의 마음속에서 역대 전승자들이 소리쳤다.

"아직은 견딜 만합니다."

능비령이 입을 열어 마음속의 역대 전승자들을 향해 중얼거렸다.

띠잉……!

덮쳐들려던 이림의 몸이 움찔했다. 한줄기 음향이 그의 마음속으로 스며들어 와 내부로부터 폭발하는 듯한 충격을 안겨주었다.

이림은 아무런 공력이 담겨 있지 않은 음파가 자신에게 충격을 주자 크게 놀라지 않을 수 없었다.

능비령의 공격이 시작된 것은 바로 이 순간이었다.

홍로검의 붉은빛이 안개처럼 주위를 뒤덮었다. 그 속에서 더욱 짙은 홍광(紅光)이 비단 띠처럼 유유히 흘렀다.

능비령의 공세는 천을계의 사대절기로 시작했지만 중도에는 어느새 천뢰도의 서고에서 얻은 바 있는 동원검법정록으로 바뀌었고 다시 금와오의 구대극품신공 중 하나인 천환구류검(千幻九流劍)으로 변화되었다. 그 검초 속에는 얼마 전 남풍화의 화수인 고한룡에게서 받은 천기일극(千技一戟)마저 검법으로 바뀌어 뒤섞여 있었다.

그가 펼치는 검법들은 길은 다르되 각기 정상에 오른 무공들이라 할 수 있었다. 그 모든 검법들이 마구잡이로 뒤섞였지만 어색하지 않고 자연스러웠다.

능비령은 검리에 구애받지 않은 채 그동안 자신이 익힌 무공들을 자연스럽게 섞어서 펼치며 오히려 모든 검법들을 하나로 합쳐 버리기 시작했다.

이림은 크게 놀랐다.

능비령의 손에서 펼쳐지는 검초들은 일체의 형식이 없었다. 어떻게 보면 검에 대해 전혀 모르는 어린아이가 마음 내키는 대로 검을 휘두르는 것 같은 검법이었다.

힘을 쓰지 않고 마음을 쓰는 경지, 아직 극의(極意)에 이르지는 못했지만 능비령은 점차 검초마저 버리는 경지로 가까워지고 있었다. 시간이 좀 더 주어진다면 능비령은 이림과 같은 경지까지 도달할 수 있을 것 같았다.

바로 그 점이 이림을 어리둥절하게 만들었다.

능비령의 현재 성취는 이림과 비교할 때 한 단계 이상 격차가 있었다. 그 한 단계라는 것은 평생 넘어서지 못할 벽이 되기도 하지만 또한 한순간의 깨달음으로 순식간에 건너뛸 수도 있는 미미한 차이이기도 했다.

금왕이 자신의 광정으로 만들어낸 법신검 안에는 금왕의 전능(全能)이 담겨져 있었다. 한데 그 법신검의 소유자가 아직까지 깨달음을 향해 나아가고 있는 단계라는 사실이 이림으로서는 믿어지지 않는 일이었다.

슛!

이림의 신형이 다시 귀영처럼 사방에서 번뜩이기 시작했다.

능비령은 마치 홀로 검무를 추듯 공격해 오는 이림을 무시한 채 마음 내키는 대로 검을 휘두르기 시작했다.

순식간에 능비령의 전신에 새로운 상처가 생겨나며 피가 뻗어 나왔다.

"악!"

단리수아가 비명을 터뜨렸다.

누가 보아도 능비령은 당장이라도 쓰러질 듯 위험해 보였다.

풍전소가 문득 손에 쥐고 있던 자신의 검을 내려다보았다.

두 사람 사이의 싸움에 뛰어들 수는 없다. 어설프게 뛰어들다가는 두 사람의 공세에 휘말려 한순간에 천참만륙될 뿐이라는 것을 풍전소도 잘 알고 있었다.

게다가 그가 합세하는 게 반드시 능비령에게 도움을 준다고 할 수도 없었다. 능비령은 비록 위험해 보이지만 아직까지는 나름대로 평정을 유지하고 있는 상태인 것이다.

슛!

풍전소의 손에 쥐어져 있던 검이 돌연 사라져 버렸다. 그 검이 다시 나타난 곳은 바로 이림의 가슴이었다. 세 치만 옆으로 비껴서 나타났으면 심장이 꿰뚫렸을 상황이었다.

자신의 가슴에 풍전소의 검이 박혀 있는 것을 확인하고 이림은 크게 놀라지 않을 수 없었다. 정말이지 일체의 조짐도 없이 그냥 한 자루의 검이 그의 가슴에 박혀 버린 것이었다.

이림은 능비령을 공격하는 것을 멈춘 채 단리수아와 풍전소를 바라보았다.

풍전소가 다시 지면에서 작은 돌멩이 하나를 주워 들었다.

퍽!

그 돌멩이는 풍전소의 손에서 사라지기 무섭게 이림의 어깨에 박혀 버렸다.

'이게 도대체 뭐지?!'

이림은 당황하지 않을 수 없었다.

풍전소는 주변의 나뭇가지나 돌멩이들을 집어 들어 마구잡이로 이림이 서 있는 장소로 공간 이동시키고 있었다. 이것은 일반적인 무공이 아닌 데다 시간과 공간을 뛰어넘어 나타나기 때문에 도무지 막을 방도가 없었다.

한 장소에 두 개의 물체가 존재할 수는 없다. 만약에 그런 일이 발생하게 되면 두 개의 물체 중 하나는 소멸되어야 한다.

이림은 풍전소가 자신이 있는 공간으로 이것저것 아무 물건이나 마구 공간 이동시키는 것을 보고 더 이상 이곳에 머물러 있을 수 없다는 것을 깨달았다.

이림은 황급히 마로를 열고 그 안으로 뛰어들었다. 분노로 몸이 떨려왔지만 지금으로서는 도주할 수밖에 없었다.

이림이 사라지자 풍전소가 제자리에서 주저앉았다. 짧은 시간에 너무도 막대한 공력을 소모해 서 있을 수가 없었다.

"다시 올 거예요. 이제는 날 노리지 않고 곧바로 능 가가를 노릴 것이 분명해요."

단리수아가 무거운 표정이 되어 입을 열었다.

능비령 역시 자신에게 시간이 별로 없다는 것을 알고 있었다. 이림은 심한 부상을 입었지만 그 정도의 부상은 순식간에 회복될 것이다. 일단은 그가 찾을 수 없는 곳으로 몸을 피한 후 그를 이길 수 있는 실력을 갖춘 후에 돌아와야 했다.

능비령은 단리수아를 향해 고개를 끄덕여 보인 후 눈을 돌려 지면에 주저앉아 있는 풍전소를 바라보았다.

"조금 전의 그게 무슨 수법이었지?"

"형이 위험한 것을 보고 별안간 한 가지 생각이 떠올랐어요. 내 손에 있는 검을 그 사람의 몸에 공간 이동시키면 어떻게 될까 하는 생각 말이에요."

"그랬구나."

"나도 이렇게 효과가 클 줄은 미처 몰랐어요."

풍전소는 짧은 시간 사이에 막대한 공력을 소모해 숨을 헐떡이고 있었지만 스스로 대견해하는 눈빛이었다.

능비령은 다시 눈을 돌려 한쪽 지면을 내려다보았다. 해면체 형태의 영류정이 눈에 들어오자 능비령은 안타까워하는 빛을 머금었다.

능비령은 지면 한쪽에 작은 구덩이를 판 뒤 영류정을 그 안에 넣고 묻으며 옆에 서서 의아해하는 눈으로 바라보고 있는 단리수아를 향해 입을 열었다.

"흑왕은 첫 번째 공세에서는 전력을 다하지 않았습니다. 탐색하는 정도였다고 할까요? 하지만 두 번째 공격은 정말 감당할 수 없었습니다. 제가 살아난 것은 순전히 이 영류정 덕분입니다."

능비령은 이림의 세 번째 공격을 순전히 자신의 힘만으로 막아냈다는 사실은 이야기하지 않았다.

능비령은 자신에게 수련을 할 시간만 주어진다면 그 뒤에는 이림을 만나도 패하지 않을 자신이 있었다. 문제는 그 시간을 어떻게 만들어 내느냐 하는 것이었다.

'육 개월? 어쩌면 일 년 정도가 걸릴지도 모르지. 아니면 평생을 소비해도 불가능할 수도 있을 테고……. 문제는 흑왕이 기다려 주지 않을 것이라는 점이다.'

능비령은 이림과의 격돌에서 검에 대한 깨달음을 얻어가고 있던 중이었다.

 마치 까맣게 잊고 있던 어떤 중요한 일 하나가 별안간 기억날 듯 말 듯한 느낌, 수면 밑에 감춰져 있던 무엇인가가 이내 수면 위로 솟구칠 것 같은 느낌.

 비록 풍전소의 개입으로 깨달음의 순간을 놓치기는 했지만 능비령은 시간만 주어진다면 자신이 놓친 깨달음을 다시 얻을 확신을 지니고 있었다.

 문득 한 가지 생각을 떠올린 능비령의 표정이 밝아졌다.

 "방법이 있습니다."

 "어떤 방법인가요?"

 "나는 지금 곧 나륜으로 가겠습니다."

 "나륜이 어떤 곳인가요?"

 능비령의 표정이 밝아지자 단리수아가 기대의 눈빛으로 바라보았다.

 능비령은 전에 우연히 나륜이라는 이계로 떨어진 일을 들려주었다.

 "시간의 흐름이 달랐습니다. 나는 그곳에서 2년 정도를 보냈지만 중원으로 돌아오니 겨우 삼 개월 정도가 흘렀을 뿐이더군요. 게다가 그곳에는 기가 충만해 수련을 하기에도 최적의 장소입니다."

 "과연 그런 곳이 있단 말인가요?"

 풍전소는 물론이고 단리수아마저 능비령의 말에 놀란 빛을 감추지 못했다.

 "그 족자가 천뢰도에 있다면 천뢰도에 가야 하나요?"

 "아니, 물만 있으면 돼."

 풍전소의 질문에 능비령이 미소를 머금은 채 고개를 저었다.

잠시 후 계곡을 찾아간 능비령은 수모(水母)를 불러내 나륜으로 통하는 수경의 길을 열어달라고 명령했다. 양쪽의 수모를 불러내야 하느니만치 많은 공력이 소모되는 일이었다.

물속에서 물이 뭉쳐져 아름다운 여인의 형체를 하고 나타나자 풍전소와 단리수아의 놀라움은 이루 말할 수 없었다. 게다가 능비령이 손을 흔들며 깊이 한 자도 되지 않는 계곡 물속으로 뛰어들어 사라져 버리자 자신도 모르게 비명을 터뜨려야 했다.

풍전소는 깊이 한 자도 되지 않는 물속으로 뛰어든 능비령의 모습이 보이지 않자 잠시 동안 물속을 이리저리 살펴보기까지 했다.

# 제3장
# 탈환(奪還)

1

 소요장은 십승관의 십대세력 중 하나로서 건곤철축과는 혈연으로 맺어진 문파였다. 때문에 소요장이 대관주 후계자 쟁탈전에서 건곤철축을 지지할 것을 의심하는 사람은 아무도 없었다.
 하지만 소요장은 금와오의 정예들을 건곤철축으로 안내하는 역할을 맡았고 그 속에는 일천 명의 수령무가 몸을 숨기고 있었다. 건곤철축이 허무할 정도로 쉽게 멸문당한 것은 전적으로 소요장 때문이었다고 해도 과언이 아닌 것이다.
 이 소요장에 손님이 찾아온 것은 천지가 어둠의 자락에 뒤덮이기 시작한 저녁 무렵이었다.
 건곤철축의 소가주인 막능여가 단 한 명의 여인만을 대동한 채 불쑥 방문하자 소요장 전체가 벌집 쑤신 듯 들끓게 된 것은 너무도 당연한 일이었다.

충돌은 없었다.

소요장의 수하들은 느닷없이 찾아온 막능여를 대하고 감히 공격할 엄두조차 낼 수 없었다. 너무도 전격적이고 이례적인 그의 행보에 차라리 기가 질려 버린 것이다.

"파혼(破婚)을 요청하기 위해 찾아뵈었습니다."

소요장의 장주(莊主)이자 자신의 장인(丈人)인 팔엽검(八葉劍) 조석순(曺錫舜)을 만나 막능여가 꺼낸 첫마디 또한 파격적이었다.

"그 말을 하기 위해… 이곳을 찾아왔단 말인가?"

빈청에 막능여와 마주 앉아 있던 팔엽검 조석순은 경악의 표정을 감출 수 없었다. 경악이 지나쳐 차라리 허탈해질 정도였다.

"저 여자가 좀 사납기 때문에 어쩔 수 없습니다. 절대로 자신 이외에 다른 부인을 두는 걸 용납하지 않겠다고 하더군요."

막능여가 옆에 무표정하게 앉아 있는 공주 주선의 눈치를 보며 머리를 긁적였다. 적의(敵意)를 드러내기는커녕 정말이지 미안해서 몸 둘 바를 모르겠다는 태도였다.

팔엽검 조석순은 멍청히 막능여를 바라보았다. 막능여의 태도는 절대 가식 같지가 않았다. 그는 어쩔 수 없이 아내를 버려야 하는 입장에 대해 용서를 구하는 태도였다.

팔엽검 조석순은 마음이 불편해 신음을 내뱉듯 나직이 입을 열었다.

"그 문제는… 본 문이 자네 가문을 배신했을 때 이미 결정난 것으로 알고 있네."

배신…….

팔엽검 조석순은 스스로의 입으로 막능여의 가문을 배신했다고 말할 수밖에 없는 자신에 대해 혐오감을 느껴야 했다.

막능여가 고개를 끄덕였다.

"감사합니다. 제가 못난 탓에… 제 사람을 지키지 못했습니다."

팔엽검 조석순이 흠칫 눈을 들었다.

그는 그제야 막능여가 진심으로 미안해하고 있다는 것을 알 수 있었다. 과연 막능여에게는 다른 의도가 없는 게 분명했다.

음모가 감추어져 있는 정략적인 혼인이었다고는 해도 이미 막능여와 자신의 딸은 부부지연을 맺은 사이이다.

여자는 일단 출가를 하게 되면 부군을 따르게 되어 있는 법. 만에 하나 양쪽 가문이 서로 싸우게 되더라도 끝까지 부군을 따르는 것이 여자의 도리인 것이다.

소요장이 비록 건곤철축의 멸망에 결정적인 역할을 했다고 해도 파혼을 요구하며 오히려 송구스러워하는 것은 과연 막능여다운 태도였다.

막능여의 이런 행동은 범인들의 눈에는 여자 문제 때문에 가문의 원수를 찾아와 오히려 용서를 비는 한심한 짓으로 비춰질 것이다. 하지만 그의 이런 점 때문에 팔엽검 조석순은 새삼 자신의 선택이 잘못되었다는 것을 깨닫게 되었다.

'내가 사람을 잘못 봤구나. 너무 과소평가했어. 이 정도의 인물이었다면 차라리 모든 걸 밝히고 도움을 청했으면 지금에 와서 후회하는 일은 없었을지도…….'

팔엽검 조석순의 표정이 더욱 무거워진 반면 막능여는 홀가분하다는 표정이었다.

돌연 막능여의 전신에서 자연스럽게 일문의 문주다운 묵직한 기도가 흘러나왔다.

"전 건곤철축을 재건시킬 예정입니다. 하지만 복수를 하려는 게 아니라 대관주가 되기 위해서입니다."

"그래야겠지……."

팔엽검 조석순은 무척이나 당혹스러운 느낌이었다. 둘 사이는 이미 양립할 수 없는 관계였다. 그 상태에서 막능여가 자신의 계획을 말하자 팔엽검 조석순은 무어라 대꾸할 수 없었다.

"제가 대관주가 되려 하는 이유를 아십니까?"

막능여가 문득 질문을 던졌다. 여전히 적의가 엿보이지 않는 차분한 태도였다.

"말해 보시게."

"전 십승관을 해체시킬 계획입니다. 그러기 위해 오히려 십승관을 장악해야 하는 것입니다."

"으음……!"

신선한 충격이랄까?

팔엽검 조석순은 문득 머리 속에서 뇌전이 울리는 듯한 충격을 받고 자신도 모르게 눈을 들어 막능여를 바라보았다.

"자네… 진심인가? 십승관을 해체하기 위해 대관주가 되겠다는 것이?"

"물론입니다. 십승관은 더 이상 존재해서는 안 됩니다. 너무 많은 피가 흘렀습니다."

막능여는 그 말을 마지막으로 몸을 일으켰다.

팔엽검 조석순이 벌떡 일어서며 입을 연 것은 막능여가 막 빈청의 입구를 빠져나가는 순간이었다.

"자네의 그 말이 진심이라면 자넬 도울 사람이 또 있을 걸세."

"또 있다는 말이 무슨 뜻입니까?"

"자네가 십승관을 해체하려는 게 진심이라면 나는 적극적으로 자넬 도울 생각이네. 그리고 십승관 십대문파의 수장들 중에서도 같은 생각을 하고 있는 사람들이 적지 않을 것이네."

"과연 그럴까요?"

막능여가 고개를 갸웃했다.

"십대문파의 수장들 중에서 그 같은 생각을 갖고 있는 사람들을 포섭하는 일을 내게 맡겨주지 않겠는가?"

막능여는 처음엔 팔엽검 조석순을 신뢰하지 못하는 태도였다. 하지만 그의 눈을 보고 나서는 고개를 끄덕였다.

"좋습니다. 그렇게만 된다면 많은 피를 흘리지 않고서도 십승관을 정리할 수 있을 것입니다."

연합 관계였던 금와오와 용성 간이 별안간 치열한 전쟁으로 돌입한 것은 막능여에게는 천우신조라 할 수 있었다. 본격적으로 건곤철축을 재건해도 그들로서는 신경 쓸 여력이 없었기 때문이다.

여기에다가 만에 하나 십승관 십대세력 중에서 그를 지지하는 문파가 생긴다면 십승관 대관주로서의 등극이 결코 불가능한 일만은 아니었다.

'처음에는 아득하게만 여겨졌던 일이 이제는 오히려 당연한 일로 여겨질 정도로군.'

막능여는 소요장을 벗어나며 내심 고개를 끄덕였다.

단념해 버리면 능력은 거기까지다. 그러나 한계를 만들지 않으면 자신도 미처 모르고 있던 능력을 끌어낼 수 있다.

무림사(武林史)의 거대한 수레바퀴는 멈출 줄 모르고 도도하게 굴러만 간다. 그 역사의 수레바퀴를 한 개인이 멈추게 하거나 방향을 바꾼다는 것은 불가능해 보였다. 그러나 막능여가 그 거대한 역사의 파도를 자신의 힘으로 바꿀 수 있다는 자신을 갖게 된 것은 계절이 겨울로 접어들 무렵이었다.

그해의 겨울이 얼마나 길지, 또 얼마나 혹독한 추위를 몰고 올지 아무도 알지 못했다. 하지만 겨울이 아무리 길어도 결국에는 봄이 온다는 것만큼은 모두들 알고 있었다.

점점이 허공에 찍히던 눈발이 굵어지는가 싶더니 어느새 천공을 모조리 뒤덮기 시작했다.

서설(瑞雪), 첫눈이었다.

그리고… 이미 멸문되어 세인들의 기억 속에서 잊혀져 가던 한 문파가 재기의 첫발을 내딛기 시작한 것은 중원의 북방에 첫눈이 내리기 시작한 바로 그날이었다.

건곤철축(乾坤鐵築),

십승관의 십대세력 중 한곳으로서 한때는 서열 삼위로 인정받고 있던 문파.

건곤철축은 겉으로 보기에는 변한 것이 전혀 없었다.

산의 능선을 따라 끝이 보이지 않을 듯 이어져 있는 성벽의 장엄함도 여전했고, 십여 대의 우마차가 한꺼번에 드나들 수 있는 거대한 성문 역시 보는 이로 하여금 여전히 위압감을 느끼게 만들고 있다.

하지만 그것은 표면적인 것일 뿐, 그 웅장한 성의 주인은 이미 바뀌어 있었고 그 안에 기거하고 있는 사람들도 모두 바뀐 상태였다.

"기분이 이상해."

"뭐가 말인가요?"

"내가 살던 곳에 내가 모르는 사람들만이 북적거리고 있어. 뭐, 화가 난다는 그런 기분과는 달라. 그냥 쓸쓸한 느낌이라고 할까?"

"다시 빼앗으면 돼요. 그러면 쓸쓸한 기분이 사라질 거예요."

막능여는 멀리 보이는 건곤철축의 성문을 바라보며 고개를 저었다. 그의 옆에는 공주 주선이 나란히 서 있었고 한 걸음 뒤에 석적하와 석청봉이 시립해 있었다.

건곤철축은 하나의 대읍에 둘러싸여 있는 형태였다. 건곤철축과 맞붙어 있는 만여 호에 달하는 대읍은 건곤철축 때문에 자연적으로 형성된 도시라 할 수 있었다. 대읍의 사람들 모두 어떤 식으로든 건곤철축과 연관이 되어 먹고 사는 사람들인 것이다.

"나야 뭐 늘 밖에서만 떠돌아 원래 별로 아는 사람이 많지 않았지만 이곳 사람들도 많이 바뀐 것 같아."

막능여는 가장 가까운 객점을 향해 걸음을 옮기며 입을 열었다. 그는 계속 주위를 두리번거리고 있었는데, 혹시 아는 사람이라도 눈에 뜨일까 하는 태도였다.

"당연한 일이에요."

한 걸음 뒤에서 따라오고 있던 석적하가 고개를 끄덕였다.

"이곳에서 장사를 하는 사람들은 모두들 건곤철축과 관련이 있던 사람들이에요. 때문에 하다못해 좌판을 깔아놓고 장사를 하는 보잘것없는 장사꾼들조차 건곤철축의 주인이 바뀌면서 모조리 바뀌게 된 거예요."

"그런 게 상권(商權)이라는 건가?"

"맞아요. 건곤철축의 멸망은 단지 건곤철축에 속해 있는 사람들만이 당한 비극만은 아니에요."

"그랬군."

막능여는 새삼스러운 기분이 되어 주위를 둘러보았다.

한 지역을 관장하고 있던 문파가 멸망당할 때 지배 계급보다는 하류층의 서민들이 오히려 더 많은 고통을 받게 된다는 사실을 알게 되자 마음이 무거웠다.

잠시 후 객점에 들어가 주청에 자리를 잡고 앉은 후 식적하가 입을 열었다.

"건곤철축을 재건하는 첫 번째 계획으로 뇌옥에 갇혀 있는 수하들을 구해야 한다고 했는데, 과연 그래야 할 이유라도 있나요?"

"그건 왜 묻지?"

"위험에 비해 이득이 너무 적기 때문이에요."

"이득이 너무 적다?"

"제가 알아낸 정보에 의하면 뇌옥에 갇혀 있는 수하들은 오십여 명 정도예요. 그 정도의 인원을 구하기 위해 뇌옥을 습격하는 것보다는 차라리 다른 곳에서 사람들을 끌어들이는 게 낫지 않겠어요?"

"그렇지가 않단다. 계산적으로는 오십여 명을 구하기 위해 위험을 무릅쓰는 것보다 다른 세력을 휘하로 끌어들이는 게 낫겠지만, 이 일은 건곤철축의 재건을 알리는 상징적인 의미가 더 강하단다."

"그랬군요."

"그리고… 뇌옥에 갇혀 있는 사람들 중 한 사람은 정말로 꼭 구해야만 한단다."

"그게 누군가요?"

"외사당 당주 곽자의."

"외사당이라면 비밀리에 강호에서 활동하는 조직이 아닌가요?"

"사실 부끄럽게도 난 외사당을 움직이는 방법을 모른다. 언젠가 그 친구가 한번 일러준 적이 있었지만 관심을 두지 않았지."

"그렇다면 외사당의 수하들을 집결시키기 위해서라도 당주인 곽자의만큼은 반드시 구해야 하겠군요."

"그리고 그를 반드시 구해내야 하는 첫 번째 이유는 그가 바로 내 친구이기 때문이다."

포섭할 수도 없고 포섭해서도 안 되는 인물들이 있다. 외사당 당주 곽자의가 바로 그런 인물이었다.

곽자의는 건곤철축의 가주였던 철왕의 직전제자일 뿐만 아니라 소가주 막능여와는 죽마고우 사이였다. 죽으면 죽었지 건곤철축에 대한 충성을 버릴 인물이 아니었다. 억지로 포섭해도 언제고 내부에서 모반을 일으킬 위험 분자에 지나지 않았다.

그렇다고 포로들 전부를 죽일 수는 없었다. 해서 그런 포로들은 감금시켜 놓았는데 그 장소가 바로 건곤철축의 뇌옥이었다.

막능여는 뇌옥에 갇혀 있는 수하들을 구출하기 위해 건곤철축으로 다시 돌아왔지만 어떤 계획을 세워둔 것은 아니었다. 이제부터 석적하와 머리를 맞대고 구출 작전을 세워야만 했다.

얼마의 시간이 흘렀을까?

석적하와 막능여가 건곤철축 내의 상황에 대해 알아낸 정보를 바탕으로 이런저런 이야기를 나누고 있을 때 주문한 음식들이 나왔다.

무심코 음식을 집어 들려던 석적하가 이상함을 느낀 듯 고개를 갸웃했다.

막능여 역시 음식들을 내려다보며 어리둥절한 표정을 지었다.

"이건 우리가 주문한 음식들이 아니군."

차례차례 일행들의 식탁에 차려지고 있는 음식들은 한눈에 보기에도 온갖 정성을 기울여 만든 최상의 음식들이었다. 게다가 그 양도 네 사람이 먹기에는 턱없이 많았다. 식탁을 가득 채우고도 모자라 옆에 따로 식탁을 잇대야 할 정도였다.

일행이 어리둥절해하는 순간 객점의 주인으로 보이는 장년인 한 명이 다가왔다.

"저어… 건곤철축의 소가주이신 곤오극 공자님이 아니십니까?"

막능여는 긴장하지 않을 수 없었다. 적의 코앞에서 신분이 발각되었음을 깨달은 때문이었다.

주인이 안심시키려는 듯 환하게 웃으며 말을 이었다.

"긴장하실 필요 없습니다. 어느 누구도 놈들에게 소가주님이 여기 있다고 밀고할 사람은 없으니까요."

"모두들 바뀐 줄 알았는데… 아직 이곳에서 장사를 하는 분들도 있기는 있는 모양이군요."

막능여가 머쓱해하는 표정으로 고개를 끄덕였다.

"저희들은 소가주님마저 변을 당하신 줄 알고 얼마나 걱정을 했는지 모릅니다. 이렇게 건재하신 걸 보니 정말 다행입니다. 암요, 다행이고 말고요."

막능여는 어리둥절하지 않을 수 없었다.

그는 눈앞의 객점 주인이 누구인지 알지 못했다. 한데 객점 주인의 태도에는 진심이 가득 차 있었다.

"저희들이라면……?"

막능여가 반문을 하자 객점 주인이 환하게 고개를 끄덕였다.

"이제 곧 모두들 소가주님을 뵈러 올 것입니다. 이곳에 남아 있던 사람들 모두가 온다고 하는 걸 너무 소란스러울 것 같아 일부만 선발하느라 한바탕 곤욕을 치렀습니다."

그 말이 신호라도 된 것일까?

주인의 말이 끝나기 무섭게 어디선가 한두 명씩 막능여에게 다가와 인사를 하기 시작했다.

"도련님! 정말 건재하셨군요."

급하게 오느라 서둘렀는지 월병이 담겨 있는 그릇의 뚜껑도 덮지 못하고 들고 온 육순 노인은 막능여를 대하자 당장이라도 눈물을 떨굴 듯한 표정이었다.

육순 노인이 꾸벅 인사를 하고 돌아가자 곧바로 중년 사내가 술이 담겨 있는 주담자를 들고 인사를 왔다.

"이건 소인이 십 년 전에 담근 술입니다. 천하다고 생각하지 마시고 드셔주십시오."

한두 명씩 막능여에게 다가와 인사를 하기 시작한 장사꾼들은 나중에는 오십여 명이 넘었다.

그들은 다른 사람들이 눈치 채지 못하게 한두 명씩 차례로 찾아와 막능여에게 인사를 했는데 진심으로 반가워하는 태도였다. 모두들 자신들이 파는 물건이나 직접 만든 음식 등을 한 가지씩 들고 왔는데, 비록 하찮은 물건들이었지만 정성이 담겨 있는 선물들이었다.
 '난 이 사람들을 모른다. 물론 이 사람들 또한 나를 알고 온 게 아니라 단지 아버님이나 조부님을 알고 있을 뿐이다. 나는 나이지만… 또한 아버님이고 조부님인 것이다.'
 막능여의 가슴 깊은 곳에서 알 수 없는 감동이 물결쳤다.
 모두들 물러간 뒤 막능여는 주인에게 앉으라고 한 후 이것저것 질문을 던졌다. 무림과 관계없는 장사꾼들에 대한 질문이었다.
 "물어보시니까 대답을 해드리긴 합니다만… 정말이지 사는 게 힘들어졌습니다."
 "건곤철축의 주인이 바뀌었다고 해도 여러분들에게는 똑같은 거 아닙니까? 어차피 장사는 장사이니까요?"
 주인이 고개를 저으며 차분히 입을 열었다. 세상 물정에 대해 아무것도 모르는 막능여를 한심해하기보다는 그를 이해하는 태도였다.
 "그렇지 않습니다. 이곳에서 장사하던 사람들은 대부분 건곤철축의 무사님들과 어떤 식으로든 연관이 되어 있었습니다. 하다못해 사돈의 팔촌이라도 되는 친척이라던가, 그도 아니면 개인적인 친분이라도 있었기 때문에 이곳에서 마음 편하게 장사를 했지만 지금은 다르지요."
 "무엇이 다른 겁니까?"
 막능여가 진지한 표정이 되어 반문했다.
 "왜 이런 말이 있지 않습니까? 병들어 누워 있는 서방이라도 차라리 없는 것보다는 낫다는 말 말입니다. 세상살이가 다 그런 겁니다. 의지할 데가 있는 것과 아예 비빌 언덕조차 없다는 것은 그야말로 천양지차인 것입니다."
 "그랬군요."

막능여는 또다시 마음이 무거워져 천천히 고개를 끄덕였다. 동시에 그의 가슴 저 아래에서 강렬한 의지가 솟구쳐 오르기 시작했다.

지금까지는 사실 가문의 재건에 대해 스스로 강렬한 의지를 지니고 있지는 못했다. 그저 그래야 할 것 같은 의무감에 시작했고, 군사(軍師)임을 자처하는 석적하의 재촉에 반강제적으로 떠밀려 오고 있는 상태였다.

하지만 이제는 달랐다. 서서히 그의 가슴 저 밑에서 건곤철축을 재건하고자 하는 강렬한 의지가 솟구치기 시작한 것이다.

건곤철축을 무너뜨린 뒤 그것을 흡수한 문파는 바로 금와오였다. 용성이 금와오와 합작을 해 건곤철축을 무너뜨린 사실은 적어도 표면적으로는 비밀이었다.

하지만 건곤철축의 재물들과 모든 이권(利權)은 용성과 금와오에서 정확히 양분해서 나누어 가진 상태였다. 건곤철축은 주인이 바뀌기 무섭게 그야말로 철저하게 껍데기만 남은 것이다.

그래서였을까?

위용을 자랑하던 수많은 전각들과 아름다운 가산(假山), 운치있는 연못 등 경관은 여전했지만 건곤철축 내부에는 어쩐지 쓸쓸함만이 감돌고 있는 느낌이었다.

밤이 깊어가자 건곤철축 내부는 더욱더 적막해졌다. 경계를 서는 금와오의 무사들만 드문드문 눈에 뜨일 뿐 전체적으로 빈집 같았다.

"이게 뭐야? 이미 재물이 될 만한 건 싹 쓸어가서 별로 지킬 필요도 없다는 뜻인가?"

"그렇지가 않아요. 이곳에 파견되어 있던 금와오의 고수들 대부분이 용성과의 싸움에 출동되었기 때문에 이렇게 텅 빈 것처럼 보일 뿐이에요."

"최소한 여길 버린 건 아니군."

삼경쯤 되었을까?

건곤철축의 깊숙한 곳에 위치해 있는 뇌옥 앞에서 돌연 적막을 깨는 두런거리는 음성이 들려오기 시작했다. 마치 원래부터 그 자리에 서 있었다는 듯 어둠 속에 불쑥 나타난 사람들은 바로 막능여 일행이었다.

공주 주선은 물론이려니와 석청봉, 석적하 자매들 역시 이미 적지(敵地)로 변한 건곤철축에 잠입했으면서도 태연하기만 했다. 굳이 몸을 감추지 않는 건 둘째 치고 음성조차 낮출 생각을 하지 않았다.

"뭐 이래? 난 한바탕 손 좀 풀 줄 알았는데 왜 아직까지 우릴 막는 자들이 없지?"

"밀법을 써서 단숨에 여기까지 왔으니 아무도 우리 행적을 발견하지 못한 것뿐이야. 이제 곧 네가 원하는 대로 몰려들 올 테니 마음껏 손 풀 기회가 있을 거야."

석청봉이 투덜대며 주위를 둘러보자 석적하가 혀를 찼다.

아니나 다를까?

"적이 침입했다!"

"웬 놈들이냐!"

뇌옥을 지키고 있던 금와오의 수하들이 그제야 막능여 일행을 발견한 듯 뇌옥의 입구 좌우에서 우르르 몰려나오기 시작했다.

"내가 길을 뚫겠어요. 뒤따라오세요."

공주 주선이 뇌옥의 입구를 보며 막능여를 향해 고개를 끄덕였다.

막능여는 순간적으로 공주 주선의 몸에 거대한 기가 가득 차는 것을 느끼며 내심 혀를 찼다. 공주 주선의 의지가 뒤로 물러나고 어느새 혈왕의 의지가 주선의 육체를 차지한 것이다.

"알았소."

막능여는 대답과 함께 십여 장 앞쪽으로 시선을 돌려야 했다. 주선의 몸이 이미 십여 장 앞쪽을 쏘아져 가고 있기 때문이었다.

그녀의 앞에는 이십여 명의 금와오 무인들이 포위망을 갖추며 다가오고 있었다.

주선은 일직선으로 뇌옥의 입구까지 마치 한줄기 질풍인 양 쏘아져 가고 있었는데 어느 누구도 그녀를 막지 못했다.

마치 갈대 숲을 가르는 한 마리 야수 같은 모습이라고 할까? 손을 쓰는 것이 전혀 보이지 않는다. 마치 덮쳐 오던 금와오 무사들이 저절로 좌우로 갈라지며 퉁겨 나가고 있는 듯한 광경이었다.

콰아앙!

함께 있던 공주 주선의 몸이 일직선으로 뇌옥의 입구를 향해 쏘아져 가는 것을 목격한 다음 순간, 뇌옥의 굳게 닫혀 있던 철문이 터져 나갔다.

주선의 몸이 번뜩이며 뇌옥의 입구와 일직선상에 놓여 있던 금와오 무사들 십여 명이 형체도 알아보기 힘들 정도로 처참하게 죽어 나가고, 다시 뇌옥의 철문이 터진 것은 어찌 보면 거의 동시였다고 해도 과언이 아닐 정도였다.

갈가리 찢겨 나간 뇌옥의 철문을 아연해하는 눈빛이 되어 바라보던 석청봉이 돌연 막능여를 바라보았다. 그녀의 눈에는 막능여가 걱정스럽다는 듯한 안타까움의 빛이 떠올라 있었다.

"절대로 부부 싸움 같은 것은 하지 마세요."

"나도 그럴 생각이란다."

막능여가 쓴웃음을 지으며 뇌옥의 입구를 향해 걸음을 옮기기 시작했다.

쒀아앙!

석청봉의 손에서 한꺼번에 세 대의 강전이 날아가자 어김없이 세 명이 화살에 관통된 채 쓰러졌다. 석적하는 연이어 주문을 읊으며 덮쳐오고 있는 금와오 무사들을 밀법으로 쓰러뜨리고 있었다.

막능여는 거대한 패도를 종이로 만든 칼처럼 가볍게 휘두르며 한 걸음도 지체하지 않은 채 뇌옥의 입구로 다가들었다.

사방에서 호각 소리가 울리기 시작했고 곳곳에서 횃불이 밝혀졌다.

"입구를 지키고 있겠다."

막능여는 일단 뇌옥의 입구에 도착하자 입구를 등에 진 채 멈춰 섰다.

천주부동(天柱不動),

거대한 패도에 의지한 채 제자리에 못 박힌 듯 서 있는 그의 태도는 가히 천장(天將)을 보는 듯했다.

석적하와 석청봉이 막능여를 뒤로한 채 뇌옥 안으로 뛰어들었다. 안으로 들어가자 백 보 거리를 두고 다시 철문이 있었는데 그 철문 또한 이미 부서져 있었다.

부서진 철문 옆에는 십여 구의 시신들이 쓰러져 있었다. 몸의 일부분이 찢겨져 나간 처참한 상태로 쓰러져 있는 그들의 몸에서는 아직도 피가 흘러내리고 있어 끔찍하기 이를 데 없었다.

"우리가 할 일은 아예 없을 것 같은데?"

석청봉이 기가 질린 듯 고개를 저었다.

석적하가 빠르게 뇌옥 안의 통로를 달려가면서 소리쳤다.

"할 일이 왜 없어! 빨리 감방의 문들을 열어줘야 해. 공주님은 아마 지키고 있는 자들을 죽이기만 할 뿐 갇혀 있는 사람들을 위해 문을 열어주지는 않을 거야."

과연 석적하의 판단이 맞았다.

공주 주선은 뇌옥 안으로 뛰어들어 닫혀 있는 감방의 철 창살 문을 열어줄 생각도 하지 않은 채 간수들을 찾아다니며 잔인하게 죽이고 있을 뿐이었다.

뇌옥의 규모는 무척이나 넓어 철 창살로 막혀 있는 감방의 수효가 삼십여 개에 달했다. 원래의 뇌옥을 넓혀놓은 게 분명했다.

석적하는 석청봉과 함께 굳게 닫혀져 있는 철 창살 문들을 하나하나 부숴 나갔다. 그때마다 그 안에 갇혀 있던 죄수들이 환호성을 지르며 뛰어나왔다.

삼십여 개에 달하는 감방 안의 죄수들을 모두 풀어준 뒤 석적하가 문득 주위를 둘러보며 고개를 갸웃했다.

"그나저나 공주님은 어디를 갔을까?"

석청봉이 별안간 손을 내둘렀다.

"난 지금은 공주님과 마주치고 싶지 않아. 무섭단 말이야."

"그래도 지금 당장 공주님이 필요해. 빨리 찾아봐. 서둘러!"

풀려난 죄수들은 모두 뇌옥의 입구로 달려가려고 했다. 석적하는 그들을 지휘해 뇌옥의 중앙에 있는 지하 광장에 모이게 했다.

금와오에서 접수한 건곤철축의 본단을 관장하고 있는 인물은 금와오 전체 서열 11위에 올라 있는 혈휴(血休) 계의성(啓宜宬)이었다. 그는 깊이 잠들어 있다가 깨어나는 바람에 잔뜩 짜증이 난 상태였다.
 "뇌옥에 갇혀 있는 동료들을 구한답시고 습격을 해왔단 말이냐? 단 네 명이?"
 "예."
 혈휴 계의성이 잠자고 있던 침실까지 찾아와 보고를 하고 있는 수하는 잔뜩 긴장해 짧게 대답했다.
 혈휴 계의성이 고개를 끄덕였다.
 "그 네 명 속에 건곤철축의 소가주인 곤오극이 섞여 있었다고 했느냐?"
 "그렇습니다. 확실히 놈도 섞여 있었습니다."

"그 천방지축 개망나니가 이제야 철이 들어 수하들을 구한답시고 여기로 기어들었다? 역시 천방지축인 건 어쩔 수 없군."

혈휴 계의성은 다급하게 보고를 하고 있는 수하에 비해 느긋하기 이를 데 없었다. 그는 아예 옷을 갈아입을 생각조차 없어 보였다.

"그래, 그들이 어떻게 했다고?"

"뇌옥의 입구를 부수고 뇌옥 안으로 들어갔습니다."

보고하던 수하는 혈휴 계의성이 무슨 생각으로 느긋하게 질문하고 있는지 모른 채 다시 대꾸했다.

혈휴 계의성이 눈썹을 찌푸렸다.

"그렇다면 죄수 네 명이 더 늘어났을 뿐인데 왜들 그렇게 호들갑을 떠는 것이냐!"

혈휴 계의성은 말과 함께 반쯤 상체를 일으켰던 몸을 다시 침상 위에 눕히며 돌아누웠다.

"날이 밝으면 일어나겠다. 그때까지 수하들을 뇌옥 안으로 진입시키지 말고 입구 주위만 철저하게 지켜라."

"예."

보고를 하던 수하가 돌아가자 혈휴 계의성은 정말로 아무 일도 없었다는 듯 눈을 감으며 잠을 청했다.

'모두들 공력이 폐쇄되어 있는 데다 감금된 지 오래되어 아마 제대로 걸을 수 있는 자들도 몇 명 되지 않을 것. 뇌옥 안에서 영원히 버틸 수는 없을 테니 서두를 것 없지.'

하지만 혈류 계의성이 벌떡 몸을 일으킨 것은 잠을 청하기 시작한 지 일 다경 정도 지난 다음이었다. 한번 잠을 설친 탓에 다시 잠을 청하려니 여간해서 잠이 오지 않았다. 때문에 이리저리 뒤치락대던 그는 불현듯 한 가지 생각을 떠올리게 된 것이다.

'뇌옥 안으로 들어간 놈들이 갇혀 있던 놈들의 폐쇄된 공력을 회복시킬 수도 있지 않은가! 이런 바보 같으니!'

혈휴 계의성은 서둘러 의복을 갈아입은 후 황급히 침실을 빠져나왔다. 그는 한순간의 잘못된 판단으로 오히려 적들에게 시간을 벌어준 것 같아 스스로에 대해 화가 치밀어 올랐다. 하지만 서둘러 뇌옥으로 걸음을 옮기며 애써 스스로를 위안하는 도리밖에 없었다.

'모두 공력이 회복되었다 해도 겨우 오십 명! 그 인원으로 이곳을 탈출할 수는 없다!'

갇혀 있던 오십여 명의 포로들 모두가 공력이 폐쇄되어 있는 상태였다. 게다가 감금 생활이 길어 그야말로 혼자서는 제대로 걷지도 못하는 사람이 많았다.

석적하는 그들 전원을 뇌옥의 중앙에 위치해 있는 공터에 집결시킨 후 공주 주선과 함께 그들의 폐쇄된 공력을 회복시키는 데 전력을 다했다. 탈출할 때 짐이 될 사람들을 오히려 함께 싸울 수 있는 사람들로 만들기 위해 이 일이 가장 시급했다.

공주 주선의 활약이 눈부셨다. 그녀 내부에 깃들어 있는 혈왕은 사람들을 치료하고 폐쇄된 공력을 회복시키는 일을 귀찮아했다. 하지만 공주 주선의 강렬한 의지에 의해 결국 어쩔 수 없이 손을 쓰기 시작했다.

혈왕은 그저 한 번 손을 대는 것만으로 공력이 폐쇄된 사람들을 회복시켰고 허약해진 사람들의 원기를 되돌려 주었다. 여기에다가 막능여까지 합세하자 오십여 명이 모두 공력을 회복하는 데 불과 반 시진 정도밖에 걸리지 않았다.

"입구를 지켜야 할 사람이 왜 들어온 거예요?"

오십여 명 전원이 가부좌를 틀고 앉아 운기행공을 하고 있는 것을 보며 석적하가 이마의 땀을 훔쳤다.

"놈들이 그냥 입구 근처만 에워싼 채 공격해 오지 않기에 들어온 것이다. 아마 우리가 나갈 때 잡을 생각이겠지."

막능여는 오십여 명의 죄수들 중 외사당의 당주 곽자의가 어디에 있나 눈으로 찾으며 대꾸했다.

"금와오에는 머리를 쓸 줄 아는 사람이 단 한 명도 없다는 게 우리로서는 다행이군요."

"어쩌면 당장이라도 다시 공격해 올지도 모르지. 뭐, 이제는 늦었지만."

과연 공력이 회복되어 운기행공에 들어갔던 오십여 명의 죄수들 대부분 운기행공을 끝내고 몸을 일으키고 있었다.

"소가주님!"

"소가주님이 우리를 구하러 오셨군요."

갇혀 있던 사람들은 자신들을 구하러 온 사람이 막능여라는 사실을 오히려 믿지 못하겠다는 태도였다. 막능여가 문의 일에는 관심이 없어 항상 밖으로만 떠돌고 있었던 데다가 이미 죽었다고 알려져 있었기 때문이다.

그들 중 특히 가장 놀라고 반가워한 사람은 바로 외사당의 당주 곽자의였다.

"소가주님……!"

"미안하네. 이제야 오게 되었네. 뭐, 아직 탈출에 성공한 것은 아니지만 말일세."
 막능여는 정말로 미안하다는 듯 뒤통수를 긁적였다.

 혈휴 계의성이 뇌옥의 입구에 도착한 것은 막능여와 공주 주선을 선두로 갇혀 있던 오십 명의 죄수들이 막 뇌옥의 입구를 빠져나오고 있을 때였다.
 비록 이십여 장 거리였지만 혈휴 계의성은 그들을 한번 둘러본 것만으로도 그들 모두 공력이 회복되었다는 것을 알 수 있었다.
 그는 분노를 억누르며 주위의 수하들을 둘러보았다.
 이백여 명의 수하들은 뇌옥의 앞에 반원 형태로 늘어선 채 철통같이 지키고 있을 뿐이었다. 그 모습이 혈휴 계의성의 눈에 탈출하는 죄수들이 공력을 회복하고 나올 때까지 기다려 준 한심한 모습으로 비쳐진 것은 어쩔 수 없는 일이었다.
 한 가지 위안이 된다면 누군가가 수하들 중 오십여 명의 궁수대(弓手隊)를 편성해 전면에 배치해 놓은 것이었다.
 선두에 서서 뇌옥을 빠져나온 막능여는 주위를 포위하고 있는 금와오의 수하들 중 궁수대를 눈여겨보지 않을 수 없었다.
 "골치 아픈 게 있었군."
 "멍청이들만 있는 건 아니었나 봐요."
 바로 뒤에서 따라오던 석적하가 긴장을 감추지 못한 채 입을 열었다.
 궁수대가 화살을 쏘는 것은 죄수들이 모두 뇌옥의 입구를 벗어났을 때일 것이다. 그전에 궁수대를 괴멸시키는 것이 가장 시급한 일이었다.

"또 부탁을 해야 하겠구려."

막능여가 공주 주선을 향해 시선을 돌리자 주선이 고개를 끄덕였다. 동시에 검은 그림자가 움직였다고 싶은 순간 그녀의 몸은 이미 이십여 장 밖에 있는 궁수대 속에 섞여 있었다.

퍼퍼퍽!

오십여 명의 궁수들은 한 군데 집결해 있는 게 아니었다. 그들은 각기 일 장씩 간격을 둔 채 반원을 그리며 퍼져 있었다.

하지만 머리나 몸의 일부가 터져 나가는 소리가 거의 동시에 터져 나오는 것처럼 연이어 들려오기 시작했다. 그리고 마치 나란히 늘어 세워놓은 짚단들이 태풍에 한꺼번에 쓰러지며 사방으로 휘날리는 것 같은 광경이 벌어지기 시작했다.

무엇이 어떻게 된 것인지 상황 판단도 되기 전에 이미 십여 명의 궁수가 쓰러져 버렸다.

막능여를 선두로 오십여 명의 죄수들이 일렬로 늘어선 형태로 전면을 향해 돌진한 것은 바로 이 순간이었다.

반원형으로 앞을 막아선 금와오의 수하들을 향해 막능여와 건곤철축의 수하들은 마치 하나의 송곳처럼 일직선으로 뚫고 나온다. 이것은 병법으로 따져도 이미 막능여 쪽의 승리라 할 수 있었다.

금와오의 수하들은 좌우에서 조여올 수도 있었지만 공주 주선의 전격적이면서도 무지막지한 기습과 막능여가 이끌고 있는 오십여 명의 질주 속도가 너무도 빨라 정신을 차렸을 때는 이미 포위망의 중앙이 뚫린 뒤였다.

막능여는 선두에 서서 앞을 가로막는 것을 모조리 베어넘기며 질주하기 시작했다. 그와 오십여 명의 수하들은 마치 거대한 창이 쏘아져 나가는 듯한 기세였다.

금와오의 수하들이 이미 포위망을 돌파한 그들의 후미를 쫓기 시작했다. 하지만 궁수대를 무력화시킨 공주 주선이 마치 탈출에 합류할 의사가 전혀 없는 듯 그들을 막아선 채 무자비한 학살을 벌이고 있어 그것도 불가능했다.

어둠 속으로 멀어져 가는 막능여 일행을 바라보며 혈휴 계의성이 분노로 몸을 떨었다. 그가 막 뇌옥 앞에 도착하는 순간 모든 것이 한순간에 끝나 버린 것이다.

나찰처럼 날뛰며 무서운 신위를 보여주고 있던 정체 불명의 여인도 이미 사라지고 없었다.

"놈들 대부분이 응급 처치로 겨우 움직일 수 있을 정도다. 절대로 멀리 가지는 못한다."

혈휴 계의성은 추적을 멈추게 한 뒤 스스로를 위안하려는 듯 소리없이 중얼거렸다.

"더구나 그 많은 인원이 함께 도주한다면 흔적을 남길 수밖에 없을 것… 전력을 정비해 천천히 추적한다."

성문을 벗어난 막능여 일행은 건곤철축을 둘러싸고 형성되어 있는 도읍으로 들어갔다.

석적하는 감금되어 있던 수하들을 두 명씩 한 조로 묶어 사방으로 흩어지도록 했는데, 이미 삼십여 명의 상인들이 그들을 은밀히 자신의 집에 숨기기 위해 대기하고 있었다.

잠시 후 오십여 명의 죄수들은 그야말로 모래 속으로 물이 스며들듯 흔적도 없이 도읍 안으로 스며든 형태가 되었다. 반 시진 뒤 성내의 모든 인원을 동원해 추적에 나선 혈휴 계의성이 탈옥한 죄수들의 흔적을 찾지 못한 것은 너무도 당연한 일이었다.

"흔적을 찾을 수 없다고 했느냐?"

"예, 도읍 밖으로 나간 흔적도 없습니다."

"결론은 놈들이 모두 이 안에 있다는 게 아니냐!"

"예. 알고 있습니다만 범위가 너무 넓어 지금의 인원으로는 모든 곳을 수색할 수가 없습니다. 만약 흩어져서 수색하게 되면 오히려 놈들에게 당할 우려가 있습니다."

"으음……!"

혈휴 계의성은 보고하고 있는 수하를 바라보며 자신도 모르게 신음 소리를 흘려냈다.

뻔히 보이는 눈앞에 있는 죄수들을 다시 잡아들일 수 없다는 것이 더욱더 그의 분노를 들끓게 했지만 어쩔 도리가 없었다.

"철수… 한다! 그리고 지금 당장 본단에 연락해 지원을 요청하도록!"

혈휴 계의성은 상처 입은 짐승처럼 억눌린 음성으로 명령을 내렸지만 본단에서 지원 병력을 보낼 리 없다는 걸 잘 알고 있었다. 보내지 않는 게 아니라 용성과의 싸움에 대부분의 수하들이 투입되어 이곳에 보낼 지원 병력이 없는 것이다.

뇌옥에 감금되어 있던 수하들이 상인들 집으로 스며들어 융숭한 대접을 받으며 휴식을 취하고 있을 무렵 곽자의가 막능여를 찾아왔다.

"난 모두들 하루나 이틀 정도 푹 쉬면서 기력을 회복하기를 기다리고 있네. 필요하면 더 쉴 수도 있고. 시간을 얼마나 줄까?"

막능여는 머물고 있던 객점의 주청으로 나가 곽자의에게 술을 대접하며 입을 열었다.

곽자의가 고개를 저었다.

"필요없습니다. 모두들 집으로 돌아간 뒤에 푹 쉬겠다고 하더군요."

"집이라니?"

"건곤철축이 우리들 집이 아니었습니까?"

"지금 당장 빼앗겼던 집을 되찾자는 말인가? 이 정도 인원으로?"

"지금 성내에 남아 있는 금와오 수하들의 수효는 삼백 명 정도입니다. 그나마 고수라고 할 수 있는 자들은 모두 용성과의 싸움에 동원되어 오합지졸이나 다름없습니다."

"정 그럴 생각이라면 쉬었다 싸워도 늦지는 않네."

"암습의 효과를 배가시키려면 지금이 좋습니다. 이미 모두들 소가주님의 명령만 기다리고 있습니다."

"좋아! 하지만 암습은 하지 않겠네. 그냥 정식으로 공격하는 걸세."

막능여는 정말이지 흔쾌한 기분으로 술자리를 박찰 수 있었다.

느긋하게 이완되어 있던 전신의 근육들이 팽팽히 당겨지는 기분이었다.


혈휴 계의성은 성으로 돌아가기 무섭게 통상적인 경계를 담당하는 수하들을 제외하고 나머지 수하들은 모두 각자의 거처로 돌려보냈다.

본단에서 지원병력이 도착하는 대로 수색에 나서기로 했지만 사실 내심으로는 이미 추적을 포기한 상태였다. 그가 잠이 들지 못하고 뒤척이는 것은 단지 본단에 보고해야 할 일이 골치 아팠기 때문이었다.

한데 간신히 잠이 들려던 그는 또다시 충격적인 보고를 받아야만 했다.

"뭐라고……? 놈들이 제 발로 다시 왔단 말이냐?"

"예. 외곽 순찰조로 위장해 성문을 열게 한 뒤에 들어왔습니다. 이미 외성을 돌파한 뒤 내성까지 진입해 오고 있습니다."

혈휴 계의성은 황급히 무기를 챙겨 들고 밖으로 나섰다. 그렇지 않아도 죄수들이 모두 탈옥한 일에 대해 본단에 보고할 일을 걱정하던 중이었다. 한데 그 죄수들이 기습을 한답시고 제 발로 다시 기어들어 온 것이다.

'내성까지 깊숙이 진입해 들어왔다면 놈들 스스로 함정 안에 갇힌 형세나 진배없다. 골칫거리가 저절로 해소되는군.'

혈휴 계의성은 오십 명에 불과한 건곤철축의 패잔병들에 대해 그야말로 일말의 불안감도 없었다.

용성과의 싸움에 동원되어 성내에 이렇다 할 만한 고수가 없다고 해도 수하들의 수효는 무려 삼백여 명에 달한다. 설마 삼백여 명의 인원이 오십 명에게 패한다고는 상상조차 할 수 없었던 것이다.

혈휴 계의성이 막능여 일행과 맞부딪친 곳은 성의 중지(重地)라 할 수 있는 건곤관(乾坤館) 전면의 대연무장이었다. 그들은 삼백여 명에 달하는 수하들에 의해 물샐틈없이 포위당해 있는 상태였다.

한데 뭔가가 달랐다.

분명히 삼백여 명이 오십 명에 불과한 패잔병들을 포위하고 있었지만 전체적인 분위기는 반대였다. 기세 면에서 마치 삼백 마리의 양들 사이에 오십 마리의 늑대가 오만하게 서 있는 듯한 분위기였다.

'이 싸움은… 우리가 졌다!'

혈휴 계의성은 대치해 있는 전장에 도착하는 순간 현기증을 느껴야만 했다. 애써 자신의 느낌을 무시하고 싶었지만 끝내 무시할 수가 없었다.

포위하고 있는 수하들을 뚫고 전면으로 나가자 과연 건곤철축의 소가주로 보이는 청년이 보였다.

머리에는 도관(道冠)을 썼지만 입고 있는 옷은 도포가 아니라 허름하기 이를 데 없는 청의다. 도대체 도인인지 속인인지 가늠할 수 없는 괴이한 복장도 특이했지만 무엇보다도 거대한 철탑 같은 장대한 체구가 인상적이었다.

혈휴 계의성은 막능여를 대하는 순간 영감처럼 한 가지 생각을 떠올렸다. 수적으로 여섯 배에 달하는 상황이면서도 어쩐지 패배할 것만 같은 불안감을 씻을 수 있는 방법을 찾아낸 것이다.

"그대가 그 유명한 건곤철축의 소가주였군."

노골적으로 빈정대는 말투이다.

"내가 어째서 유명했다는 것인지 가르쳐 줄 수 있습니까?"

막능여는 고개를 갸웃하면서 정말 모르겠다는 듯 순박하게 반문했다.

"건곤철축의 소가주라면 천방지축 개망나니로 유명했지. 도가 일맥도 아니면서 도를 닦는답시고 밖으로만 떠돈."

혈휴 계의성은 짐짓 오만한 자세로 차갑게 내뱉었다. 어떻게 해서라도 막능여를 격동시키는 것이 목적이기 때문이었다.

막능여는 가만히 혈휴 계의성을 바라보다가 고개를 끄덕였다.

"그렇소. 그 개망나니가 지금 내 집을 되찾으러 왔는데 그대는 내 도전을 받아줄 수 있겠소?"

"물론 받아주고말고."

혈휴 계의성은 내심으로 환호성을 터뜨리며 한 걸음 나섰다. 기실 막능여가 격분해 자신에게 도전하도록 만드는 것이 그의 목적이었다. 일단 우두머리인 막능여만 제거해 버리면 수하들의 억눌린 사기도 회복될 것이라는 계산이었다.

막능여는 뚜벅뚜벅 걸어나와 혈휴 계의성과 삼 장 거리를 두고 대치해 섰다.

사실 혈휴 계의성이 잔뜩 신경을 쓰고 있던 인물은 건곤철축의 소가 주인 막능여가 아니라 그와 함께 서 있는 공주 주선이었다.

빙설처럼 아름다우면서 나찰처럼 무서운 신위를 보여주던 정체 불명의 여인, 그 여인이 나선다면 그로서도 자신이 없었다. 때문에 일부러 막능여가 도전해 오도록 유도했던 것이다.

"준비됐소?"

막능여가 따분해하는 표정으로 입을 열었다.

"난 되었다. 선배로서 삼 초를 양보……."

혈휴 계의성은 이미 자신의 독문병기인 일 장 길이의 붉은 장창(長槍), 추혼적창(墜魂赤槍)을 힘차게 꼬나 쥔 상태였다. 그는 자신의 격장지계에 넘어온 막능여가 한심스러워 삼 초를 양보하려 했지만 끝내 말을 끝맺을 수 없었다.

부웅…….

거대한 패도가 단숨에 허공을 단축하며 밀어닥쳤다. 힘은 둘째 치고라도 그 속도가 가히 불가사의할 정도였다.

'뭔가 잘못됐다!'

혈휴 계의성의 뇌리를 스쳐 간 마지막 생각이었다.

거대한 패도는 혈휴 계의성이 막고 자시고 할 여유도 주지 않은 채 벼락같이 밀어닥쳐 그의 허리를 양단해 버렸다.

금와오 전체 서열 11위의 고수로서, 또한 무림백대고수로 손꼽히는 고수치고는 너무 허무한 죽음이었다.

"와아……!"

"쳐라!"

혈휴 계의성이 두 조각이 되어 엄청난 피를 뿌리며 무너져 내리는 순간 건곤철축의 수하들이 일제히 사면팔방으로 흩어져 포위해 있는 금와오의 수하들을 공격하기 시작했다.

"항복해라! 그게 아니면 도망치거나!"

어찌 보면 무모하기 이를 데 없는 싸움이었으나 금와오의 수하들은 상관인 혈휴 계의성이 단 일 초에 죽는 모습을 대하고 이미 사기가 바닥까지 떨어진 상태였다. 게다가 누군가가 항복하기 싫으면 도망치라고 소리친 것이 결정적으로 전의(戰意)를 상실하게 만드는 계기가 되었다.

중원의 북방에 첫눈이 내리는 그날…

하나의 신화(神話)가 만들어졌다.

건곤철축의 멸망이 너무도 허무했던 것처럼 그 탈환 역시 믿을 수 없을 정도로 간단했다. 건곤철축의 멸망은 승자(勝者)로 하여금 무림사에 신화를 이룩한 문파로 기록되게 했지만 그 탈환 또한 하나의 신화가 된 것이다.

그리고… 세 명의 여인만을 대동한 채 건곤철축을 탈환한 막능여가 무림의 풍운을 주도할 살아 있는 신화로 떠오른 것 또한 첫눈과 함께였다.

# 제4장
# 수련(修鍊)

# 1

 수경의 길을 통해 이계인 나륜으로 넘어온 능비령이 도착한 곳은 거대한 호숫가였다.
 하늘에는 열두 개의 달이 손에 잡힐 듯 낮게 떠 있고, 일렁이는 수면에 그 열두 개의 달이 반사되고 있다. 가히 몽환적인 기경(奇景)이 아닐 수 없었다.
 능비령은 주위의 지형과 하늘에 떠 있는 열두 개의 달을 비교해 보며 수유관으로 머리 속에 기억해 둔 나륜의 지도를 떠올렸다. 예전에 저인족의 왕도를 탈출할 때 단다가 지니고 있던 지도였다.
 잠시 후 능비령은 자신이 도착한 호수가 삼천상원과 멀지 않은 곳임을 알 수 있었다.
 능비령은 어차피 지금 당장 남상원에 갈 계획이 없었으므로 무작정 가장 가까운 숲을 향해 걸어갔다. 걸음을 내디디려니 몸이 무거웠다.

마치 깊은 물속에 몸이 잠겨 있는 듯한 느낌이었다.

능비령은 처음 나륜에 왔을 때 경험했던 중력의 무게를 새삼 느끼며 내심 혀를 내둘렀다.

잠시 후 능비령은 호수에서 오백 장 정도 떨어진 곳에 위치해 있는 숲에 당도한 후 걸음을 멈췄다. 오십여 장 높이의 거목인 규들이 빽빽이 들어서 있는 장소였다.

능비령은 주위의 지형을 살핀 후 예전에 했던 것처럼 거목의 가지 위에 임시 거처를 만들었다. 십여 장 높이의 가지 위로 다른 나뭇가지들을 깔고 그 위에 다시 낙엽을 덮은 간단한 거처였다.

임시 거처가 완성된 후 위에서 사방을 살펴보니 시야가 좋았고 무엇보다도 호수가 가까워 편리한 점이 많을 것 같았다.

다음날부터 능비령은 스스로 정한 수련 계획에 따라 생활하기 시작했다.

이른 아침에 일어나 가장 먼저 한 시진가량 운기행공을 한다. 나륜은 기(氣)가 많아 중원에 비해 세 배 이상 공력이 증진되는 효과가 있었다.

운기행공이 끝나면 간단하게 요기를 마치고 호숫가를 따라 달리기를 했다. 호수의 둘레는 오십여 리에 달해 공력을 끌어올리지 않고 달리기에는 비교적 먼 거리였다.

그는 호숫가를 따라 달리면서 절대로 공력을 끌어올리지 않았는데, 이계의 중력과 적응하는 자체만으로도 훌륭한 체력 단련이 되기 때문이었다.

처음에는 호숫가를 한 바퀴 도는 데 한 시진이 넘게 걸렸다. 중원에 비해 중력이 높아 체력 소모가 컸다. 하지만 한 달이 지날 무렵에는 그 시간이 반 시진으로 줄어들었다. 그 뒤부터 능비령은 호숫가를 두 바퀴를 돌기 시작했다.

호숫가를 따라 달리면서 이계의 중력과 적응하는 훈련이 끝난 뒤에는 명상에 들어간다.

본격적인 연무는 명상이 끝난 다음이었다.

능비령은 오직 검에 대해서만 수련을 했는데 전에 이림과 싸울 때 깨닫지 못한 검의(劍意)를 완성시키는 것이 목적이었다.

그는 수많은 기연을 통해 수많은 검법을 얻었지만 그 검로는 모두 달랐다. 그 검법들을 하나의 검법으로 융화시키는 것은 어떻게 보면 불가능하게 느껴졌다.

첫 번째 목표는 그 검법들을 모두 극성까지 연마하는 것이었다. 그 검법들을 하나의 검법으로 합치는 것은 그 뒤의 일이었다.

사실 능비령은 천을계의 사대절학과 천뢰도에서 얻은 동원검법정록 등의 절학들을 모두 칠팔 성 정도밖에 연성하지 못한 상태였다. 단지 삼초검만 깨달음을 얻었을 뿐이다.

차분히 무공에 전념할 시간적인 여유가 없기도 했지만 각기 무림의 절학으로 손꼽히고 있는 그 많은 무공들을 모두 극성까지 연마한다는 것은 쉬운 일이 아니었다.

사실 그중 한 가지 무공만이라도 극의를 깨닫고 정상에 오르는 것은 뛰어난 오성(悟性)과 자질, 그리고 뼈를 깎는 노력이 없으면 끝내 불가능한 것이다.

이계인 나륜에 온 지 육 개월이 지났을 때 능비령은 천을계의 사대절학 중 하나인 유성지밀을 십이성 완성시킬 수 있었다. 그 뒤부터는 일사천리였다.

일단 하나의 산봉우리에 오르게 되면 아래에서는 볼 수 없었던 더 많고 넓은 경관을 볼 수 있게 된다. 심지어 높이가 낮은 다른 산봉우리들은 그 정상을 한눈에 내려다볼 수 있기까지 하다.

무학의 이치도 이러했다.

바로 이 점 때문에 대부분의 무인들은 한 가지 절학만을 선택해 평생을 수련할 뿐이다. 굳이 여러 가지 무학을 익힐 필요가 없는 것이다.

유성지밀을 극성까지 연성한 후 천을계의 나머지 절학과 동원검법 정록, 그리고 천환구류검과 창술인 천기일극은 물론 장법인 십팔태조장 등, 알고 있는 모든 무공을 완성시키는 것은 불과 서너 달밖에 걸리지 않았다.

능비령은 그제야 두 번째 목표에 도전해 알고 있는 모든 검법들을 마음 내키는 대로 뒤섞기 시작했다. 하지만 사실 모든 검법들을 하나로 융화시키는 것이 진정한 목표는 아니었다.

계승(繼承)이 단지 계승으로 끝나면 남이 만들어놓은 무학을 답습하는 것에 불과하다.

받아들이는 것을 넘어서 스스로 새로운 것을 독창(獨創)해 낼 수 있어야 한다. 능비령의 최종 목표는 그동안 익힌 모든 절학들을 극성까지 터득한 후 다시 그것들을 버리고 독창적인 검법을 만드는 것이었다.

다시 삼 개월가량이 지났을 때 능비령은 모든 검법을 무리없이 뒤섞을 수 있었다. 검로가 각기 다른 몇 가지 검법이 마치 처음부터 하나의 검법인 듯 자연스럽게 펼칠 수 있게 된 것이다.

이제는 그 검법들을 버리고 자신의 검법을 창안해 내는 것이 과제였다.

새로운 검법을 창안하는 것은 쉽지 않고 검을 펼치며 연검하는 지금까지의 수련과는 수행 방법이 달랐다. 쉽게 말해 지금까지가 육체적인 수련이었다면 이제부터는 깨달음을 얻어야 하는 마음의 수행이었다.

"도와주셔야 하겠습니다."

어느 날 능비령은 자신이 만든 수상가옥(樹上家屋) 위에 가부좌를 틀고 앉아 자신의 마음을 들여다보며 말을 걸었다.

(무엇을 말인가?)

그의 마음속에서 역대 법신검 전승자 중 한 명이 대꾸했다.

"대충 알 건 다 안 것 같은데 안다는 것과 펼친다는 것이 다르지 않겠습니까?"

(맞네, 상대도 없이 혼자서 검을 휘두르는 것은 한계가 있네. 그래, 무엇을 도와달라는 것인가?)

"상대가 되어주십시오."

(대련을 해달라는 겐가?)

"바로 그겁니다. 어르신들이라면 충분히 제 마음속에서 실전과 똑같이 절 훈련시킬 수 있다고 생각했습니다."

역대 법신검 전승자들 중 능비령과 이야기를 나누고 있는 인물은 다섯 번째 전승자로서 칠백 년 전의 무인이었다. 법신검은 대대로 정극풍천의 후예들에게 이어져 왔지만 그는 능비령처럼 정극풍천과는 아무런 관계가 없는 인물이었다.

(우리들 모두 자네가 도달하고자 하는 경지에 오른 사람들이네. 우리가 전수해 준 무공과 밀법에 대한 봉인을 풀어 그것들을 공유하게 되면 자네는 순식간에 우리와 같은 경지에 이르게 되네.)

"전에도 말씀드렸지만 노력하지 않고 얻는 것은 보람이 없습니다."

제 힘으로 해보겠습니다."

(고집이 세군. 할 수 없지.)

능비령은 전승자의 인도를 받아 스스로의 마음 안으로 들어갔다.

이야기를 나누던 전승자가 구름 위에 떠 있는 형태로 아무것도 밟지 않는 채 허공에 서 있었다. 하지만 그것도 일순, 다시 눈을 드니 사위는 광활한 초원으로 바뀌어 있었고 전승자는 초지(草地) 위에 한 자루 검을 늘어뜨린 채 우뚝 서 있었다.

(시작하게!)

"부탁드리겠습니다."

능비령은 정중히 포권한 뒤 자신의 손에 홍로검이 쥐어져 있다고 생각했다. 그러자 이내 홍로검이 나타나 그의 손에 쥐어졌다. 마음속이기 때문에 가능한 일이었다.

(조심하게! 마음이 죽으면 몸도 죽게 되네.)

능비령은 전승자를 향해 홍로검을 세운 채 자신이 터득한 모든 검법들을 유유히 펼치기 시작했다.

제일 먼저 그는 천을계의 사대절학 중 하나인 유성지밀을 검초대로 펼쳤는데 과연 혼자 검을 익힐 때와는 달랐다.

검으로 공격을 펼칠 경우 상대는 그에 따라 대응을 하게 된다. 만약 일초가 허리를 베어오는 수법이었다면 상대방은 검을 들어 막거나 아니면 안으로 파고들어 검을 피하게 된다. 또는 뒤로 한 걸음 물러나 검이 미치는 범위 안에서 빠져나갈 수도 있다.

따라서 제이초는 상대방의 행동 범위와 대응 수단을 염두에 두고 만들어진다. 결국 이런 식으로 검초가 이어져 상대에게 치명적인 공격을 가하게 만드는 것이 하나의 검법인 것이다.

뛰어난 검법일수록 상대의 대응을 사전에 차단하게 되어 있다. 상대방이 대응할 수 있는 모든 경우의 수를 가정해 만들어졌기 때문이다.

능비령이 유성지밀의 검초를 모두 펼쳐 낸 뒤 다시 천환구류검과 동원검법정록을 펼치는 동안 전승자는 말없이 그 공격들을 받아냈다.

마치 사전에 서로 각본을 짜놓고 대무를 하는 듯한 태도였다. 하지만 여러 가지 검법을 검초에 맞춰 펼치다가 그것들을 뒤섞는 순간 전승자의 반격이 시작되었다.

목숨을 건 대련이라고 할까? 전승자의 검은 비무라기보다는 생사의 혈투를 벌인다고 믿어야 할 정도로 신랄했다.

그야말로 유성이 폭발하는 듯한 수많은 검세가 눈에 보이지도 않는 속도로 덮쳐 온다. 능비령은 그 검세들을 막아내기 위해 그야말로 전력을 다해야 했다.

전승자는 검법만으로 공격해 오는 게 아니었다.

검을 쥐지 않는 왼손에서 알 수도 없는 권법이 펼쳐지는가 하면, 대지를 뒤엎을 듯한 엄청난 장공(掌功)이 쏟아져 나왔다. 금나수(擒拏手)가 능비령의 왼손을 잡아오는가 하면 어느새 탄지공(彈指功)으로 바뀐다.

능비령은 단 한 명의 전승자와 대련을 하고 있었지만 두 사람의 절대고수와 대련을 하는 느낌이었다.

얼마의 시간이 흘렀을까?

일순 전승자의 손에 쥐어져 있는 검이 폭발하는 듯 엄청난 광휘에 휩싸인 채 능비령의 홍로검을 격파하고 가슴으로 밀려들었다.

"헉!"

능비령은 가슴이 관통당하는 고통에 비명을 터뜨리며 문득 정신을 차렸다.

그는 여전히 나무 위에 만든 임시 거처 중앙에 가부좌를 틀고 앉아 있었는데 비록 마음속에서의 대련이었지만 어찌나 격렬했는지 전신이 흥건히 땀에 젖어 있었다.

능비령은 눈을 들어 허공을 보며 자신이 마음속에서 전승자와 대련한 뒤 시간이 얼마나 흘렀는지 가늠해 보았다. 놀랍게도 마음속으로 들어간 지 불과 일각여밖에 지나지 않은 듯했다.

'난 마음속에서 거의 반나절 정도를 대련했다. 한데 겨우 일각여 정도밖에 지나지 않았다니 정말 신기하구나.'

능비령은 내심 기쁘기 이를 데 없었다.

마음속에서 법신검 전승자들과 대련하는 것은 시간의 흐름이 정지된 훈련이었다. 그렇지 않아도 빠른 시일 내에 정상에 올라야만 하는 능비령으로서는 더할 나위 없이 좋은 수련 방법이었다.

다음날부터 마음속에서의 대련이 이어졌다. 하지만 새벽에 일어나 내공을 익히고 다시 호숫가를 따라 달리기를 하며 기초 체력을 다지는 것은 변함이 없었다. 능비령은 마음속에서 대련하는 것도 중요하게 생각했지만 나륜의 중력에 적응하는 훈련 또한 그에 못지않게 중시했던 것이다.

마음속에서의 대련에는 시간이 흐르지 않았다. 아무리 오랫동안 대련을 해도 현실에서는 그야말로 일 수유(一須臾)에 불과했다.

능비령은 생각의 속도가 무한대로 빠르기 때문에 그런 게 아닌가 생각했다. 꿈속에서 많은 일을 겪었어도 깨어나면 하룻밤 사이 꿈을 꾼 것에 불과한 이치였다.

능비령은 심지어 하루에 열 번도 넘게 마음속으로 들어가 대련을 한

날도 있었다. 현실에서는 족히 십 년 이상이 걸려야 가능한 일이었다.
 전승자와의 대련은 혼자 수련하는 것과는 비교할 수 없을 정도로 혹독했다.
 실전과 똑같은 비무가 수없이 벌어졌지만 패배하는 것은 언제나 능비령이었다. 대련의 마지막은 항상 상대의 검이 그의 몸을 관통하면서 끝이 났다.
 다시 육 개월이 물처럼 흘러갔다. 그 육 개월 동안 능비령은 수백 번의 대련을 마음속에서 경험했다.
 역대 법신검 전승자들은 능비령의 의도를 알고 난 뒤부터 차례차례 돌아가면서 능비령과 대련을 했다. 이렇게 되자 능비령은 각기 다른 분야에서 극의를 깨달은 수많은 절대자들과 쉬지 않고 대련을 하는 효과를 얻을 수 있었다.
 그리고… 상대방의 대응과 상관없이 자신이 알고 있던 모든 검초를 자연스럽게 뒤섞은 뒤 다시 그 모든 것을 버릴 수 있게 되기까지는 그 뒤에도 다시 수백 번의 대련을 겪어야만 했다.
 형식에 얽매이지 않는다.
 누군가가 창안해 낸 검법을 버리고 자유자재로 상황에 맞춰 대응할 수 있는 경시에 이른 뒤부터 능비령이 펼치는 검법은 그야말로 전에도 없었고 앞으로도 존재하지 않을 그만의 독창적인 검법이 되었다.
 비단 검법만이 아니었다.
 가볍게 휘두르는 손짓 하나, 무심코 내딛는 걸음걸이, 심지어 내뿜는 호흡마저도 이미 절정에 오른 무학이라 할 수 있었다.
 그 즈음 능비령은 내공 분야에서 또 하나의 경지에 도달하고 있었다.

복령의 공능이 촉발되면서 칠단공을 돌파한 이계신공의 내공은 나류에 온 지 1년여가 지날 무렵 이미 구단공에 이르러 있었다.

이계신공이 구단공에 이르자 심장에 쌓여진 공력은 차고 넘치다 못해 심장을 벗어나 몸의 외곽에 보이지 않는 갑옷을 입은 것처럼 뭉쳐져 있는 상태였다.

능비령은 무형의 진기가 몸을 둘러싼 채 흩어지지 않는 것이 내심 신기하기 그지없었다.

'체내의 기가 몸을 벗어나 몸 둘레에 머물러 있다. 이 기를 대기의 기와 한데 뒤섞을 수 있다면 나아가 대기의 기를 나 자신의 진기처럼 사용할 수 있지 않을까?'

능비령은 문득 저인족의 왕도를 탈출하다가 우연히 들어섰던 마역에서의 경험을 떠올렸다.

마역에서 기를 끌어올리게 되면 그 기가 마역의 거대한 기와 서로 뒤섞였다.

진기를 사용하면 엄청난 속도로 대기에 가득 차 있는 진기가 체내로 밀려 들어와 빈자리를 채우며 순환된다. 이런 식으로 체내의 진기와 대기의 진기가 계속 순환되다가 결국에는 숲 전체의 기와 한데 뒤섞였던 것이다.

능비령은 당시에는 무언가 불길한 느낌이 들어 자신의 기가 숲의 기와 뒤섞이는 현상을 억제했지만 지금은 달랐다.

능비령은 아직 십단공에 이르지 못해 십단공은 과연 어느 경지인지 알 수 없었다. 단지 짐작하건대 십단공은 이계신공의 최후 단계로서 천지(天地)에 떠돌고 있는 대자연의 기를 자유자재로 사용하는 경지일 듯했다.

능비령은 계속 자신의 생각에 매달렸다.

이계신공의 구단공은 몸 둘레에 기를 쌓아놓은 뒤에 필요할 때 사용할 수 있는 경지이다. 비록 몸 둘레에서 반 자 정도밖에 퍼져 있지 않지만 몸 밖에 있는 진기를 불러들일 수 있다는 것은 곧 대자연의 기조차 불러들일 수 있는 증거이기도 했다.

'속이 비어 있는 그릇만이 물을 담을 수 있다.'

생각을 거듭하던 능비령은 문득 한 가지 생각을 떠올렸다.

그가 검을 완성한 것은 오히려 검을 버린 뒤였다. 어쩌면 내공의 증진 역시 같은 이치일지도 몰랐다.

'역시 버려야만 새로운 것을 담을 수 있음인가?'

그 뒤부터 능비령은 좀 더 많은 시간을 내공 증진에 힘쓰기 시작했다. 쉬지 않고 공력을 쌓되 그 공력을 흩어버린다.

발상 자체가 위험한 일이었으며 그것을 행동으로 옮기는 것은 더 더욱 위험천만한 일이 아닐 수 없었다. 평범한 무림인에게는 그야말로 스스로 주화입마에 빠져드는 행위였다. 하지만 능비령은 단전에 법신검이라는 막대한 또 한 덩어리의 진기를 지니고 있어 따지고 보면 터무니없는 시도는 아니었다.

## 2

 능비령이 수련하고 있는 호숫가는 고적하기 이를 데 없었다. 거리상으로 삼천상원과 가까워 다른 종족들이 감히 접근하지 못하는 것 같았다. 간혹 먼 허공 저쪽에서 무루들이 날아가는 모습이 보이기도 했지만 삼천상원 쪽으로는 절대 다가오지 않았다.
 그 절대 평화가 깨진 것은 능비령이 나륜의 시간으로 이 년 정도가 지났을 때였다.
 열두 개의 달 중 두 개만이 떠올라 있을 무렵 능비령은 일곱 마리의 타수(駝獸)가 빠른 속도로 숲을 향해 달려오는 것을 볼 수 있었다.
 전체적으로는 낙타(駱駝)와 생김새가 비슷하다. 낙타와 다른 점은 등에 혹이 없다는 것과 이마에 뿔이 솟아나 있다는 점이었다. 게다가 옆구리에 두 개의 다리가 더 붙어 있어 자세히 보면 낙타와는 완전히 다른 모습이었다.

능비령이 멋대로 타수(駝獸)라 이름 붙인 동물은 중원의 말[馬]보다 더욱 빠르고 힘이 좋았다. 또한 발바닥에 부드러운 털이 자라나 있어 움직일 때 일체 소리가 나지 않았다.

여기에다가 이끼 형태의 노란 풀이 나륜의 지면 전체를 뒤덮고 있어 타수들의 움직임을 더욱 은밀하게 만들어주는 역할을 하고 있었다.

능비령은 명상에서 깨어나 한쪽을 바라보았다. 바로 삼천상원 방향이었다. 소리는 들리지 않았지만 무언가 빠르게 다가오는 기(氣)를 감지한 것이다.

삼천상원 방향으로 이백여 장 저쪽에서 두 마리의 타수들이 끌고 있는 마차 한 대가 미친 듯이 달려오고 있었다. 마차의 형태는 중원에서 말이 끌고 있는 마차와 비슷했다.

마차의 좌우에는 다섯 마리의 타수들이 호위하는 형태로 함께 달려오고 있었는데, 타수들 위에는 각기 갑옷을 입은 병사들이 타고 있었다.

능비령이 임시 거처로 삼고 있는 곳은 시야가 트여 있어 평원의 모습이 환히 보였다. 능비령이 보고 있는 사이에 마차 일행은 이내 숲으로 들어섰다.

능비령의 눈에 이채가 스쳤다.

마차와 마차를 호위하는 병사들이 숲으로 들어설 무렵 그들이 달려온 방향에서 이십여 마리의 타수들이 추적해 오는 것이 눈에 들어왔다.

'일단 숲으로 뛰어들어 추적자들을 따돌리려 한 모양인데 이미 늦었구나.'

능비령은 나무 위에 만들어놓은 거처에서 내려다보며 내심 고개를 끄덕였다.

과연 마차를 호위하고 있던 병사들은 추적자들을 따돌리지 못한 것을 깨닫고 타수에서 내려 한 줄로 늘어선 채 추적자들을 기다리기 시작했다. 추적자들을 막아 마차가 도주할 시간을 벌기 위한 행동이었다.

병사들이 멈춰 선 곳은 공교롭게도 능비령이 앉아 있는 임시 거처 바로 아래였다.

이십여 마리의 타수를 타고 쫓아온 추적자들은 대부분 이십 대 후반의 청년들이었고 한 명만이 삼십 대 후반의 중년인이었다.

"시간이 없다! 어서 마차를 잡아야 한다!"

지휘자로 보이는 중년인이 입을 열기 무섭게 십여 명의 청년들이 타수에서 내려 일제히 병사들을 공격하기 시작했다.

타수들은 온순하기 이를 데 없어 절대로 인간을 향해 돌진하는 일이 없다. 때문에 쫓기는 사람들이나 쫓고 있는 사람들 모두 싸우기 위해서는 타수에서 내려야 했다.

지휘자인 중년인과 나머지 십여 명의 청년들은 타수에서 내리지 않은 채 길을 돌아 마차를 추적하기 시작했다.

병사들과 청년들 개개인의 무공 실력은 서로 비슷해 보였다. 하지만 청년들이 인원이 많아 두 명이 한 조가 되어 병사들을 공격하는 형태였기 때문에 싸움은 처음부터 병사들 쪽이 불리했다.

추적자들이 인원을 반으로 나눠 다시 마차를 추적하자 마차가 도망칠 시간을 벌어준다는 계획도 무산된 상태였다.

'삼천상원 사람들이 중원에서 이곳으로 넘어온 지 이미 수천 년이 흘렀다. 하지만 모든 게 중원과 거의 흡사하구나.'

싸움은 점차 막바지에 이르고 있었다. 다섯 명의 병사들은 각기 두 명씩을 상대하고 있었는데 당장이라도 쓰러질 것처럼 위태했다.

능비령은 잠시 갈등했으나 이내 고개를 저었다.

병사들이 수적으로 열세였지만 능비령으로서는 그들을 도울 수가 없었다. 다른 사람들의 일에 개입하는 것도 싫었지만 무엇보다도 그들이 누구인지 알지 못했기 때문이었다.

과연 싸움이 시작된 지 불과 반 시진 만에 청년들은 다섯 명의 병사들을 모두 죽인 후 마차를 추적한 일행을 뒤쫓기 시작했다.

능비령은 잠시 멀어져 가는 청년들을 바라보다가 몸을 일으켜 그들의 뒤를 쫓기 시작했다.

능비령은 오십여 장 높이로 자라나 있는 거목의 나뭇가지에서 나뭇가지를 건너뛰며 단 한 번도 지면에 내려서지 않았다. 때문에 청년들은 누군가 자신들을 뒤쫓고 있다는 사실을 알지 못했다.

마차가 멈춰진 곳은 호위병들이 죽은 곳에서 불과 삼백여 장 밖이었다. 칡넝쿨처럼 뒤엉켜 있는 거목들의 나뭇가지가 마차의 진로를 방해해 속도를 낼 수 없었던 것이다.

마차를 몰던 마부는 더 이상 도망칠 수 없다는 것을 깨닫고 한 자루 검을 뽑아 든 채 마차 앞을 막아섰다. 죽기를 각오한 듯 비장한 태도였다.

픽!

둘러싸고 있는 추적자들을 향해 오히려 먼저 공격을 하려던 마부가 별안간 제자리에 쓰러져 버렸다. 어느새 그의 목에는 한 대의 화살이 박혀 있었다.

화살은 목을 관통해 반 정도 앞으로 빠져나와 있었는데 그 화살촉을 타고 핏방울이 지면으로 방울져 떨어져 내렸다.
"지독하군. 전혀 항복할 태도들이 아니야. 고독성고(孤獨聖姑) 적연후(赤鳶珝)가 과연 목숨을 걸고 지킬 만한 가치가 있는 여자였단 말인가?"

청년 중 한 명이 겨누었던 활을 내리며 고개를 저었다.

그의 옆에는 다소 왜소한 체구에 계집아이처럼 흰 피부를 지닌 청년이 서 있었는데 활을 쏜 청년이 중얼거리는 소리를 듣고 신경질적으로 내뱉었다.

"그 사람들이 죽기를 각오한 것은 마차 안의 계집애가 목숨을 걸고 지킬 만한 가치를 지녔기 때문이 아니라 그만치 무섭기 때문입니다."

"무슨 뜻이지?"

질문은 활을 쏜 청년이 했지만 다른 사람들 역시 궁금한 듯 모두들 마차로 거침없이 다가들고 있는 왜소한 체구의 청년에게 시선을 집중했다.

"그들은 항복해서 살아남는다고 해도 후일 더 무서운 고문을 받으며 죽게 될 겁니다."

"우리는 고문 따윈 하지 않아."

"우리가 고문을 하는 게 아니라 마차 안의 계집애가 돌아간 뒤 그들을 고문할 것입니다. 고독성고는 바로 그런 여자이니까요."

왜소한 체구의 청년은 마차의 문 앞에 선 채 마찬 안을 향해 소리를 질렀다.

"스스로 내리지 않으면 끌어내겠다."

목소리는 나직했지만 살기가 가득 차 있었다.

과연 그 살기에 질린 것인지 마차의 문이 열리며 한 여인이 조용히 마차 밖으로 내려섰다. 검은색의 비단으로 만들어진 경장을 걸친 이십대 후반의 여자였다.

허리까지 늘어진 긴 머리와 검은색의 경장이 기이하도록 잘 어울린다.

여인은 결코 아름다운 얼굴이 아니었지만 검은색의 옷과 검은 머리, 그리고 검은빛의 깊은 눈망울이 어울려 어딘가 범접하기 힘든 기품을 드러내고 있었다.

고독성고 적연후는 마차에서 내려선 후 한쪽에 쓰러져 있는 마부를 보더니 아미를 찌푸렸다.

그뿐이었다. 그녀는 놀라지도 않았고 자신을 지키려다 죽어간 수하에 대해 안타까워하지도 않았다. 마치 자신이 발을 디딜 곳에 시체가 있다는 것이 불쾌하다는 듯한 태도일 뿐이었다.

그녀는 다시 눈을 돌려 주위를 둘러보다가 지휘자인 중년인에게 눈을 멈췄다.

"이게 무슨 짓이냐?"

중년인의 눈에 언뜻 감탄의 빛이 스쳐 갔다.

고독성고 적연후는 호위대가 모두 죽고 결국 적에 의해 생포되었음에도 불구하고 추호도 위축된 기미가 없었다. 위축되기는커녕 마치 수하들을 대하듯 오만하기만 했다.

"소문은 익히 들었지만 사지(死地)에 빠지고도 이토록 당당할 줄은 몰랐다. 정말 대단해."

"그렇다면 나는 지금 벌벌 떨며 두려워해야 하느냐? 왜 그래야 하지?"

고독성고 적연후가 재미있는 이야기를 들었다는 듯 오히려 미소를 떠올렸다.
중년인이 고개를 저었다.
"이런 경우라면 대부분의 사람들은 공포를 느끼게 되는 법이지."
고독성고 적연후가 돌연 웃음을 터뜨렸다.
"너희들의 목적은 날 납치해서 감금되어 있는 동료들과 교환하려는 것 아니냐? 너희들이 절대로 날 죽이지 못한다는 것을 알고 있는데 내가 왜 겁을 먹어야 하느냐?"
중년인은 무어라 입을 열려다 단지 고개만 내저었을 뿐이었다. 그녀의 말이 사실이기 때문이었다.
이때 마차의 입구 앞에 서 있던 왜소한 체구의 청년이 차갑게 입을 열었다.
"네년 말이 맞다. 그러나 네년이 모르고 있는 게 한 가지 있구나. 널 죽이지 못한다고 해도 고문은 할 수 있다. 살아만 있어도 교환할 가치가 되니까."
고독성고 적연후가 그제야 왜소한 체구의 청년에게 눈을 돌렸다.
"원래 크게 짖는 개는 물지 못하는 법이지."
"과연 그럴까? 내 얼굴을 잘 봐라. 그 뒤 잘 생각해 보면 나와 닮은 사람이 기억날 것이다."
왜소한 청년의 엉뚱한 말에 고독성고 적연후의 눈에 의아해하는 빛이 스쳐 갔다.
왜소한 체구의 청년이 이를 악다문 듯한 음성으로 낮게 말했다.
"내 이름은 유홍준(柳洪俊)이다. 네년에게 고문받다가 처참하게 죽은 유홍수(柳洪秀)가 바로 내 친형이었지."
"유홍수? 모른다. 기억이 나지 않아. 하지만 내 손에 죽었다면 내가 죽인 게 맞을 것이다."

고독성고 적연후가 태연히 고개를 끄덕였다.

짜악!

그녀의 고개가 획 돌아갔다. 뺨에 선명하게 손자국이 남아 있을 정도였다.

"이제 알겠지? 널 죽이지 못해도 괴롭힐 수는 있다는 내 말이 무슨 뜻인지?"

중년인이 청년들을 향해 눈짓을 보냈다.

유홍준의 전신에는 살기가 들끓고 있었다. 만에 하나 그가 충동적으로 고독성고 적연후를 죽일지 몰라 대비하라고 신호를 보낸 것이었다.

"호호호호……!"

고독성고 적연후의 입에서 교소가 터져 나온 것은 바로 이 순간이었다.

너무도 해맑은 웃음소리. 정말이지 이 웃음소리에는 즐거움만이 가득 차 있었다.

유홍준의 눈이 멍청해졌다. 너무도 의외의 상황에 그의 전신을 뒤덮고 있던 살기가 자신도 모르게 가라앉았을 정도였다.

놀란 것은 비단 그만이 아니었다. 지휘자인 중년인은 물론이고 다른 청년들 역시 크게 놀라 어리둥절 고독성고 적연후를 바라보았다.

"왜 웃지?"

유홍준이 주먹을 불끈 틀어쥐며 질문을 던졌다.

고독성고 적연후가 유홍준을 향해 다정한 미소를 던지며 입을 열었다.

"네가 날 때렸는데 한 대 맞았다고 울면서 두려워하게 된다면 바로 네가 원하는 대로 되는 게 아니겠느냐? 맞은 것도 억울한데 때린 사람의 의도대로 되어준다면 더 억울하지. 그래서 난 웃은 것이다."

"미, 미친년!"

"맙소사! 정말 독종이구나."

고독성고 적연후의 태연한 대꾸에 청년들이 서로 눈을 마주치며 소곤거렸다. 기가 질렸다는 표정들이었다.

유홍준이 이를 악물고 한 걸음 다가들었다.

그는 고독성고 적연후에게 바싹 다가든 후 오히려 중년인을 바라보았다.

"이 계집애에게 많은 동료들이 당했습니다. 목숨만 살려놓은 상태에서 동료들의 복수를 해줘야 합니다."

유홍준은 중년인을 바라보았지만 사실 그의 허락을 구한 것은 아니었다. 그는 중년인이 무어라 입을 열기도 전에 고독성고 적연후를 노려보았다.

"지금부터 난 네 옷을 모두 찢어내 발가벗긴 후 널 때릴 것이다. 때리다가 지치면 네년을 겁탈할 것이고. 내가 네년의 기를 꺾기 위해 어설프게 손을 대는 게 아니라는 것만 명심해라. 쉽게 말해 나도 너 못지 않은 독종이라는 걸 확인시켜 주겠다는 것이다."

원한이 깊은 사람은 충분히 독해질 수 있다. 유홍준의 경우가 그러했다.

중년인은 고독성고 적연후의 기를 꺾기 위해 유홍준을 만류하지 않았다. 사실 그의 내심으로도 그녀의 손에 고문을 받으며 죽어간 동료들에 대한 복수를 하고 싶은 마음이 없지 않았다.

고독성고 적연후가 유홍준을 가만히 바라보았다.

눈이 마주치자 그녀는 조용히 입을 열었다.

"네가 충분히 그럴 수 있다는 것을 믿겠다. 하지만 만약 내 몸에 손가락 하나라도 대는 순간 넌 후회하게 될 것이다."

"흥! 그래도 겁은 나는 모양이군."

유홍준은 결국 자신이 고독성고 적연후의 기를 꺾었다고 생각했다. 하지만 이어지는 그녀의 말을 듣고 기가 꺾인 것은 오히려 그 자신이었다.

"맘만 먹으면 스스로 죽을 수 있는 방법이 적어도 열 가지가 넘는다. 가장 간단한 것은 혀를 깨무는 방법이지."

그녀는 그 말을 끝으로 가만히 유홍준을 바라보았다. 노려보는 것도 아니고 쏘아보는 것도 아닌 그저 방심(放心)한 눈빛이었다.

유홍준이 자신도 모르게 뒷걸음쳤다. 하지만 이내 다시 그녀를 덮쳐갔다. 거의 발작적인 행동이었다.

"그래, 난 일을 망치는 한이 있더라도 네년이 죽는 모습을 보아야겠다. 지금부터 네년의 옷을 모두 찢어내 발가벗긴 후 널 때리겠다. 죽으려면 빨리 죽어라!"

촤아악!

유홍준의 오른손이 고독성고 적연후의 따귀를 때렸다. 이어 두 손을 한꺼번에 뻗어 그녀의 상의를 어깨까지 찢어냈다.

중년인은 청년들에게 신호를 보내 그를 만류하려 했다.

딸랑!

어디선가 은은한 방울 소리가 울려 퍼졌다. 동시에 나직하면서도 천둥처럼 울리는 어떤 음성이 모두의 정신에 감응되었다.

"다 죽고 여자만 남았는데 너무 심한 행동은 하지 않는 게 좋겠습니다. 그렇게만 해준다면 난 개입하지 않을 것이오."

유홍준이 멍청히 자신의 손을 내려다보았다. 이제 막 고독성고 적연후의 옷을 모두 찢어내려는 판인데 그 손엔 아무것도 잡히는 게 없었다.

자신도 모르게 황급히 주위를 둘러보니 고독성고 적연후는 일 장 밖에 서 있었다. 문제는 그녀 옆에 언제 나타났는지 모르게 한 청년이 조용히 서 있다는 점이었다. 바로 능비령이었다.

차앙!

십여 명의 청년들이 일제히 검을 뽑으며 능비령과 고독성고 적연후의 주위를 포위했다.

능비령은 주위를 포위한 채 살기를 드러내고 있는 청년들을 한가로운 표정으로 둘러보았다.

사실 그는 이제 막 마차가 있는 곳에 도착한 상태였다. 한데 도착하자마자 유홍준이 여자의 따귀를 때린 후 옷을 찢어내는 모습이 눈에 들어오지 않는가!

능비령은 삼천상원 사람들의 일에 개입할 의사가 전혀 없었다. 하지만 나약한 여자를 십여 명의 청년들이 둘러싼 채 때리고 옷을 찢기까지 하자 자신도 모르게 끼어들고 만 것이었다.

"넌 누구냐?"

"어떤 놈이냐!"

청년 중 한 명이 다짜고짜 검을 휘두르며 덮쳐 왔다.

띠잉……!

일현금 뜯는 소리가 한 번 울리자 검이 힘없이 바닥으로 떨어졌다. 동시에 검을 쥐고 있던 사람도 제자리에 주저앉았다.

능비령을 공격하려던 청년은 어리둥절해하며 주위를 둘러보았다. 무엇이 어떻게 된 것인지 모르겠다는 표정이었다. 돌부리에 발이 걸린 것인가 하고 앞을 살펴보아도 이끼 형태의 풀만 보일 뿐 아무것도 보이지 않았다.

첫 번째 청년이 엉거주춤하는 사이에 이번에는 다른 청년들이 능비령을 향해 덮쳐 왔다.

띠잉……!

또다시 일현금 뜯는 청아한 음향이 울려 퍼지는 순간 청년들은 모두 자신도 모르게 주춤거리며 힘없이 제자리에 주저앉았다. 능비령이 발출한 일현금 소리의 위력이었다.

"사술(邪術)을 사용하는군."

중년인이 얼굴을 굳힌 채 검을 뽑아 들었다.

능비령은 알지도 못하는 사람들을 상하게 하기 싫어 음에 공력을 실어 모두 주저앉혔지만 또한 내심으로 자신의 성취를 시험해 보고 싶은 생각도 있었다.

중년인이 능비령을 향해 다가오는 순간 지면에 주저앉아 있던 청년들이 모두 일어섰다. 보이지 않는 음파에 적중되어 순간적으로 힘이 빠진 것이기 때문에 아무도 부상을 입은 사람은 없었다.

다섯 명의 병사들과 싸우느라 뒤처졌던 청년들이 도착한 것은 바로 그때였다. 그들은 능비령보다 먼저 출발했지만 이제야 일행을 찾아낸 것이다.

늦게 도착한 청년들도 합세해 능비령을 공격하기 시작했다.

검이 날고 도가 뻗어온다.

공세는 흉흉하기 이를 데 없어 당장이라도 수많은 검과 도에 난자될

수련(修練) 117

것 같은 상황이었다. 하지만 그 수많은 검과 도의 그물 속에서도 능비령은 태연하기만 했다. 수많은 적이 미친 듯이 공격해 오고 있었지만 그는 반석같이 안전했다.

사실 맘만 먹으면 능비령으로서는 이들을 모두 짧은 시간 안에 쓰러뜨릴 수 있었다. 숫자만 많을 뿐 이렇다 할 만한 고수도 없는 데다 그의 성취에 비하면 그야말로 어린애 수준에 불과했다.

이십 명에게 둘러싸여 있지만 같은 시간에 공격해 올 수 있는 것은 전후좌우의 네 명뿐이다. 네 명보다 더 많은 사람들이 한꺼번에 공격을 하게 되면 서로 뒤엉켜 오히려 서로에게 방해가 될 뿐이었다.

능비령은 홍로검을 뽑기는 했지만 상대방의 병기와 마주친 적은 거의 없었다. 그는 상대의 병기를 막아내야 할 상황이 되면 검신을 옆으로 누여 상대방의 검신과 맞붙인 상태로 밀어내기만 했다.

얼마의 시간이 흘렀을까?

중년인의 얼굴이 굳어졌다.

상대는 한 명에 불과하다. 하지만 이십 명에 달하는 수하들은 마치 혼자 검무를 추는 것처럼 상대에게 아무런 위협도 되지 못하고 있었다. 이런 식이라면 며칠을 싸운다고 해도 결판이 나지 않을 뿐만 아니라 끝내 지쳐서 쓰러지는 것은 오히려 자신들 편이 될 게 분명했다.

"뭣들 하느냐! 곧 놈들의 지원 병력이 도착한다. 빨리 해치워라!"

마음이 조급해 싸움을 독려했지만 상황은 변하지 않았다.

능비령은 이십 명에 달하는 적들 속에서 마치 산책이라도 하듯 여유 있게 움직여 그 많은 공세들을 일일이 풀어냈다. 그는 절대로 크게 움직이지 않았고 세 걸음 범위를 벗어난 적도 없었으며 또한 전혀 힘을 쓰지 않는 것 같지 않았다.

뿌우우…….

어디선가 뿔피리 소리가 들려왔다. 그러자 고독성고 적연후가 품속에서 짐승의 뿔을 깎아 만든 작은 피리를 꺼내 불었다.

멀리서 들려온 뿔피리 소리와 고독성고 적연후가 불어낸 피리 소리가 서로 화답하듯 어울리자 중년인과 청년들의 안색이 굳어졌다.

"놈들이 왔다! 후퇴한다!"

중년인이 소리치자 능비령을 포위한 채 공격하던 청년들이 일제히 물러나 타수를 타고 뿔피리 소리가 들려온 반대 방향으로 도주하기 시작했다.

# 제5장
# 악녀(惡女)

# 1

 고독성고 적연후를 습격했던 무리들이 물러난 직후 오십여 명의 병사들이 도착했다. 모두들 타수를 타고 있었는데 기치창검에 갑옷에 갑주를 걸친 정예병들이었다.
 사십 대의 장년인이 선두에서 달려와 타수에서 내려 고독성고 적연후를 앞에 한쪽 무릎을 꿇었다. 한눈에 보기에도 병사들을 통솔하는 지휘자다운 풍채를 지닌 인물이었다.
 "무사하신 것을 보니 정말 다행입니다."
 "일어나!"
 고독성고 적연후가 싸늘하게 소리치자 장년인이 황급히 몸을 일으켰다.
 쫘악!
 순간 고독성고 적연후가 그의 따귀를 연달아 두 번 쳤다.

"첫 번째 것은 내가 놈들에게 맞은 것에 대한 복수이고 두 번째 것은 날 제대로 호위하지 못한 죗값이다."

장년인의 눈에 이채가 스쳐 갔다. 마치 믿을 수 없는 일을 대한 것 같은 눈빛이었다. 그 눈빛이 이내 안도의 그것으로 바뀌었다.

"감사합니다!"

한쪽에서 지켜보고 있던 능비령의 눈빛이 멍청해졌.

두 사람의 행동을 이해할 수가 없었다. 여자의 몸으로 아버지뻘 되는 사람의 따귀를 때리는 것도 황당하기만 했는데 맞은 사람이 오히려 진심으로 감사해하고 있지 않은가!

"저자를 체포해!"

이때 고독성고 적연후가 능비령을 손짓했다.

능비령이 깜짝 놀라 그녀를 바라보는 순간 십여 명의 병사들이 일제히 달려들어 창을 겨눴다. 사면팔방에서 이십여 개의 창이 그물처럼 얽혀 능비령으로서는 그야말로 꼼짝도 할 수 없었다.

"날 왜 체포하는 것이오?"

그 창의 그물 속에서 능비령이 질문을 던졌다.

고독성고 적연후가 능비령을 바라보았다.

"너 때문에 내가 납치되는 걸 모면할 수 있었다. 그건 매우 고마운 일이지."

"체포하는 게 고맙다는 표현이라면 난 사양하겠소."

"하지만 난 널 믿을 수 없다."

"난 당신을 구해주었소."

"그랬지. 하지만 날 구해준 일이 놈들과 한패가 아니라는 증거는 되지 못한다. 조사해 본 후 만약 놈들과 한패가 아니라면 풀어줄 뿐만 아니라 날 구해준 상을 내릴 것이다."

'그랬군. 내가 자신에게 접근하기 위해 그 사람들과 서로 짜고 연극을 한 게 아닌가 의심을 하고 있어."

능비령이 내심 고개를 끄덕였다. 그는 이십 명에 달하는 청년들과 싸우면서도 작은 상처 하나 입지 않았다. 바로 그 점이 고독성고 적연후의 의심을 산 것이다.

능비령은 주위를 가만히 둘러보았다.

이십여 개의 창이 그의 몸에 닿을 정도로 바싹 겨눠져 있었지만 맘만 먹으면 능히 몸을 빼낼 수 있었다. 하지만 그는 병사들이 손을 묶는 것을 내버려 두었다. 사실 그가 순순히 붙잡혀 준 것은 삼천상원 외곽의 결계 때문이기도 했다.

'이 사람들을 따라가면 자연스럽게 결계를 통과할 수 있을 것이다. 삼천상원 안에 들어간 뒤 기회를 봐서 도망치면 될 테니 일단 따라가 보자.'

능비령은 그렇지 않아도 한번쯤은 남상원으로 가서 척자훈을 찾아볼 생각이었다. 또한 단다가 아직까지 노예로 붙잡혀 있으면 구해내야만 했다.

능비령이 의외로 순순히 포박당하자 고독성고 적연후가 그럼 그렇지 하는 표정으로 고개를 끄덕였다.

잠시 후 고독성고 적연후의 마차를 호위한 채 병사들이 일제히 움직이기 시작했다.

능비령은 병사들 중 한 명과 타수를 함께 탔는데 두 사람이 탔음에도 불구하고 타수는 전혀 힘들어하지 않았다.

한 시진쯤 지났을까?

능비령은 머리 속에 수유관으로 기억하고 있는 나륜의 지도와 주위의 지형을 비교해 본 뒤 이미 삼천상원의 경계를 넘어섰음을 알게 되었다.

기이하게도 삼천상원 외곽에 펼쳐져 있는 결계는 두 개 모두 파괴되어 있었다. 능비령은 대략 두 번째 결계가 어느 지점에 펼쳐져 있는지 알고 있었는데 일행은 단 한 순간도 지체하지 않고 전진했던 것이다.

'이미 결계가 파괴되어 있었구나. 이럴 줄 알았으면 일부러 잡혀줄 필요는 없었는데……'

능비령이 내심 쓴웃음을 머금었다. 하지만 내친 김에 삼천상원의 중심지까지 편안히 들어가기로 마음먹었다.

'그나저나 이 사람들은 어느 쪽 사람들일까? 북상원 사람들이라면 일이 번거롭게 될 텐데……'

결계가 있던 지점을 통과해 닷새 정도를 더 나아가자 사람들이 기거하는 외곽의 도시들이 모습을 드러냈다.

일행은 외곽 도시들을 통과하며 계속 여행했는데, 능비령은 거대한 산을 기준으로 일행이 전진하는 방향을 계산할 수 있었다. 그가 우려했던 것과 달리 다행스럽게도 고독성고 적연후 일행은 남상원 사람들이었다.

열흘 뒤에 일행은 남상원의 수도에 들어섰다. 일단 수도에 들어서자 능비령도 이미 알고 있는 건물들이 눈에 들어왔다.

능비령은 태연히 주위를 둘러보며 척자훈의 장원이 어디쯤인가 가늠해 보았다. 확실하지는 않지만 그의 장원을 찾는 것은 그리 어렵지 않을 듯했다.

이때 함께 타수를 타고 있는 병사가 문득 바로 옆의 동료를 향해 정신 감응을 보냈다.

"며칠 전부터 계속 어디선가 방울 소리가 들리는 것 같은데 자네도 들리는가?"

동료가 고개를 돌려 능비령을 보며 말했다.

"나도 처음에는 그 방울 소리가 어디서 들리는가 궁금해했는데 가만히 듣자니 자네 뒤에 있는 그 친구 몸에서 들리더군."

병사들의 대화를 듣고 능비령은 내심 깜짝 놀라지 않을 수 없었다.

'내 몸에서 방울 소리가 들린다고?'

사실 능비령 역시 은은한 방울 소리가 계속 자신을 따라오는 걸 느끼고 있었다. 하지만 그 방울 소리가 자신의 몸 안에서 울려 퍼지는 소리라는 것은 미처 알지 못했다.

'삼령환 소리다.'

일부러 몸을 크게 움직이자 과연 방울 소리가 들렸다. 기이하게도 그 방울 소리는 귀로 느껴지는 게 아니었다.

삼천상원 사람들의 대화법은 입을 열어 말하는 게 아니라 정신 감응이었다. 마치 입으로 말하듯이 입을 열거나 손짓을 하는 것은 중원과 똑같았으나 실제로 입에서 소리를 내는 게 아니었다. 그들이 소리를 내는 것은 단지 비명을 지를 때뿐이었다.

때문에 능비령 역시 삼천상원 사람들과 만난 직후부터 자연스럽게 정신으로 감응해 왔는데 그러자 삼령환이 울리는 소리가 감응되고 있었던 것이다.

'아……! 삼령환 소리는 정신으로 감응되는 것이었구나.'

잠시 후 일부러 흔들어도 들리지 않던 삼령환의 방울 소리가 왜 별안간 들리는지 생각해 보던 능비령은 자신이 귀로 듣는 게 아니라 방울 소리에 감응되고 있음을 깨달았다.
(사내자식이 계집애처럼 방울 같은 걸 갖고 다니다니…….)
타수에 함께 타고 있는 병사가 힐끔 능비령을 돌아보며 불쾌해하는 표정을 머금었다.
그는 능비령에게 정신 감응을 연 게 아니었다. 단지 그 혼자만의 생각이었을 뿐 능비령이 자신의 생각을 읽을 수 있다는 것을 전혀 모르는 상태였다.
능비령의 얼굴이 붉어졌다.
'빌어먹을! 그렇다고 계주 신물을 버릴 수도 없고… 삼천상원에 머물러 있는 동안에는 영락없이 계집애 같은 취미를 가졌다고 오해받게 생겼구나.'
목적지에 도착한 것은 저녁 무렵이었다. 일행들은 곧바로 왕성으로 들어갔는데, 웅장한 전각 앞에 도착한 고독성고 적연후는 마차에서 내려 능비령을 손짓했다.
병사들에 둘러싸인 채 능비령이 가까워지자 고독성고 적연후가 조용히 입을 열었다.
"너에게 두 가지 길 중 하나를 선택할 수 있는 기회를 주겠다."
"두 가지 길 중 첫 번째 것은 어떤 방법이오?"
능비령은 고개를 갸웃하며 질문을 던졌다. 붙잡혀 온 사람치고는 너무도 태연해 고독성고 적연후의 눈에 이채가 스쳐 갔다.
"첫째는 내 호위가 되는 것이다."
"그게 싫다면 난 천상 두 번째를 선택해야 하는데, 두 번째는 어떤 것이오?"
"뇌옥에 갇히는 것. 내 호위가 된다면 네가 누구인지 상관하지 않겠지만 싫다면 난 네가 날 납치하려던 놈들과 한패인지 아닌지 알아내기 위해 널 감금하고 천천히 조사를 할 생각이다."

"당신은 이미 내가 그들과 한패가 아니라는 것을 알고 있군요. 정말로 날 의심한다면 어떻게 내게 호위를 맡기겠소?"

"후일 왕성에서 일할 수 있는 기회가 생기지 않겠느냐? 내 호위가 되는 것은 네게도 이득이 된다."

능비령을 조용히 응시하고 있는 고독성고 적연후의 눈빛은 의미심장했다. 마치 능비령에 대해 이미 어느 정도는 파악하고 있는 듯한 태도였다.

'이곳으로 돌아오는 동안 이미 나에 대해 조사를 마친 모양이구나.'

능비령은 왕성으로 돌아오는 동안 고독성고 적연후가 누구를 만나는 모습을 본 적이 없었다. 하지만 능비령이 그녀를 납치하려던 사람들과 한패가 아니라는 것은 이미 알고 있는 게 분명했다.

고독성고 적연후는 능비령이 자신의 제안을 거부하지 않을 것이라고 확신하고 있는 태도였다.

사실 그녀의 제안은 터무니없는 것은 아니었다. 만약 그가 삼천상원 사람이었다면 오히려 입신양명의 기회로 받아들일 게 분명했다.

능비령이 고개를 끄덕였다.

"기한은?"

"앞으로 삼 개월 안에 난 북상원의 잔당들을 모두 일망타진할 것이다. 그때까지만 날 지켜주면 된다."

'북상원의 잔당들? 이미 북상원과 전쟁이 있었고 그 전쟁도 벌써 끝난 모양이구나.'

능비령이 묶여 있는 손을 앞으로 내밀자 병사 중 한 명이 포승을 풀러냈다.

"좋소, 하지만 삼 개월 뒤에는 언제라도 내가 떠나고 싶을 때 떠날 것이오."

고독성고 적연후가 만족스러워하는 눈빛으로 고개를 끄덕인 후 몸을 돌렸다. 능비령은 자연스럽게 한 걸음 뒤에서 그녀를 수행했다.

고독성고 적연후는 왕성 안의 수많은 전각들 중 하나를 통째로 사용하고 있었다.

능비령의 거처는 그녀의 방과 맞붙어 있는 옆방으로 정해졌는데 바로 그날부터 그녀를 호위하는 임무가 맡겨진 셈이었다.

다음날부터 능비령은 고독성고 적연후를 호위했다.

호위를 하기 위해서는 항상 바싹 붙어 있어야 한다. 심지어 잠을 잘 때에도 호위는 깊이 잠들 수 없다. 하지만 능비령은 굳이 그녀 옆에 바싹 붙어 있을 필요를 느끼지 않았다. 그녀가 백 장 범위 안에만 있으면 그녀를 지킬 자신이 있었기 때문이다. 게다가 상대가 여자이기 때문에 바싹 따라다니는 것도 서로 불편한 점이 많았다.

아침이 되어도 능비령의 모습이 보이지 않자 고독성고 적연후는 사람을 시켜 그를 불렀다.

"날 지키려면 항상 내 옆에 바싹 붙어 있어야 되지 않느냐?"

"옆에 없어도 충분히 지켜줄 수 있소. 어디론가 갈 때도 굳이 내게 이야기해 줄 필요는 없소. 단지 그대의 눈에 보이지 않을 뿐 항상 그대를 지킬 수 있는 거리 안에 있을 것이오."

"과연 그게 가능하단 말이냐?"

고독성고 적연후는 능비령의 말에 고개를 갸웃했다. 사실 그녀가 능비령을 대뜸 자신의 호위로 삼은 것은 그의 무공 실력을 높이 평가했기 때문이었다. 하지만 바로 옆에 바싹 붙어 있지 않아도 충분히 호위할 수 있다는 능비령의 말에 반신반의하지 않을 수 없었다.

능비령이 물러난 뒤 생각에 잠겨 있던 고독성고 적연후는 비각(秘閣)의 각주(閣主)를 불렀다. 비각의 각주는 삼천상원을 움직이는 실세 중 한 명으로서 고독성고 적연후의 심복이기도 했다.

"수하들 중 쓸 만한 사람 십여 명만 골라주세요."

비각의 임무 속에는 감찰(監察)이나 정적(政敵)에 대한 암살도 포함되어 있었다. 때문에 비각의 각주라면 으레 냉혹하고 신경질적인 인상을 지닌 인물일 것이라고 짐작하게 된다. 하지만 비각의 각주는 예상과는 달리 넉넉한 체구에 부드러운 인상을 지닌 중년 사내였다.

"예."

비각 각주가 짧게 대답했다.

고독성고 적연후가 말을 이었다.

"그들에게 준비가 되는 대로 날 암살하라고 명령하세요."

비각 각주가 멍청한 표정이 되어 눈을 들었다.

어떤 명령이 떨어져도 주어진 명령에만 충실할 뿐 일체 그 이유를 묻지 않는 게 비각 각주의 성품이었다. 하지만 지금 이 순간만큼은 질문을 던지지 않을 수 없었다.

"성고를 암살하라고 명령하란 말씀이십니까?"

그는 확인하듯 한 자 한 자 천천히 질문을 던졌는데 그 순간에도 그의 뇌리 속으로 많은 생각이 스쳐 가고 있었다.

"각주께서 무슨 생각을 하고 계신지 알고 있어요. 수하들을 시켜 날 암습하라고 명령을 내리게 되면 결국 각주도 책임을 면할 수 없다고 생각하고 있겠지요?"

"그렇습니다."

"훈련이라고 생각하세요. 결코 각주를 함정에 빠뜨리려는 게 아니에요. 한 가지 덧붙인다면… 반드시 내부 경비를 뚫고 내 방까지 침투할 수 있는 고수들을 선발해야 합니다."

"알겠습니다."

각주는 더 이상 질문을 던지지 못한 채 고독성고 앞을 물러나며 문득 한 사람의 모습을 떠올렸다.

문사풍의 단아한 풍도를 지닌 중년인, 바로 왕성 내부의 경비를 맡고 있는 왕실 경비대의 총령(總領)이었다.

'훈련이라… 내부 경비망이 뚫리게 되면 총령 사인예(司隣預)가 문책을 받게 될 게 아닌가? 설마 사총령을 쳐내기 위한 일은 아닐 테고 도대체 무슨 일인지 모르겠군.'

비각 각주는 서둘러 비각으로 걸음을 옮기며 더 이상 생각하지 않기로 마음먹었다.

'나는 개가 되어야 한다, 주인이 하는 일에 대해 일체 의문을 갖지 않는.'

그는 눈이 있으되 보지 못하며, 귀가 있으되 듣지 못한다. 물론 허락되어 있는 대답이 아니면 또한 절대로 입도 열지 않았다.

그리고… 그의 주인은 삼천상원의 왕이 아니라 바로 고독성고 적연후였다. 권력의 중추라 할 수 있는 비각의 각주 자리에 그를 발탁한 인물이 바로 그녀였던 것이다.

## 2

 습격은 밤에 시작되었다.
 혹독한 지옥 훈련을 걸친 일급살수(一級殺手) 열두 명, 그들은 비각의 각주로부터 제각기 따로따로 명령을 받은 상태였고 서로에 대해서도 모르고 있었다.
 그 열두 명의 살수들 중 고독성고 적연후의 거처로 잠입하다 경비망에 노출된 것은 불과 네 명에 불과했다. 나머지 여덟 명의 살수들은 오히려 그 소란을 이용해 안으로 스며들 수 있었다.
 고독성고 적연후는 이미 잠에서 깨어나 침의마저 갈아입고 창밖을 내다보며 서 있었다. 침투하려던 살수들 중 몇 명이 경비망에 포착되면서 생긴 소동 때문이었다.
 그녀가 머물고 있는 전각의 곳곳에 이미 환하게 불이 밝혀져 있었고 경비 무사들이 뛰어다니며 습격자들을 찾아다니고 있었다.

'비각 각주는 분명히 최고의 암살자들을 보냈을 것이다. 그럼에도 불구하고 그들을 막아내다니 경비망이 의외로 철저한 모양이군.'

창밖의 어둠을 응시하며 서 있던 고독성고 적연후가 문득 고개를 끄덕였다. 아직까지 그녀의 거처까지 침투에 성공한 살수들이 단 한 명도 없다는 사실이 그녀의 마음을 흐뭇하게 만들었던 것이다.

'비각 각주에게 훈련이라고 말해 두긴 했지만… 경비 상태를 점검하기 위해 가끔은 이런 훈련도 필요할 것 같구나. 그나저나 암살자들이 모두 경비 무사들에게 발각되어 체포당하는 건 아니겠지?'

고독성고 적연후는 어떻게 보면 자신을 암살하기 위해 침투하고 있는 살수들 편이라 할 수 있었다. 단 한 명이라도 자신의 방까지 침투에 성공해 자신에게 칼을 겨눠야 한다. 그래야만 능비령의 무공을 시험해 볼 수 있기 때문이었다.

하지만 이 일은 위험이 따르는 일이었다. 능비령이 살수들 막지 못하면 그녀는 꼼짝없이 죽게 된다.

고독성고 적연후는 능비령의 능력을 시험해 보고 싶은 호기심 때문에 이 일을 꾸몄지만 지금은 오히려 자신이 죽을 수도 있다는 그 짜릿한 긴장감을 즐기고 있었다.

스스로의 목숨을 걸고 벌이는 도박이 주는 묘한 흥분이라고 할까? 언제부터인가 그녀의 몸이 미미하게 떨리고 있었지만 그것은 절대 공포 때문이 아니었다.

고독성고 적연후는 문득 고도로 훈련받은 암살자가 방문을 박차고 뛰어들어 와 자신을 향해 칼을 겨누는 모습을 상상하기 시작했다.

건장한 사내, 두건으로 얼굴을 가려 냉혹한 눈만이 번뜩인다.

암살자는 절대로 그녀를 두려워하지 않을 것이다. 단지 하나의 목표로만 인식할 뿐 일말의 호기심이나 동정심도 드러내지 않을 것이다.

그 냉혹한 눈빛과 함께 새하얀 검날이 그녀의 가슴을 향해 천천히 다가든다.

잘 갈려진 차가운 검날이 옷을 헤집고 파고들어 결국 살을 가른다.

그리고 솟구치는 피의 분사…….

어쩌면 고통이 없을지도 모른다. 고통을 느끼기에는 암살자의 검이 너무 빠를 수도 있는 것이다.

고독성고 적연후는 암살자의 검이 자신의 심장에 박히는 모습까지 상상한 후 자신도 모르게 부르르 몸을 떨었다. 기이한 쾌감이 그녀의 전신을 뇌전처럼 관통하고 있었다.

하지만 그녀가 상상하던 일은 끝내 일어나지 않았다. 아침이 밝을 때까지 그녀는 창 앞에 선 채 무슨 일인가 일어나기를 기다렸지만 아무 일도 일어나지 않았던 것이다.

암살자들은 단 한 명도 그녀의 방 안으로 들어서지 못했다. 단 한 번, 방문 밖에서 미미하게 방울 소리가 느껴진 게 전부였다.

아침이 되자 경비대의 총령 사인예가 보고를 하기 위해 그녀를 찾아왔다. 그는 아직까지 암살자들이 바로 비각의 수하들인 것을 전혀 모르는 상태였다.

"침입자들의 수효는 모두 일곱, 모두 척살했습니다."

모두 척살했다는 것은 곧 생포된 자가 단 한 명도 없다는 의미였다. 고독성고 적연후의 호기심을 채우기 위해 일곱이라는 귀중한 생명이 덧없이 스러졌음에도 불구하고 그녀는 아무런 감흥도 느끼지 못했다.

"수고했어요."

고독성고 적연후는 총령 사인예를 돌려보낸 뒤 곧바로 비각의 각주를 불렀다.

"몇 명을 보냈나요?"

"열두 명입니다."

비각의 각주 역시 이미 간밤의 소동에 대해 훤히 알고 있는 상태였다.

"열두 명 중에서 일곱 명만을 막았다면 아직 다섯이 남아 있는 게 아닌가요?"

"예, 그들은 이미 이 전각 어딘가에 스며들어 몸을 숨긴 채 기회를 엿보고 있을 것입니다. 한 가지 이상한 것은… 사실 경비대가 잡은 건 그들 중 넷뿐이라는 것입니다."

"무슨 말인가요?"

"이건 경비대의 병사들을 통해 알아낸 건데… 살수들 중 세 명은 혈도가 제압당해 통로에 쓰러져 있었다고 하더군요. 게다가 마지막 한 명은 성고의 방문 앞에 쓰러져 있었습니다."

"설마……?"

간밤의 소동 속에서도 능비령은 단 한 번도 모습을 드러낸 적이 없었다.

고독성고 적연후는 비각의 각주를 돌려보낸 뒤 시녀를 시켜 능비령을 불렀다.

능비령은 고독성고의 방에 들어서기 무섭게 먼저 입을 열었다.

"아직 다섯이 남아 있소. 그렇지 않아도 그들마저 잡아야 하는지, 잡으면 어떻게 처리해야 하는지 물어보고 싶던 중이었소."

"그들이 어느 곳에 숨어 있는지조차 알고 있다는 것이냐?"

고독성고 적연후의 질문에 능비령이 고개를 끄덕였다.

"위협이 될 만큼 가까운 위치는 아니오."

고독성고 적연후는 놀란 빛을 감추기 위해 일부러 창을 내다보는 척하며 몸을 돌려야 했다.

그녀가 다시 능비령을 향해 몸을 돌린 것은 적지 않은 시간이 흐른 뒤였다.

그녀의 눈이 잔잔히 빛을 뿌렸다.

"넌 누구지? 삼천상원에 너 같은 사람이 있을 순 없어. 넌 과연 어디에서 왔느냐? 또 무엇 때문에 이곳에 왔느냐?"

"꼭 대답을 해야 하오?"

능비령은 일시지간 난감해하지 않을 순 없었다. 모든 것을 사실대로 밝히자니 이야기가 길어질 게 분명했다.

고독성고 적연후는 꽤 오랫동안 능비령의 눈을 들여다본 후 고개를 끄덕였다.

"좋다! 넌 단지 삼 개월 동안 날 지켜주면 그만이다. 그 밖의 일은 중요한 게 아니지."

"나머지 살수들은 어떻게 해야 하오?"

능비령이 다시 질문을 던졌다. 전각 어딘가에 몸을 숨기고 있는 살수들의 처리에 대해 아직 대답을 듣지 못했던 것이다.

고독성고 적연후가 고개를 끄덕였다.

"모두 잡아 병사들을 시켜 비각의 각주에게 보내라. 그가 알아서 처리할 것이다."

능비령이 물러난 뒤 고독성고 적연후는 잠시 동안 생각에 잠겼다가 힐끔 한쪽의 서탁을 바라보았다.

한 달가량 왕성을 떠나 있었기 때문에 그녀가 처리해야 할 서류가 작은 산을 이루고 있는 상태였다.

왕성 내의 살림에 필요한 재정 집행을 청구하는 서류들과 대신들의 동태를 조사해 낸 보고서, 그리고 패배한 북상원의 잔당들의 움직임에 대한 보고서들이었다.

어느 것 하나 급하지 않은 사안(事案)이 없었다.

고독성고 적연후는 산 더미 같은 서류들을 무시한 채 동경 앞에 앉아 정성스럽게 화장을 하기 시작했다. 머리 또한 오랫동안 빗어 내려 윤이 흐르도록 만들었고 옷도 늘 입던 검은색 경장이 아닌 눈처럼 흰 백의를 골랐다.

잠시 후 방을 빠져나간 그녀는 몇 개의 통로를 거쳐 지하로 이어지는 계단을 내려가기 시작했다.

지하로 이어진 계단은 무척 길었다. 게다가 이십여 장을 내려간 뒤에는 두 갈래로 나누어져 있었다.

고독성고 적연후는 그 두 갈래의 길 중 오른쪽으로 들어섰다.

다시 십여 장을 더 들어서자 석문이 있었고 그 앞을 네 명의 병사들이 지키고 있었다.

고독성고 적연후가 다가가자 병사들이 흠칫 놀란 빛을 머금었다. 그들은 그녀의 모습을 대하기 무섭게 예의를 갖춘 후 시키기 전에 이미 석문을 열고 있었다.

활짝 열려진 석문 안으로 한 걸음 들어서던 고독성고 적연후는 문득 한 가지 생각을 떠올렸다.

'내가 어디를 가더라도 일부러 통보할 필요는 없다고 했지. 내가 움직이면 자신도 움직여 날 따라온다고 했는데 과연 이곳까지 따라올 수 있다는 것일까?

고독성고 적연후는 문득 뒤를 돌아보았다. 하지만 능비령의 모습은 보이지 않았다.

고독성고 적연후는 내심 야릇한 쾌감을 느끼며 석문 안으로 들어가 다시 석문이 닫히는 것을 지켜보았다.

'큰소리쳐 놓고 날 따라오지 못했으니 그 건방진 콧대를 꺾어놓을 수 있겠구나.'

석문은 한번 닫히면 그녀의 명령이 있기까지는 절대로 열리지 않는다. 지금쯤 능비령이 고독성고 적연후가 움직이는 것을 알고 뒤쫓아온다고 해도 그녀를 따라올 수는 없었다.

딸랑……!

고독성고 적연후는 석문이 닫히는 것을 보며 몸을 돌리다가 문득 방울 소리를 느꼈다.

'이 소리는 설마……?'

석문 안으로 이어진 통로를 걸으며 자신이 그 방울 소리를 어디서 들었는가 생각해 보던 그녀는 한순간 깜짝 놀라 주위를 둘러보았다.

"어디에 있느냐? 내 앞에 나서거라."

통로는 좌우가 석벽으로 막혀 있는 데다 열 걸음 간격으로 횃불이 밝혀져 있어 전혀 몸을 숨길 만한 곳이 없었다.

"난 여기 있소."

하지만 능비령의 대답은 바로 그녀에게서 불과 세 걸음도 떨어지지 않은 곳에서 들려왔다.

고개를 좌측으로 돌리니 그녀의 좌측 세 걸음 옆에 능비령이 조용히 서 있었다.

그녀가 그의 존재를 감지하지 못한 것은 스스로도 이해할 수 있었다. 그녀는 무공을 전혀 익히지 않았던 것이다. 하지만 석문 앞을 지키고 있는 네 명의 병사마저 능비령을 발견하지 못했다는 사실은 가히 경이적인 것이 아닐 수 없었다.

능비령이 투덜댔다.

"아무래도 이렇게 폐쇄된 공간으로 들어설 때는 미리 말을 해줘야 하겠소. 뒤쫓아오는 건 어렵지 않지만 이런 곳에서는 가까이 있지 않으면 호위하기가 어렵기 때문이오."

고독성고 적연후가 걸음을 멈춘 채 잠시 생각했다.

놀란 것도 놀란 것이지만 과연 지금부터 그녀가 하려는 일을 능비령에게 보여주어야 하는지 판단이 되지 않았기 때문이다.

잠시 후 그녀는 결심을 굳힌 듯 다시 걸음을 옮기기 시작했다.

그녀만의 비밀의 장소… 고독성고 적연후는 통로 깊숙이 접어들수록 조금 후에 벌일 자신만의 유희(遊戱)를 떠올리느라 이미 능비령의 존재를 잊은 상태였다.

한 걸음 뒤에서 고독성고 적연후의 뒤를 따라 통로를 들어서고 있는 능비령은 폐쇄되어 있는 이 지하 석실이 일종의 뇌옥이라는 것을 알 수 있었다.

십여 장을 더 들어가자 양쪽으로 철 창살로 막혀 있는 감방들이 보였고 과연 그 안에 죄수들이 갇혀 있었다.

고독성고 적연후의 뒤를 따라가던 능비령의 얼굴이 점차 굳어지기 시작했다.

감방 안에 갇혀 있는 죄수들은 대부분 쇠사슬로 묶인 채 감방 벽에 매달려 있었는데 그 몰골들이 끔찍하기 이를 데 없었다. 그야말로 정상적인 모습을 하고 있는 죄수들은 단 한 명도 보이지 않았다.

팔과 다리가 기이한 각도로 꺾여 있는 죄수가 있는가 하면 근육이 뒤틀려 있는 죄수도 있다. 또 어떤 사람은 눈이 있어야 할 곳에 무저갱처럼 구멍만 뚫려 있었다. 두 눈이 뽑혔진 것이다. 심지어 어떤 죄수는 전신의 피부가 모조리 벗겨져 뻘건 살이 그대로 드러나 있기도 했다.

'끔찍하구나. 도대체 누가 이렇게 잔인한 짓을 했단 말인가……!'

능비령은 감방에 갇혀 있는 죄수들의 몸에 남아 있는 흔적들이 모두 지독한 고문의 흔적이라는 것을 이내 알 수 있었다.

능비령이 눈살을 찌푸렸다. 그 누군가에게 향한 분노가 들끓어올라 견디기 힘든 기분이었다.

죄수들이 갇혀 있는 감방들이 줄지어 있는 통로를 지나 다시 이십여 장을 들어가자 또 하나의 석문이 있었다.

고독성고 적연후가 석문 앞에 서자 한 사내가 어둠 속에서 나타나 석문을 열어주었다. 등이 구부러진 꼽추사내였다.

머리에는 머리카락이 단 한 올도 없고 얼굴마저 기괴하게 뒤틀려 있다. 그 괴상한 몰골 때문에 나이를 전혀 짐작할 수 없었는데 입고 있는 옷 또한 하체의 중요한 부위만 가린 벌거숭이 상태였다.

"가장 최근에 들어온 죄수를 데려와."

고독성고 적연후가 석실 안에 들어서기 무섭게 징신 감응을 보냈다.

기괴하게 생긴 꼽추사내가 고개를 한 번 끄덕인 후 몸을 돌렸다.

능비령은 천천히 석실 안을 둘러보며 다시 눈살을 찌푸렸다.

음습한 기운이 감돌고 있는 석실은 한눈에 보기에도 고문실이라는 것을 알 수 있었다.

한쪽 벽면에 가지런히 진열되어 있는 온갖 고문 도구들, 구석에 놓여 있는 돌 침상의 네 귀퉁이에 붙어 있는 죄수들의 팔과 다리를 묶는 장치. 침상 아래쪽의 바닥에는 피가 흘러내리게 만든 고랑이 패여 있었다.

잠시 후 죄수 한 명이 도착하자 고독성고 적연후의 눈이 번들거리기 시작했다.

어떻게 보면 광기(狂氣) 같기도 했고, 또 지고(至高)의 쾌락을 기대하는 눈빛이기도 했다.

기괴하게 생긴 사내가 죄수를 돌 침상 위에 결박시켜 놓자 고독성고 적연후가 벽면에 진열되어 있는 고문 도구 중 종이처럼 얇은 칼을 집어 들었다.

죄수의 발 쪽으로 다가가던 고독성고 적연후가 문득 능비령을 돌아보았다. 이미 석문은 다시 닫혀져 있었고 고문실 안에는 그녀와 능비령 단둘뿐이었다.

지금까지는 단 한 번도 그녀가 죄수들을 고문하는 것을 남에게 보여준 적이 없었다. 그녀 혼자만의 즐거움을 남과 함께 누리기 싫은 게 아니라 자신의 악성(惡性)을 노출시키기 꺼려한 탓이었다.

하지만 지금은 달랐다. 어쩐지 자신이 죄수를 고문하는 모습을 그에게 보여주고 싶은 충동이 일어난 것이다.

감춰야 할 은밀한 부위를 사내에게 목격당했을 때 크게 놀라며 당황하는 것이 대부분 여자들이 보여주는 첫 번째 반응이다. 하지만 그 당혹감이 가라앉게 되면 자신도 모르는 내밀한 쾌감을 느끼게 되는 것이 또한 두 번째 반응이었다.

지금의 고독성고 적연후가 바로 그러했다.

그는 자신이 죄수에게 온갖 고문을 하며 고통을 가하는 모습을 능비령이 과연 어떻게 지켜볼 것인지 호기심이 일었다. 누군가에게 보여준다는 것 때문에 오히려 지금까지보다 더욱더 흥분해 있는 상태이기도 했다.

 능비령이 지켜보고 있는 사이에 그녀는 얇은 면도로 죄수의 엄지발가락 끝 부위를 세 치가량 잘라냈다. 피가 흘러나오며 죄수의 입에서 비명 소리가 터져 나왔다.

 그 신음 소리를 들으며 고독성고 적연후가 다시 능비령을 바라보았다. 그녀의 입가에는 미소가 떠올라 있었다.

 능비령의 얼굴이 무섭게 굳어졌다.

 잠자리를 잡으면 아이들은 의례 싱긋이 웃는다. 정복의 오만함이 깃들어 있는 차가운 웃음. 잔인하고 비정적이며 원시의 밀림에서나 웃는 그런 웃음이다. 흰 이빨을 드러내 놓고 소리없이 웃는 그 웃음은 그야말로 야수의 웃음인 것이다.

 고독성고 적연후는 자신의 즐거움에 능비령이 동참해 주기를 기대하지는 않았다. 불쾌해서 고개를 돌리면 그것대로 그녀를 즐겁게 해줄 테고 반대로 무표정을 가장한 채 아무런 반응을 보이지 않는다면 그것도 그것대로 또한 능비령의 위선일 테니 내심 한껏 조롱을 퍼부어주면 그만이다.

 능비령의 반응은 기대 이상이었다.

 그는 너무 놀라 자신의 눈이 잘못되지나 않았나 하는 기이한 표정을 하고 있었다. 이어 고문을 하고 있는 고독성고 적연후를 괴물 보듯 바라보기 시작했다.

 고독성고 적연후는 능비령이 표정을 감추지 못하는 순박함을 지니고 있다는 것을 이제야 알게 되어 오히려 만족스러웠다. 그녀는 고문의 강도가 심해지면 능비령의 태도가 과연 어떻게 변할까 궁금해졌다.

하지만 고독성고 적연후는 더 이상 죄수에게 고통을 줄 수 없었다.
 미미한 방울 소리가 느껴지는 순간 그녀의 손에 쥐어져 있던 칼이 어디론가 사라져 버렸다.
 "도대체 무슨 짓을 하고 있는지 네 스스로 알고는 있느냐?"
 칼은 이미 능비령의 손으로 넘어가 있었다. 그 칼을 아무렇게나 팽개친 뒤 능비령은 무서우리만치 굳어진 채 고독성고 적연후를 노려보았다.
 "보면 모르느냐? 난 죄수를 심문하려는 것이다."
 "저 사람이 무슨 죄를 지었는지 모르지만 넌 단 한 마디도 물어보지 않았다. 네가 하고 있는 짓은 심문이 아니라 고문인 것이다."
 능비령은 정말로 화가 나 있었다. 그는 고독성고 적연후에게 어느 정도 경어를 사용하고 있었는데 지금은 달랐다.
 고독성고 적연후가 다시 싱긋이 미소를 머금었다.
 "고문을 하다 보면 저절로 모든 걸 털어놓을 텐데 내가 무엇 때문에 귀찮게 물어보아야 하느냐!"
 "그런……!"
 "삼천상원에는 비각이라는 조직이 있다. 사찰과 정보 수집을 전문으로 하는 조직이지. 하지만 진짜 필요한 정보는 내가 오히려 비각보다 더 많이 알아내고 있다. 바로 이런 방법으로 말이다."
 분노로 인해 얼굴이 벌겋게 달아올라 있던 능비령의 얼굴이 오히려 평정을 되찾았다.
 "한 가지만 물어보겠다. 저 밖의 감방에 갇혀 있는 죄수들을 저렇게 만든 것도 바로 너였느냐?"
 "그렇다!"

"난 누군가가 너를 해치려고 할 때 보호해 주는 호위가 된다고 약속을 했다. 그 당시에는 그런 약속을 한 것을 후회하게 될 줄은 전혀 몰랐다."

"그래서?"

"어차피 약속을 했으니 난 지킬 것이다. 하지만 난 분명히 널 때리지 않겠다고 약속한 적은 없다. 그렇지 않느냐?"

"호호, 설마 날 때리기라도 하겠다는 것이냐? 저 석문은 내가 열라는 명령을 하지 않으면 절대로 열리지 않는다. 엉뚱한 짓을 하면 넌 영원히 이 석실 안에 갇히게 되는 것이다."

"상관없다."

능비령이 천천히 고개를 끄덕이는 모습을 보며 고독성고 적연후의 언뜻 공포의 빛이 스쳐 갔다. 능비령이 자신이 한 말은 반드시 실천하고야 말 사람이라는 것을 깨달은 때문이었다.

아니나 다를까!

쫘악!

능비령의 손이 뻗어와 고독성고 적연후의 뺨을 때렸다.

"악!"

고독성고 적연후가 비명을 지르며 석실 한구석으로 나뒹굴었다.

고독성고 적연후는 고문당하던 사람의 피와 배설물 등의 오물이 엉겨붙어 있는 바닥을 한 손으로 짚으며 일어섰다. 눈처럼 흰옷은 이미 피와 오물로 더럽혀진 상태였다.

하지만 그녀는 자신의 옷이 더럽혀진 것에 신경 쓸 겨를이 없었다. 능비령이 다가와 그녀의 머리채를 오른손으로 휘어잡았던 것이다.

퍽!

이번에는 왼 주먹이 사정없이 그녀의 복부에 박혔다. 고독성고 적연후의 몸은 반사적으로 새우처럼 굽혀지려 했지만 머리채가 붙잡혀 있어 그것도 불가능했다.

다음 순간 고독성고 적연후의 머리채를 잡은 능비령의 손이 강하게 휘둘러졌다.

다시 바닥에 쓰러진 그녀를 향해 능비령이 다가들었다. 참을 수 없는 분노가 그의 눈 속에서 이글거리고 있었다.

고독성고 적연후는 이해할 수 없다는 듯 주저앉아 능비령을 올려다 보았다.

능비령이 손을 뻗어 그녀의 멱살을 잡아 일으켰다.

쫙!

고독성고 적연후의 얼굴이 다시 홱 돌아갔다. 어찌나 세게 맞았는지 이내 한쪽 얼굴이 퉁퉁 부어오를 정도였다.

고독성고 적연후의 눈이 표독하게 변했다.

"네놈이 감히 내게……!"

"네가 지금 느끼고 있는 고통은 네가 남에게 가한 고통에 비하면 그야말로 아무것도 아니다."

멱살이 잡혀진 상태에서 고독성고 적연후의 얼굴이 좌우로 젖혀지기 시작했다.

능비령이 연달아 십여 차례 따귀를 때린 후 손을 놓자 그녀의 몸이 바닥으로 주저앉았다. 그 얼굴을 향해 능비령의 발길질이 날아갔다.

퍽! 퍼벅!

능비령은 쉬지 않고 고독성고 적연후를 패기 시작했는데 맞으면 생명이 위험해지는 곳은 절대로 때리지 않았다.

그것 이외에는 아무 규칙이 없었다. 그저 무작정 개 패듯이 패고 있을 뿐이었다.

얼마의 시간이 흘렀을까?

고독성고 적연후는 자신이 이대로 맞다간 죽을 것이라고 생각했다.

능비령이 분노로 길길이 날뛰며 때린다면 그래도 희망은 있다. 언제고 화가 가라앉으면 더 이상 때리지 않을 것이기 때문이다. 하지만 능비령은 믿어지지 않을 정도로 차분한 태도로 기계적인 폭력을 가하고 있을 뿐이었다.

어느 한순간, 고독성고 적연후는 다시 얼굴을 걷어채이고는 석실 구석으로 퉁겨졌다. 그녀는 석실 구석에 나뒹굴기 무섭게 엉금엉금 오히려 능비령 쪽으로 기어왔다.

"잘못했어요! 다시는… 다시는 그런 짓을 하지 않겠어요. 제발… 제발… 그만 해주세요."

고독성고 적연후가 다리를 잡고 늘어지며 빌자 능비령이 행동을 멈춘 채 가만히 그녀를 내려다보았다.

능비령이 손을 멈추자 고독성고 적연후는 필사적으로 다시 정신 감응을 보냈다.

"정말이에요. 다시는 사람을 고문하는 짓을 하지 않겠어요."

문득 능비령이 고개를 저었다.

"아직 멀었다."

꽈직!

능비령의 발이 그녀의 턱을 가격했다. 머리 속에서 흰 섬광이 폭발하는 듯한 느낌을 주는 충격이 그녀를 엄습했다.

널브러져 있는 그녀 몸 위로 다시 무사한 발길질이 날아왔다. 여자

이니까 얼굴만큼은 때리지 않을 것이라는 가느다란 믿음도 이미 깨진 지 오래였다.

고독성고 적연후는 자신이 그렇게 심하게 두들겨 맞으면서도 왜 기절하지 않는지 알 수가 없었다. 그녀로서는 능비령이 교묘하게 힘을 조절하고 있다는 것을 알 리가 없었던 것이다.

"잘못했어요. 정말 잘못했어요. 그만 때리고… 차라리 죽여주세요."

결국 고독성고 적연후는 울음을 터뜨렸다. 그녀의 얼굴은 피와 눈물로 범벅이 되었고 눈처럼 흰옷도 피와 온갖 오물로 엉망이었다.

"넌 죽여달라고 요구할 자격도 없다."

능비령이 다시 손을 뻗었다. 한 대 때릴 때마다 그녀의 몸이 들썩거렸고 결국에는 뱃속에 있는 것을 모두 토해야만 했다.

"잘, 잘못했어요. 죽여달라는 말도 하지 않을게요. 그냥… 그냥 무조건 잘못했어요."

맞기 시작한 지 한 시진쯤 되었을까?

고독성고 적연후는 석실 바닥에 축 늘어져 끝없이 중얼거리기 시작했다. 자신이 무슨 말을 하는지도 모르는 상태 같았다.

# 제6장
## 소멸(消滅)의 힘

1

 능비령이 축 늘어진 고독성고 적연후를 부축해 지하 뇌옥을 빠져나온 것은 반 시진 뒤였다. 그는 곧바로 그녀의 거처로 돌아가 시녀들을 시켜 깨끗이 씻기고 옷을 갈아입히도록 했다.
 중도에서 마주친 병사들과 시녀들이 기절할 듯 놀란 것은 너무도 당연한 일이었다.
 치료는 필요없었다. 고통은 주되 상처가 생기지 않도록 교묘하게 때렸기 때문이었다.
 시녀들이 깨끗이 씻긴 후 옷을 갈아입히자 죽지 않은 게 이상할 정도로 처참해 보이던 그녀의 모습이 말끔해졌다.
 능비령은 혼절한 것인지 잠든 것인지 모르게 침상에 누워 꼼짝도 하지 않는 고독성고 적연후를 내려다보며 잠시 생각에 잠겼다. 그냥 왕성을 떠날 것인지, 아니면 약속대로 삼 개월 동안 그녀를 지켜줄 것인지 판단이 서지 않았다.

그는 자신이 그녀를 때린 일 때문에 체포당할 것에 대해서는 일체 걱정하지 않았다. 그녀를 구타할 때 수시로 그녀의 마음속을 읽고 있었기에 그녀가 정신적으로 완전히 굴복했다는 것을 잘 알고 있었다. 문제는 그녀를 지켜주고 싶은 마음이 없어진 것이었다.

잠시 후 능비령은 결국 약속을 지키기로 마음먹고 자신의 방으로 돌아갔다.

다음날부터 삼 일 동안 능비령은 고독성고 적연후를 대면할 수 없었다. 단 한 번도 그를 부르지 않았기 때문이다. 그를 체포하기 위해 병사들이 몰려오지도 않았다. 예상하고 있던 일이었다.

비단 능비령만이 아니라 어느 누구도 만나지 않은 채 방 안에 틀어박혀 있던 고독성고 적연후가 모처럼 후원으로 나선 것은 삼 일째 되던 날 저녁 무렵이었다.

능비령은 그녀가 방을 나서는 순간부터 이미 그녀의 기를 감지하고 슬그머니 그녀를 따라 후원으로 들어섰다.

"그걸 알고 있나요? 인간은 스스로를 악(惡)이라고 생각하고 살아가기엔 너무 나약한 존재라는 사실 말이에요."

능비령은 후원 한곳에 망연히 서 있는 고독성고 적연후를 십여 장 뒤쪽에서 지켜볼 뿐 더 이상 가까이 다가가지 않았다.

하지만 놀랍게도 그녀는 능비령을 기다리고 있었다. 그가 다가오지 않자 그녀는 가까이 오라고 손짓을 했다.

능비령이 옆에 서자 그녀는 어둠에 잠겨가고 있는 허공에 눈을 준 채 정신 감응을 보내기 시작했다.

"어느 누구라도 악한 행동을 할 때에는 스스로 합당한 이유를 갖고 있어요. 그 때문에 악마처럼 잔인한 행동도 거침없이 할 수 있는 거예요."

능비령은 그녀의 말투가 변했다는 것을 깨달았다. 늘 하대를 하던 그녀가 능비령에게 경어를 사용하고 있었다.

"내가 그랬어요. 난 스스로 인간이기를 포기했어요. 하지만 그러면서도 스스로를 납득시켰던 거예요. 난 끝없이 잔인하고 비정하게 행동해 왔지만 단 한 번도 나 자신을 악(惡)이라고는 생각한 적이 없었어요."

능비령은 고요한 태도로 그녀의 정신 감응을 받아들였다.

그녀가 보내는 정신 감응은 중원의 대화법으로 비교하면 독백이나 마찬가지였다. 누가 듣든 듣지 않든 아무런 상관이 없었다. 그녀는 능비령을 가까이 오게 했지만 사실 변명하기 위해 부른 것은 아니었다.

"한데… 자신이 합리화시킨 스스로의 행동에 대해 어느 날 갑자기 회의를 느끼게 될 때가 있어요. 하지만 그럴 때마다 난 오히려 더욱더 악해져 갔어요."

문득 그녀가 얼굴을 돌려 능비령을 정면으로 마주 보았다.

그녀의 눈빛은 고요하기 이를 데 없었다. 어찌 보면 해탈한 고승의 그것 같았다.

능비령에 대한 분노 또한 전혀 엿볼 수 없었다.

"그러나 사실은 스스로 내가 악(惡)이었다는 것을 이미 오래전에 깨닫고 있었던 거예요."

'깨달았을 때에는 이미 헤어날 수 없게 되었을 것이오.'

능비령이 내심 고개를 끄덕였다.

자신의 행동에 대해 억지로 스스로를 납득시켰다고는 하지만 그것은 사실 자신을 속인 것에 지나지 않는다. 스스로 악한 척하며 행동하고 있는 동안에는 스스로를 용서할 수 있을 것이다. 하지만 어느 날 갑자기 회의감을 갖게 되는 순간 지금까지 자신을 지탱시켜 주고 있던 모든 가치관이 무너진다.

고독성고 적연후의 지금 입장이 그러했다. 스스로를 악(惡)이라고 인정하는 순간 그녀의 정신은 무너질 수밖에 없었다.

"어린 시절… 아버님은 내게 있어 신(神)이었어요. 무엇이든지 할 수 있고 불가능이 없으며 한없이 따듯하고 다정한 존재……."

고독성고 적연후의 눈빛이 흐릿해졌다. 현실의 것을 보는 게 아니라 아득한 과거를 더듬는 눈빛이었다.

"아버님은 강하셨지만 왕실의 추악한 권력 다툼에 대해서는 잘 몰랐어요. 어느 날 정적(政敵)에게 모함을 당해 누명을 쓰고 체포되었어요."

고독성고 적연후는 부러울 것이 없는 신분이었다가 하루아침에 의지할 곳 없는 초라한 신세로 전락하고 만다. 그야말로 공주의 신분에서 한순간에 하녀의 신분으로 뒤바뀌는 엄청난 시련을 겪은 것이다.

"조부님이 돌아오신 뒤에 아버님은 누명을 벗었지만 그때는 이미 고문 끝에 옥사(獄死)한 뒤였어요."

고독성고 적연후의 말에 의하면 그녀의 조부는 법술(法術)의 대가였다고 했다. 그녀의 조부는 누군가를 찾는다며 어딘가로 떠난 뒤 삼 년 만에 돌아온 것이다.

조부가 돌아오자 그녀는 귀족의 신분으로 환원되었지만 삼 년 동안 겪은 모진 고초 때문에 이미 다른 사람이 되어 있었다.

조부 때문에 왕조차 자신의 뜻대로 갈아치울 수 있을 정도의 권력을 쥐게 된 그녀는 복수를 시작했다. 부친을 음해한 자를 직접 고문하며 죽인 것은 부친의 복수를 위한 것이었지만 그 뒤에도 죄인들을 고문하는 일을 멈추지 않았다.

자신에 대해 이야기하던 고독성고 적연후가 문득 능비령을 바라보았다. 아무런 감정도 담겨 있지 않은 허무한 눈빛이었다.

"뇌옥에 갇혀 있던 죄수들 중 죄가 없는 죄수들은 풀어주었고 어차피 살아날 수 없는 사람들은 고통없이 목숨을 끊어주었어요. 물론 죄가 있는 죄수라 해도 앞으로는 두 번 다시 고문받지 않을 거예요."

능비령이 고개를 끄덕였다.

"용서를 바라고 한 일은 아니에요. 그동안 내가 저지른 짓은 결코 용서받을 수 없는 짓이었으니까요. 누군가가 날 용서한다고 해도 이제는 아마 내 자신이 스스로를 용서하지 못할 거예요."

고독성고 적연후는 확실히 변해 있었다. 그녀의 심경에 변화가 일어난 것은 능비령의 폭력 때문이었다.

울고 싶었는데 때맞춰 따귀를 때려준 상황이라고 할까?

그녀는 이미 오래전에 스스로가 악이라는 것을 자각하고 있던 상태였다. 하지만 그동안은 애써 부인하고 있었는데 이제야 비로소 스스로를 인정하게 되는 계기를 만난 것이다.

능비령은 문득 그녀에게 연민의 정을 느꼈다. 자결을 하지 않는다 해도 평생을 고뇌하며 살아갈 모습이 눈에 보이는 듯했다.

이때, 돌연 고독성고 적연후의 얼굴이 굳어졌다.

"주인님이 부르고 있어요."

'주인님……?'

고독성고 적연후가 황급히 움직이자 능비령은 자신도 모르게 그녀의 뒤를 따라갔다. 그녀가 가고 있는 곳은 바로 뇌옥으로 이어져 있는 지하 계단이었다.

통로가 두 갈래로 갈라진 곳에 이르자 고독성고 적연후는 뇌옥의 반대 방향으로 이어진 통로로 들어섰는데 그때부터 그녀의 행동이 무척 조심스러워졌다.

"날 따라오려면 내가 하는 대로 따라 하세요. 단 한 걸음이라도 틀리게 되면 우리 둘 다 죽게 돼요."

한 걸음을 내딛고 정확히 열을 센다. 두 번째 걸음은 마음속으로 셋이라는 숫자를 헤아린 뒤 내디뎠다. 모퉁이를 돌아선 뒤에는 앞으로 다섯 걸음을 나아갔다가는 다시 그 발걸음을 되짚어 네 걸음을 후퇴했다.

능비령은 고독성고가 정해진 절차에 따라 조심스럽게 행동하는 것을 보고 더욱 호기심을 갖지 않을 수 없었다.

십여 개의 관문을 통과했지만 나아간 거리는 십여 장에 불과했다.

다시 십여 장을 통과하자 주위의 경관이 일변했다. 웅장하면서도 화려한 지하 궁전(地下宮殿)이 눈앞에 펼쳐져 있었다.

"이 지하 궁전 전체에는 무수한 밀법의 함정들과 기관진이 조합되어 있어요. 만약 누군가 정해진 절차를 무시하고 침입하게 되면 미처 열 걸음을 걷기도 전에 죽임을 당하게 돼요."

고독성고 적연후가 한 걸음 뒤에서 따라오고 있는 능비령을 돌아보았다.

"살아 있는 궁전이라고 할까요? 침입자가 있으면 벽이 포위하고 다가와 압사시키기도 하고 모든 통로가 끝없이 위치를 바꿔 전체를 미로(迷路)로 만들기도 해요. 때문에 이 안에 갇힌 사람은 비록 모든 공격으로부터 살아남아도 결국에는 굶어 죽게 되어 있어요."

능비령이 내심 혀를 내둘렀다. 무척이나 조심스럽게 발을 내딛고 있는 그녀의 태도로 보아 과장이 아니라는 것을 알 수 있었다.

다시 미로 같은 통로를 몇 개 통과한 후 그녀는 결국 그녀의 주인을 만날 수 있었다.

지하 궁전의 가장 깊숙한 곳, 어떤 힘도 미치지 못하고 어느 누구도 침범할 수 없는 안전한 곳에 그는 어린아이처럼 웅크린 채 누워 있었다.

노인(老人),

대나무처럼 깡마른 데다 고목 나무껍질처럼 피폐한 모습이다. 병적으로 창백해 보이는 희디흰 피부가 눈에 거슬렸다.

노인은 침상에 잔뜩 웅크린 자세로 누워 있었는데 기이하게도 실오라기 하나 걸치지 않은 알몸이었다.

고독성고 적연후는 주인의 나이가 이제 갓 스물 정도에 불과하다는 것을 알고 있었다. 하지만 지금 그녀의 눈앞에 누워 있는 벌거숭이 노인은 아무리 보아도 이미 백 살은 넘어 보였다. 목에서 가래가 끓는 듯한 소리가 쉬지 않고 흘러나와 당장 죽는다 해도 이상할 게 없어 보일 정도였다.

하지만 당장 숨이 넘어갈 듯한 노인의 모습을 하고 있는 이 사내는 위험한 존재였다.

그녀는 그가 북상원과의 전쟁에서 저지른 참혹한 살육을 기억하고 있었다. 그것은 죽을 때까지 결코 잊지 못할 기억이었다.

그는 반드시 이겨야 하는 싸움에만 직접 나섰는데 그때마다 그를 상대했던 북상원의 병사들 중 살아남은 사람은 단 한 명도 없었다.

지금의 왕은 마음만 먹으면 갈아치울 수 있는 허수아비일 뿐이다. 지금의 왕을 통일된 삼천상원의 왕으로 만들어준 힘은 그녀의 조부에게서 나왔고, 또 그 조부의 힘은 지금 눈앞에 어린아이처럼 웅크리고 누워 있는 이 사내에게서 나왔다.

적연후는 주인이 누워 있는 침상 앞에 무릎을 꿇었다.

그녀는 그가 깨어났다는 것을 알고 있었다.

사내는 옆으로 웅크리고 누운 채 눈을 뜨고 있었지만 그 눈은 적연후를 보고 있지 않았다. 인간의 시야 바깥에 있는 무언가를 응시하고 있을 뿐이었다.

고독성고 적연후는 그가 명령을 내릴 때까지 기다리며 짧은 회상에 잠겨들었다.


윤회의 법칙에 따라 환생(還生)한 청룡(靑龍)의 후예를 찾아낸 것은 바로 고독성고 적연후의 조부였다.

그가 찾아낸 용의 권족은 태어난 지 얼마 되지 않은 갓난아이였다.

고독성고 적연후의 조부는 법술로 윤회의 비밀을 알아내 용의 권족 중 한 명을 찾아내기는 했지만 그 아이가 성장해 자연스럽게 각성하기를 기다릴 수는 없었다. 그는 결국 법술을 사용해 갓난아이에 불과한 용의 권족을 각성시키게 된다.

하지만 인위적으로 얻어낸 각성은 불완전했고 또한 심각한 부작용을 가져왔다.

갓난아이의 육체를 지닌 용의 권족은 각성한 후 힘을 되찾았지만 그때부터 육체가 기이하도록 빨리 성장한 후 순식간에 노화되기 시작했다. 더 큰 부작용은 때때로 그 자신도 통제할 수 없는 광증(狂症)이 발작된다는 것이었다.

사실 용의 권족이 밀법의 함정과 기관진들에 둘러싸여 있는 지하 궁전을 만든 이유는 두 가지 목적 때문이었다. 그 하나는 자신을 보호하기 위해서였고 또 하나는 광증이 발작했을 때 밖으로 뛰쳐나가지 못하도록 스스로를 감금하기 위한 것이었다.

완전한 각성이 이뤄지지 않았어도 그의 능력은 거의 무한했다. 그는 전능(全能)의 존재로서 북상원과의 전쟁을 이끌었으며 결국에는 둘로 갈라져 있던 삼천상원을 전격적인 힘으로 통일시켰다.

그 무렵 용의 권족은 고독성고 적연후와 그를 찾아내 본성을 일깨워 준 그녀의 조부를 자신의 충실한 노예로 만들어 버렸다. 자연스럽게 주종 관계가 바뀌게 된 것이다.

얼마의 시간이 흘렀을까?

결국 사내는 고독성고 적연후에게 초점을 맞췄다. 짓물러져 제대로 뜨고 있기도 힘들어 보이는 눈이었다.

가래 끓는 듯한 괴이한 음향과 뒤섞여 나직한 음성이 새어 나왔다.

"무언가⋯ 위험한 것이 저쪽 세계에서 이쪽으로 넘어왔다. 익숙한 느낌이야. 나의 본질 속 깊숙한 곳에서 본능이 알려주었다. 찾아라! 저쪽 세계에서 넘어온 자를⋯⋯!"

"주인님의 명에 따르겠습니다."

고독성고 적연후가 공손히 대답하는 순간 노인이 힘없이 손가락을 까닥였다.

고독성고 적연후는 그 손짓에 따라 황급히 몸을 일으켜 그를 부축해 앉혔다. 실오라기 하나 걸치지 않은 흉물스러운 알몸이었지만 전혀 신

소멸(消滅)의 힘 159

경 쓰지 않는 태도였다.

"각성이 완전하지 않아. 억지로 날 깨웠기 때문이야. 어쩌면 이 시대에는 깨어나지 못하고 그냥 평범한 인간으로서의 일생을 마쳤어야 하는 것이었는지도 모르지."

마치 어린아이가 어머니의 품에 안긴 형태로 고독성고 적연후의 몸에 의지한 채 상체를 일으킨 노인이 한참이 지난 뒤 다시 중얼거렸다.

"난 너와 네 조부를 원망하고 있어. 날 깨워선 안 되는 거였어."

고독성고 적연후가 흠칫 몸을 떨었다. 하지만 노인의 몸에서 분노의 힘이 일어나지 않는 것을 느끼고 이내 안도의 표정이 되었다.

이때, 무엇인가를 느낀 듯 천천히 능비령을 향해 고개를 돌리던 노인의 몸이 굳어졌다. 그의 눈에 불신의 표정이 떠올랐다.

한순간, 스스로는 앉아 있지도 못할 정도로 노쇠한 노인의 몸에 거짓말처럼 거대한 기가 가득 찼다.

노인의 몸에 순식간에 응집된 거대한 힘이 회오리치는 바람에 고독성고 적연후의 몸이 뒤로 퉁겨져 가랑잎처럼 날려갔다.

슛!

능비령이 조용히 움직여 막 석벽에 부딪치려는 그녀를 받아냈다.

노인이 침상에서 내려선 채 고독성고 적연후를 노려보았다.

"누구를 데리고 온 것이냐? 감히 날 속이다니……"

노인의 전신에는 광포한 힘이 해일처럼 이글거리고 있었다. 조금 전까지만 해도 스스로 몸도 가누지 못하던 사람이라고는 믿기 힘들 정도였다.

"무슨 말씀이신지……?"

고독성고 적연후가 공포에 몸을 떨며 제자리에 무릎을 꿇었다.
노인이 능비령의 눈을 직시했다.
"네 몸 안에는 금왕이 있군."
'금왕? 법신검을 말하는 건가?'
사실 능비령은 노인의 정체를 모르고 있었다. 마음속의 역대 법신검 전승자들과 대화를 끊고 있기 때문이었다.
그는 이미 오래전에 법신검 역대 전승자들과 의식을 공유하면서 전해 받은 모든 밀법과 무공, 그리고 많은 비밀과 능력들을 스스로 봉인해 버린 적이 있었다. 하지만 그때는 마음속에서의 대화마저 차단한 건 아니었다.
때문에 마음속의 전승자들은 수시로 능비령에게 말을 걸고 참견을 해왔는데 때로는 능비령의 몸을 통해 세상을 느끼고 싶어하기도 했다.
마치 여러 명의 사부들이 마음속에서 늘 잔소리를 해대고 있는 상황이랄까? 능비령은 그것이 지겨워 수련이 끝날 무렵 역대 전승자들이 말을 걸어오는 통로마저 차단했던 것이다.
'저 노인이 누구입니까? 아니, 제발 한 분만 대답해 주세요. 다른 말씀들은 그만 하고요.'
능비령은 차단시켰던 마음의 통로를 다시 열고 황급히 질문을 던졌다.
역대 전승자들이 마음속에서 한꺼번에 아우성쳤다.
(뭐야! 아쉬울 때만 우리가 필요하다는 게냐?)
(우린 너를 통해 세상을 느끼고 있다. 네가 우릴 봉인하면 우린 긴 잠에 빠져드는 것이다. 제발 부탁하는데, 다시는 이런 짓을 하지 말거라.)
(응? 청룡왕(靑龍王), 청왕(靑王)이구나. 아차! 아직은 가르쳐 주면

안 되는데…….)

'이겨서 죽인다 해도 다시 윤회될 터… 어떻게 하면 소멸시킬 수 있습니까?'

(안 가르쳐 준다, 이놈아!)

(약속을 해라! 다시는 우릴 봉인하지 않겠다고. 그래야만 소멸시킬 수 있는 방법을 일러주겠다.)

(소멸의 힘! 법신검의 힘을 쓰게.)

'고맙습니다.'

능비령은 저잣거리에 서 있는 것처럼 시끄럽게 아우성치고 있는 역대 법신검 전승자들의 아우성 중에서 자신이 필요로 하는 정보를 알아내고 다시 마음의 통로를 차단했다.

그제야 머리 속이 고요해지는 기분이었다.

능비령을 바라보던 노인, 청왕이 고개를 갸웃했다.

"아니야! 네가 아니야. 한 시진 전에 이쪽 세계로 넘어온 자는 네가 아니었어."

'한 시진 전에 이쪽으로 넘어온 자가 있다고? 설마 흑왕이 여기까지 나를 추적해 왔단 말인가?'

콰아아……!

능비령이 의아해하는 순간 거대한 힘이 해일처럼 덮쳐 왔다. 청왕의 손에서 쏟아져 나온 힘이 하나의 거대한 장막이 되어 그를 덮어씌웠다.

능비령은 그 힘을 고스란히 받아들여 체내에서 순환시킨 후 다시 내뿜었다. 힘의 일부를 돌려 한쪽에 있는 고독성고 적연후를 감싸 보호하는 것을 잊지 않았다.

콰콰콰쾅!

한 자 두께의 암석덩어리들로 축조된 지하 궁전의 밀실 벽 중 청왕의 뒤쪽 석벽이 그대로 터져 나갔다.

청왕은 석벽이 터져 나가며 피어오르는 먼지 속에 서서 크게 놀란 빛을 머금었다. 그는 뻗어낸 힘이 상대의 몸을 때리지 않고 체내로 스며들었다가 고스란히 되돌아왔다는 것을 이미 알고 있었다.

무림의 무학 중 상대방의 힘으로 상대방을 치는 두전성이(斗轉星移)라는 특이한 절학이 있다. 하지만 능비령이 펼친 것은 두전성이와 달랐다. 그는 상대방의 힘을 역이용한 게 아니라 순수하게 체내로 받아들여 순환시킨 후 고스란히 다시 내뿜었을 뿐이다.

청왕은 고개를 갸웃한 후 돌연 손을 휘둘렀다.

이 공격은 전광석화처럼 빨랐다. 미처 힘을 느끼기도 전에 이미 거대한 장력(掌力)이 능비령의 가슴으로 밀려들었다.

능비령이 오른손을 들어 마주쳐 나갔다.

한데 분명히 상대방의 몰아쳐 오는 장력을 마주쳐 갔는데 기이하게도 격돌음이 들리지 않았다.

능비령은 상대방의 장력이 자신이 뻗어낸 오른손과 맞닿는 순간 그것을 흡수해 체내로 유전시킨 다음 다시 내뿜었다. 상대방의 장력조차 하나의 기(氣)로 삼아 그것을 체내의 기외 뒤섞어 순환시킨 다음 고스란히 내뻗은 것이다.

이렇게 되자 청왕은 벌써 두 번이나 자신의 힘으로 그 스스로를 공격한 형세가 되고 말았다.

청왕의 얼굴이 굳어졌다.

능비령이 사용하는 무공이 어떤 것인지는 모르지만 그 이치는 알고 있었다. 놀랍게도 상대는 자신의 힘을 단 일 푼도 사용하지 않는 상태에서 청왕 자신만 진기를 소모하고 있는 꼴이었다.
 한쪽 벽면을 향해 청왕이 손을 수평으로 내밀었다. 마치 보이지 않는 누군가에게 병기를 달라고 손을 내민 듯한 모습이었다.
 쒸아앙!
 순간 벽면에 걸려 있던 방천화극(方天畵戟) 한 자루가 허공을 날아와 그의 손에 쥐어졌다.
 능비령은 청왕이 화극을 쥐는 모습을 보며 홍로검을 뽑아 들었다. 기이하게도 검극을 지면으로 향한 채 손을 늘어뜨린 자세였다.
 너무도 허점이 많아 보이는 자세.
 청왕은 거대한 화극을 가볍게 휘두르며 공격해 오다가 중도에서 황급히 멈췄다.
 능비령은 조용한 가운데 아무것도 행하는 것이 없는 상태에서 단지 적의 공격을 기다릴 뿐이었다.
 그 기다리고 있다는 자세가 청왕의 눈에 거슬렸다. 마치 어떠한 변화라도 모두 감당할 수 있는 듯한 허허로운 태도로 느껴진 것이다.
 청왕은 공격할 수 없다는 것을 깨닫고 내심 크게 놀라지 않을 수 없었다.
 그가 공격을 하지 못하자 능비령이 움직였다.
 일초일식을 내리긋고 휘돌아 친다.
 어찌 보면 평범하기 그지없는 검초였다.
 청왕은 방천화극을 들어 방어에 전념했다.
 능비령의 검초는 잔잔한 개울물이 흐르듯 유유히 펼쳐지다가 점차 폭포수가 굉음을 뿜으며 떨어지듯이 강맹해져 갔다.
 느린 듯하면서도 수십여 초가 한 숨이었고, 때로는 단 일 초가 억겁처럼 길게 느껴진다.

청왕은 자신의 패배를 직감했다.

'저 아이의 몸에서 금왕의 기운이 느껴지고 있기는 하지만 이것은 금왕의 무학이 아니라 순전히 저 아이의 것이다. 각성이 완전해도… 이길 수 없었을 것이다.'

죽는 순간의 고통은 끔찍하지만 용의 권족들은 처음부터 죽음의 공포를 느끼지 못했다.

청왕은 노화(老化)를 억제하고 있던 힘의 일부마저 모두 쏟아내 능비령의 검초에 맞서기 시작했다.

방원 십 장 정도, 일반적인 석실로는 꽤 넓은 편이었지만 절대고수들이 자신들의 기량을 펼쳐 내기에는 너무도 좁은 장소이다. 하지만 능비령과 청왕은 그리 넓지 않은 석실 안을 마치 광활한 평야처럼 넓게 사용하며 생사를 오가는 혈투를 벌이기 시작했다.

순식간에 수백여 초가 번개같이 스쳐 갔다.

능비령의 눈에 이채가 솟아났다.

청왕의 모습이 시간이 흐름에 따라 점차 변해가고 있었다. 싸움이 거듭될수록 상대방이 빠른 속도로 늙어가고 있는 것이다.

청왕의 몸에서 일어나고 있는 노화 현상은 눈으로 보면서도 믿기 어려울 정도였다. 원래부터 백 살은 넘어 보이는 피폐해 보이던 모습이었는데 시간이 흐를수록 주름살이 깊어지더니 어느 한순간 이빨이 몽땅 빠져 버린다.

그나마 많지 않던 머리카락도 숭덩숭덩 빠지더니 결국에는 몇 올의 머리카락만 남았다. 얼굴 또한 이제는 거의 살점이 거의 없는 해골 형태로 변해 있었다.

청왕은 여전히 실오라기 하나 걸치지 않은 알몸으로 싸우고 있었기에 몸의 변화도 적나라하게 눈에 들어오고 있었다.

'죽으려 하고 있다!'

능비령은 시시각각으로 빠르게 노화되고 있는 청왕을 보며 다급해지지 않을 수 없었다. 소멸의 힘을 사용하지 않는 한 윤회되어 언제고 다시 태어난다.

청왕은 능비령과 전력으로 맞서며 노화되어 수명이 다하는 순간을 기다리고 있었다. 노화 속도가 워낙 빨라 과연 이 싸움이 끝나기 전에 그는 늙어 죽을 게 분명했다.

능비령은 서둘러 단전에 뭉쳐 있는 법신검의 힘을 체내에 유전시켰다. 동시에 그 힘을 홍로검에 집중시켜 청왕의 몸을 갈랐다.

"소멸!"

홍로검이 청왕의 몸을 베고 지나가는 순간 그의 몸은 거의 뼈만 남은 해골이 되어 있었다. 그 해골이 가루가 되어 흩어지는가 싶더니 순간적으로 사라져 버렸다.

사라지기 직전 청왕은 해골만 남은 끔찍한 얼굴로 크게 놀란 표정을 떠올렸는데, 소멸의 힘에 의해 소멸된 것인지 그전에 죽은 것인지 알 수가 없었다.

"세상에… 당신이 그를 이기다니… 어떻게 이런 일이……!"

고독성고 적연후가 믿을 수 없는 일을 목격했다는 듯 눈을 부릅떴다. 그녀가 알고 있는 그녀의 주인은 인간의 힘으로는 죽일 수 없는 존재였던 것이다.

## 2

　마로(魔路)를 열어 나륜으로 넘어온 이림이 도착한 곳은 저인족의 영지(領地) 중에서도 가장 외곽에 위치해 있는 곳이었다.
　같은 차원에서 공간을 여는 것과 달리 이계(異界)로 길을 여는 것은 공력의 소모가 막대했다.
　이림은 나륜에 들어선 직후 한 걸음 내디디려다 자신도 모르게 휘청거렸다. 처음에는 공력의 소모가 심한 탓인가 했는데 몇 걸음 걷다 보니 그것도 아니었다.
　중력이 달랐다. 중원에 비해 공기의 밀도마저 다른 것 같았다. 한 걸음 내딛기 위해서 공력을 끌어올려야 했다.
　이림은 공력을 끌어올려 몸을 가볍게 한 후 주위를 둘러보았는데 숲을 가득 메우고 있는 나무들이 중원과는 생김새가 달랐다.
　이림은 그 오랜 세월 동안 윤회되어 오면서도 이런 형태의 이계는 처음이었다. 하지만 그런 것은 아무래도 상관이 없었다.

문제는 그가 내려선 곳 주위에서 법신검을 지닌 능비령의 기가 느껴지지 않는다는 점이었다. 이계로의 공간 이동 중에 무언가 어긋난 게 분명했다.

무엇보다도 그를 불쾌하게 만든 것은 방향을 종잡을 수 없다는 점이었다. 게다가 시간의 흐름이 이상했다.

그가 느끼고 있는 시간의 흐름과 이계의 시간 흐름이 현격한 차이가 있었다.

이림은 이내 그 차이를 느끼고 중원과 비교해 어느 정도의 격차가 있는지 계산해 보았다.

그가 능비령과 싸우다가 물러난 뒤 다시 그를 뒤쫓아 나륜에 오기까지 걸린 시간은 중원에서 불과 삼 개월 정도밖에 되지 않았다. 한데 그 삼 개월이 나륜에서는 무려 2년에 해당된다.

'2년이라… 어쩌면 깨달음을 얻었을 수도 있겠군.'

이림은 무작정 걸음을 옮기며 생각에 잠겨들었다.

그는 능비령을 추적해 이계까지 왔지만 지금 상태로는 찾아내는 것조차 쉽지 않을 것 같았다. 그렇다고 아무 소득도 없이 돌아간다는 것은 너무 허망했다.

대략 밥 한 끼 짓는 정도의 시간을 걸었을까?

이림은 그를 둘러싸고 있는 숲이 의외로 광활한 것을 느끼고 옆에 서 있는 거목의 줄기를 따라 수직으로 몸을 솟구쳤다. 거목은 높이가 오십여 장에 달해 중도에 한 번 거목의 줄기에 손을 대고 반탄력을 얻어야 했다.

가장 높은 가지 위에 오른 이림은 그 뒤부터 가지 위에서 가지 위로 건너뛰며 숲을 질주하기 시작했다. 방향을 알고 질주하는 게 아니라 그저 무작정 한 방향을 정해 달리다 보면 언제고 인간들이 사는 곳을 만날 수 있으리라는 생각이었다.

세 시진가량을 질주하자 어느덧 열두 개의 달이 떠오르기 시작했다.

이림은 중원과 달리 달이 하나가 아니라 열두 개나 되는 것을 보자 기분이 이상했다. 게다가 그 달들은 너무도 낮게 떠 있어 당장이라도 덮쳐 올 듯 느껴졌다.

그 열두 개의 달 때문에 밤이 되어도 그리 어둡지 않았다.

다시 반 시진가량을 달리자 이림은 시장기를 느꼈다. 그는 숲에 널려 있는 거목의 수액과 바닥에 깔려 있는 노란색의 이끼 같은 풀이 먹을 수 있는 식량이라는 것을 알지 못한 채 작은 짐승이라도 잡아먹기 위해 나뭇가지 위에서 지면으로 내려섰다.

공력을 끌어올려 감각을 집중시키자 오십여 장 좌측에서 기(氣)가 느껴졌다. 어떤 동물인지는 몰라도 일곱 마리 정도가 한곳에 모여 있었다.

이림은 순식간에 오십여 장을 치달려 일곱 마리의 짐승들이 모여 있는 곳에 도착했는데 막상 그들을 보자 어이가 없는 기분이었다.

'저걸 과연 먹을 수 있을까?'

키가 무려 일 장 정도나 된다. 전신에는 암기 같은 검은 털이 빽빽이 박혀 있었다. 얼굴은 늑대를 닮았는데 등에는 퇴화된 날개 같은 기이한 물체가 돌출되어 있다.

이림이 다가가자 일곱 마리의 거령신은 흉포한 기를 드러내며 이림을 둘러쌌다.

그 움직임이 이상하리만치 빨랐고 일체 소리가 나지 않아 이림은 흠칫 이채를 머금지 않을 수 없었다.

이림은 요기를 때우기 위해 짐승을 잡으러 왔는데 거령신들 또한 이림은 식량으로 여기고 있는 듯했다.

쉬익!

전면에서 천천히 다가오던 거령신 중 한 마리가 갑자기 도약해 왔다.

몸을 잔뜩 웅크린 자세, 목표물에 접촉하는 순간 두 손을 상체에 박아 넣고 두 다리의 발톱으로 복부를 찢어내며 동시에 이빨로 목젖을 물어뜯는 형태의 공격이 펼쳐지리라는 것을 알 수 있었다.

이림은 괴물들의 공격이 예상보다 훨씬 빠른 것을 느끼며 해연히 놀랐다.

그의 몸이 그림자처럼 제자리에서 한 바퀴 돌아 어느새 거령신들의 포위망 밖으로 나갔다.

덮쳐 오던 거령신은 이림의 모습이 순식간에 사라지자 멍청해하며 주위를 둘러보았다.

이림은 포위망을 벗어나기 무섭게 등을 보이고 있는 거령신 한 마리를 향해 장력을 뿌려냈다.

펑!

굉음과 함께 거령신의 몸이 앞으로 밀려갔다. 하지만 이림의 손에도 충격이 있었다. 마치 철판을 두드린 듯 거령신의 몸이 단단했다. 더욱 놀라운 것은 알 수 없는 괴물이 삼 성의 공력을 끄떡없이 받아냈다는 점이었다.

쉬익!

어느새 옆에서 또 한 마리의 거령신이 덮쳐 왔다.

손가락에 갈고리 같은 긴 발톱이 달려 있어 스치기만 해도 살점이 뜯겨져 나갈 듯한 무시무시한 공격이었다.

이림은 그 공격에 담겨 있는 가공스러운 힘을 느끼고 또다시 놀라지 않을 수 없었다. 그 정도의 힘이라면 집채만한 바위라도 한순간에 가루가 될 것 같았다.

이림은 불현듯 거령신들과 싸우는 게 귀찮아졌다. 그렇다고 내버려 두고 가자니 마치 도망치는 기분이 들어 자존심이 허락하지 않았다.

그는 장심(掌心)에 박아둔 빙아도(氷牙刀)를 발출한 뒤 덮쳐 오고 있는 거령신을 향해 오히려 한 걸음 나아갔다.

삭!

덮쳐 오던 거령신의 거대한 몸집이 둘로 갈라졌다. 동시에 좌측에서 기회를 노리고 있던 또 다른 거령신 역시 영문도 모른 채 목이 날아갔다.

베어지는 감촉이 달랐다.

이림은 거령신들의 피부가 어지간한 병장기로는 상처조차 낼 수 없을 정도로 강한 것을 느끼며 내심 혀를 내둘렀다. 그는 내친 김에 나머지 다섯 마리의 거령신마저 모두 죽여 버린 후 그 시체들을 둘러보며 고개를 저었다.

악취가 진동했다. 아무리 시장해도 먹을 수 있을 것 같지 않았다.

이림은 시장기를 때우는 것을 포기한 채 다시 나뭇가지 위로 올라가 처음에 정했던 방향으로 질주하기 시작했다.

얼마나 달렸을까?

열두 개의 달이 사라지며 주위가 환해졌다. 해는 보이지 않았지만 낮이 된 것이다.

이림은 잠시 휴식을 취할 겸 주위를 둘러보았는데 숲이 끝나기는커녕 지금까지와는 달리 더욱 울창할 뿐이었다.

지금까지는 오십여 장 높이의 똑같은 형태의 거목들만 서 있어 오히려 시야가 트여 있는 상태였다. 하지만 지금 이림이 들어선 숲은 키는 작지만 대신 가지들이 무성한 다양한 종류의 나무들이 가득 차 있어 앞이 보이지 않았다.

세나가 지금까지의 숲과 달리 계곡이나 절벽도 있었고 나무들 사이로 넝쿨들과 키 큰 잡초들이 우거져 있어 그야말로 걸음을 내딛기 힘들 정도였다.

나무의 가지 위에서 다른 가지로 건너뛰는 식으로 질주하는 것이 불가능해지자 이림은 갈등하지 않을 수 없었다.

되돌아가자니 지금까지의 노력이 허사가 되고 만다. 결국 내친 김에 숲을 돌파하는 수밖에 없었다.

안으로 들어갈수록 숲은 점점 더 울창해졌다. 똑바로 전진하려니 때로는 절벽이 앞을 가로막고 어떨 때는 나무들이 너무 빽빽이 밀집되어 있어 진입을 허락하지 않는다.

이림은 그야말로 숲을 헤쳐 나가며 스스로 길을 만들어야만 했다. 이렇게 되자 두 시진가량 숲을 헤쳐 나가도 그 거리는 겨우 이백 장 정도에 불과했다.

이림은 다시 열두 개의 달이 떠올랐을 때 휴식을 취하기 위해 걸음을 멈추지 않을 수 없었다.

이 숲에 들어선 뒤부터 이상하리만치 공력의 소모가 심했다. 마치 몸의 공력이 썰물처럼 빠져나가는 듯한 느낌이었다.

이림은 자동적으로 공력을 순환시키고 있어 공력의 소모를 염려하지는 않았지만 피곤을 느끼는 것은 어쩔 수 없었다.

거목의 밑동에 등을 기댄 채 눈을 붙이려던 이림은 자면서도 공력을 풀지 않았다. 공력을 푸는 순간 몸이 무겁게 짓눌려 잠이 오지 않았기 때문이다.

잠이 들기 전에 이미 감각을 집중시켜 주위를 탐색했기 때문에 일백 장 범위 안에는 생명체가 없다는 것을 알고 있었다.

이림은 잠에 빠져들며 자신이 생각보다 훨씬 더 지쳐 있다고 느꼈다. 눈을 감는 순간 걷잡을 수 없이 졸음이 쏟아졌다.


……

구름이 낮게 깔려 마치 손에 닿을 듯하다. 빠르게 흘러가고 있는 구름 사이로 가끔 만월(滿月)이 모습을 드러낼 때를 제외하고 사위는 칠흑처럼 어두웠다.

비릿한 물 내음……

강한 바람 속에 함유되어 있는 물기에는 소금기가 섞여 있었다. 사내는 아직 완벽하게 의식을 되찾지 못한 상태에서도 폭풍우가 다가오는 전조를 느끼고 있었다.

끝이 날카로운 바위들로 가득 차 있는 해안에 반은 물속에 잠긴 채 상체만이 암석 위에 걸쳐져서 꼼짝도 하지 않고 엎드려 있던 사내는 서서히 의식을 되찾기 시작했다.

이내 의식이 돌아왔지만 사실 그는 거의 무의식 상태나 마찬가지라 할 수 있었다.

아무 생각도 떠오르지 않는다.
 자신이 왜 폭풍우가 몰려오고 있는 해안에 쓰러져 있게 되었는지, 이곳이 과연 어디인지… 그리고 자신이 과연 누구인지조차 생각이 모아지지 않았다.
 바람이 더욱 거세어지고 파도가 그의 몸을 뒤덮을 정도로 드높아지자 그는 몸을 일으켜 비틀거리며 해안을 빠져나왔다. 바닷물에서 빠져나온 뒤에야 그는 자신의 왼손에 한 자루 검이 쥐어져 있는 것을 발견할 수 있었다.
 손에 쥐어진 느낌이 너무 익숙했다. 때문에 그는 그 검이 자신의 검이라고 생각했다.
 '나는 왼손잡이인가……?
 불현듯 그의 가슴 깊은 곳에서 알 수 없는 공포가 솟구쳐 올랐다. 자신이 왼손잡이인지 오른손잡이인지조차 기억나지 않는다는 것을 깨달은 때문이었다.
 검이 왼손에 쥐어져 있는 것을 보면 그 자신은 좌수검법을 사용하는 무인일 것이다.
 '나는 무인이었을까?
 생각이 꼬리를 물자 다시 맹렬한 의혹에 사로잡혔다. 의혹은 이내 또 다른 의혹을 불러오며 실타래처럼 얽히기 시작했다.
 '나는 싸우다 이곳까지 쫓겨와 쓰러진 것일까? 누구와 싸웠을까?
 사내는 쥐어짜듯 텅 빈 의식 속에서 기억을 떠올리려 했다. 하지만 아무리 기억을 더듬어보아도 모든 것이 뿌연 안개 속을 더듬는 것만 같았다.
 바람은 더욱 거세어지고 있었다. 폭풍우의 중심이 머지않아 해안에

상륙할 듯한 기세였다.

거칠어지는 바람 속에서 사내는 비틀비틀 바다와 멀어지며 풀리지 않는 의혹들을 반추했다.

'난 쫓기고 있었어. 도망치지 않으면 죽게 돼.'

야수는 숲 속 어딘가에 자신을 노리는 사냥꾼이 있다는 사실을 본능적으로 느낀다.

별안간 한 가지 생각이 정리되었다. 하지만 기억을 되찾은 게 아니라 단지 본능적으로 위기감을 느낀 것뿐이었다.

사내는 문득 자신의 모습을 살펴보았다.

먼저 옷매무새를 살펴보니 걸치고 있는 백의 무복은 곳곳이 찢겨져 있고 피가 묻어 있었다. 자세히 몸을 살펴보니 날카로운 검에 베인 듯한 상처들이 십여 군데나 있었지만 깊은 상처들은 아니었다.

결론은 간단했다. 그의 옷에 묻어 있는 피는 그 자신이 흘린 게 아니라 다른 사람의 몸에서 튄 것이 확실했다.

쫓기고 있다면 한곳에 오래 머물러서는 안 된다는 생각이 그의 뇌리를 스치자 그는 거침없이 걸음을 옮기기 시작했다. 어디로 가야 하는지 목적지를 정한 것은 아니지만 살아남기 위해서라도 그는 한시 바삐 이곳에서 떠나야만 했다.

예상했던 것과는 달리 그는 조금도 지쳐 있지 않았다. 몸 깊숙한 곳에서 알 수 없는 힘이 들끓기 시작해 미처 백여 장을 나아가기 전에 한 줄기 바람처럼 무서운 속도로 치달릴 수 있었다.

시간이 흐를수록 그 자신도 통제할 수 없을 것 같은 광포한 힘이 체내에 가득 차기 시작했다.

사내는 문득 무작정 도망칠 게 아니라 차라리 누군가 자신을 추적할 수 있도록 오히려 걸음을 멈추고 싶은 충동을 받았다. 만약 누군가 자신을 추적하고 있다면 추적자를 통해 자신에 대해 알아낼 수도 있을 것이다.

사내는 자신이 누구이며, 또 현재 어떤 상황에 처해 있는지 알고 싶다는 강렬한 유혹에 넘어가 제자리에 멈춰 설 뻔했다. 하지만 그는 끝내 걸음을 멈추지 않은 채 오히려 더욱더 속력을 빨리했다.

…….

이림은 잠에서 깨어나며 자신이 꾸었던 악몽을 떠올렸다.

전생(前生)의 기억이 꿈으로 나타나는 것은 늘 그를 불쾌하게 만들었다.

'동진조(桐塵照)였던가?'

동진조로서의 삶은 이림이 수많은 세월을 윤회되어 오면서 겪었던 수많은 인생 중 하나였다. 동진조는 곧 이림이었던 것이다.

동진조는 무가(武家)에서 태어나 평범한 인생을 보내다가 가문에 위기가 닥쳐 쫓긴 적이 있었다. 그는 집요한 추적으로부터 살아남기 위해 그야말로 혈로(血路)를 뚫어 나가야 했다.

이림이 꾼 꿈은 동진조가 각성하기 직전의 상황이었다.

동진조는 끝없는 추적을 피해 달아나는 와중에 느닷없이 각성했는데 그 순간 잠시 기억을 잃은 적이 있었다. 동진조라는 자신에 대한 기억은 물론이고 용의 권족으로서의 본성조차 기억해 내지 못한 중간 단계였던 것이다.

그 기억은 이림을 또다시 불쾌하게 만들었다.

좁혀져 오는 추적자들 때문에 느껴야 하는 피 말리는 긴장감… 죽음의 공포…….

  이림은 불쾌한 기억을 떨쳐 버리려는 듯 벌떡 몸을 일으켜 다시 숲을 뚫고 나가기 시작했다.

## 제7장
# 용(龍)의 무덤

1

　이림이 누군가의 기를 느낀 것은 다시 숲을 헤쳐 나가기 시작한 지 불과 반 시진 만의 일이었다.
　거리는 일백 장 정도, 숲에서 기거하고 있는 짐승은 아니었다.
　이림은 너무도 친숙한 느낌을 주는 기(氣)를 쫓아 소리없이 나아갔다. 그의 감각에 의하면 상대는 바로 인간이었다.
　이림이 다가오는 기에 반응한 것일까?
　이림이 다가들자 상대가 도주하기 시작했다.
　이림은 내심 코웃음 쳤다. 일단 기를 잡아낸 이상 천하의 어느 누구라도 그에게서 도망친다는 것은 불가능했다.
　쫓고 쫓기는 지루한 추격전이 시작되었다. 놀랍게도 상대는 이림의 예상과는 달리 쉽사리 잡히지 않았다. 오히려 달릴수록 힘이 나는 듯 점점 더 빨라지는 느낌이었다.

앞이 트여 있는 곳이라면 이림은 순식간에 상대를 잡을 수 있었을 것이다. 하지만 넝쿨들과 잔가지들이 거미줄처럼 우거져 있어 그것들을 헤치며 추적하는 것은 결코 쉬운 일이 아니었다.

이림은 상대를 죽이려고 추적하는 게 아니었다. 단지 같은 인간을 만난다는 자체가 반갑기도 하고 또 길을 묻기 위해 잡으려는 것뿐이었다. 하지만 기이하게도 상대는 자신이 누군지 모르면서 필사적으로 도주하고 있었다.

…….
추적은 집요하기 이를 데 없었다.
아무리 빨리 달려도 거리가 벌어지지 않았다.
사내는 자신을 추적하고 있는 인물이 누군지 기억나지 않았다. 단지 수십 명의 추적자들에게 쫓겨 다닌 것 같은데 지금은 추적자가 단 한 명이라는 것을 이상하게 여겼을 뿐이었다.

어쩌면 자신이 수많은 추적자들에게 쫓겨 다녔다는 느낌도 순수한 기억이기보다는 단지 본능에 가까운 느낌일지도 몰랐다.

한 가지 더 이상한 게 있다면 그는 폭풍우가 불어닥치는 해안에서 의식을 되찾은 것 같은데 어느새 울창하기 이를 데 없는 숲이 그를 둘러싸고 있다는 점이었다.

이 숲은 정말 기이했다. 바람도 한 점 느껴지지 않은 채 공기가 칙칙하게 전신을 휘감고 짓누르는 느낌이 들었다.

죽음의 공포에 사로잡혀 정신없이 도망치던 와중에 불현듯 한 가지 생각이 떠올랐다.

동진조(桐塵照)…

바로 그의 이름이었다.

두 개의 절벽을 뛰어내리고 다시 계곡을 거슬러 올라간 후 동진조는 갑자기 추적자의 기가 사라져 버렸음을 느꼈다.

결국 추적자를 따돌리는 데 성공한 것일까?

동진조는 잠시 휴식을 취하기 위해 거대한 암석에 등을 기댔다.

주위를 둘러보니 나뭇가지와 넝쿨들이 뒤엉켜 있어 시야는 겨우 반 장 정도였다.

그는 자신이 도주해 온 전면의 길을 훑어보았다. 길이 아니라 작은 들짐승조차 뚫기 어려운 장막 같은 곳이었다. 어떻게 해서 넝쿨과 잔 가지들이 얽혀 있는 곳을 뚫고 여기까지 왔는지 그 자신으로서도 이해가 되지 않았다.

문득 음산한 기운이 자신이 뚫고 들어온 넝쿨 더미 반대쪽에서 느껴졌다.

동시에 희디흰 섬광 하나가 뻗어와 그의 얼굴 바로 옆을 스쳐 간 뒤 등을 기대고 있는 암석을 강타했다.

어떤 수법인지는 몰라도 암석이 산산조각나며 파편과 먼지가 휘날렸다.

동진조는 이미 반사적으로 암석을 돌아 반대 방향으로 도주하고 있었다. 언뜻 고개를 돌려보니 넝쿨 더미를 한 손으로 흩날려 버리며 그림자 하나가 쫓아오고 있는 게 눈에 들어왔다.

눈처럼 희디흰 백의에 조각같이 섬세한 얼굴.

동진조는 추적자의 모습을 확인하는 순간 알 수 없는 두통을 느꼈다. 전신이 휘청거릴 정도로 아찔한 두통이었다.

미래의 기억…

또다시 알 수 없는 힘이 치달려오는 게 느껴지자 동진조는 황급히 지면을 굴렀다. 나무의 가시에 얼굴이 찢겨 나갔지만 그것을 느낄 수도 없었다. 과연 그가 서 있던 자리로 한줄기의 광채가 스쳐 지나가 앞쪽의 거목을 관통했다.

동진조는 지면을 구른 뒤 빠르게 몸을 일으켜 다시 도주했지만 사실 추적자로부터 벗어날 수 있는 가능성이 희박하다는 것을 너무도 잘 알고 있었다.

멈춰서 싸울까 하고 생각해 봤지만 아직 힘이 완전하지 않았다. 그의 체내에서는 그 자신도 모르는 힘이 계속 깨어나고 있었다. 그 힘이 모두 깨어나게 되면 그야말로 두려울 게 없을 듯했다. 하지만 아직은 아니었다. 지금으로서는 추적자에 비해 터무니없이 약했다.

죽음에 대한 공포가 그의 잠재적인 힘을 폭발시켰을까?

한순간 동진조는 불가능에 가까운 힘을 발휘해 앞을 가로막는 숲을 마구 파괴시키며 순식간에 오십여 장을 도주할 수 있었다.

…….


이림의 놀람은 이루 말할 수 없었다.

비록 울창한 숲이 방해가 되고 있지만 조건은 도망치고 있는 상대도 마찬가지였다. 그럼에도 불구하고 상대는 벌써 두 시진 이상 그의 추적을 따돌리고 있었다.

사냥꾼에 비해 쫓기는 야수의 감각이 더 예민하다고 할까?

상대는 번번이 허를 찌르는 방향으로 도망쳤고, 그리고 예상할 수 없는 곳에 숨어 기를 감춘 채 그를 따돌리기도 했다.

이림은 이제 자신이 왜 그를 추적하는지 그 이유를 잊은 상태였다.

쫓고 쫓기다 보니 오직 그를 잡는 게 목표가 되고 만 것이다.

두 시진 동안 추적해 본 결과 상대는 기이한 버릇을 지니고 있었다. 그는 숲을 벗어나지 않은 채 빙빙 숲의 중심부에서 맴돌고 있었다. 그 것을 잘 이용하면 오히려 그의 앞을 가로막을 수 있을 것 같았다.

그리고… 과연 한 시진 뒤에 다람쥐 쳇바퀴 돌듯 자신도 모르게 숲 안에서만 도주하던 사내의 앞을 막아설 수 있었다.

이림은 대뜸 빙아도를 손에 쥔 채 사내에게 다가들었다. 그는 상대가 움직일 수 있는 행동 반경을 계산해 낸 뒤 접근하고 있었기 때문에 놓칠 우려는 없었다.

결국 추적자와 마주치게 되자 동진조는 충격을 받은 듯했다. 하지만 이림이 받은 충격에 비하면 그가 받은 충격은 그리 크다고 할 수 없었다.

이림은 자신의 눈을 믿을 수 없었다.

눈앞에 서 있는 사내는 동진조였다. 곧 전생(前生)에서의 그 자신이었다.

입고 있는 백의(白衣)만 해도 그가 곧 자신이라는 것을 증명해 주고 있었다. 그는 수많은 세월을 윤회되는 동안 각성을 했든 하지 않았든 늘 백의만을 즐겨 입었던 것이다.

'어떻게 이런 일이……!'

이림이 충격에 휩싸여 망연해하는 순간 동진조가 벼락같이 덮쳐 왔다. 왼손에 쥐어져 있는 검에서 이림도 잘 알고 있는 검초가 유성처럼 쏟아져 나왔다.

이림은 동진조를 알고 있었지만 동진조는 이림을 몰랐다. 때문에 동진조는 살기 위해서라도 기필코 이림을 죽여야 하는 절박한 심정으로 전력을 다해 공격해 왔다.

언뜻 미래의 기억을 떠올려 이림이 바로 미래에서의 자신이라는 것을 느낀 적이 있으나 그 기억은 절박한 죽음의 공포 때문에 잊혀지고 말았다.

이림으로서는 동진조의 모든 검초를 너무도 잘 알고 있어 그의 공격을 피하는 것은 어렵지 않았다.

문제는 과연 자신의 전생(前生)을 죽여야 하는지 아닌지 판단이 되지 않는다는 점이었다. 게다가 동진조의 몸 안에서 깨어나고 있는 힘이 점차 강대해지고 있는 것이 느껴졌다. 각성이 점차 완전해져 가고 있었던 것이다.

만에 하나 각성이 완전해지면 이림으로서도 그를 죽이기 힘들다. 동진조는 바로 그 자신이었기에 능력 역시 같았다. 오히려 왼팔을 잃어버린 이림이 더 불리할 수도 있었다.

이림의 갈등은 길지 않았다.

같은 능력을 지닌 같은 종족이라는 이유만으로 서로 결사적으로 싸우는 게 용의 권족들이다. 이림은 또 하나의 자신을 용납할 인물이 아니었다.

동진조의 공세가 점차 격렬해지는 어느 한순간, 이림의 몸이 그의 몸을 관통해 버렸다. 하나의 물체가 같은 크기의 물체를 관통해 버린 것이다. 당연히 그 둘 중 하나는 소멸될 수밖에 없었다.

진동조가 소멸되자 이림은 고개를 갸웃했다. 아무리 생각해 봐도 이 숲에서 일어난 일을 이해할 수가 없었다.

용의 무덤…….

언뜻 이상한 단어 하나가 그의 뇌리를 스쳐 갔으나 이림은 그것을 무시한 채 다시 걸음을 옮기기 시작했다.

마역(魔域)을 벗어나기까지 이림은 자신의 전생(前生)을 만난 일 이외에도 기이한 일을 여러 번 경험해야만 했다.
그중에서 그를 가장 번거롭게 만든 것은 바로 원족(猿族)들이었다.
원래 원족은 흑태세에 의해 멸종된 상태였다. 하지만 마역에 들어선 사람의 사념에 의해 만들어진 마역 내의 원족들은 아직도 존재하고 있었다.
그 원족들은 원래의 원족보다 더욱 강했으며 더욱 공포스러운 모습이었다. 공포심이 만들어낸 괴물들이기 때문이었다. 마역에 들어선 사람들의 사념에 의해 만들어진 괴물들은 그 밖에도 이루 헤아릴 수 없이 많았다.
결국 이림이 마역을 벗어난 것은 나륜의 시간으로 열흘이 지난 뒤였다.
마역을 벗어나자 광활한 초지(草地)가 끝 간 데를 모르고 펼쳐져 있었다.
이림은 처음에 정한 방향을 이미 잊었기에 다시 방향을 정해야만 했다. 멀리 아득한 지평선 저쪽에 거대한 산 하나가 하늘과 맞닿은 듯이 솟아 있는 게 눈에 들어왔다. 마치 천상으로 오르는 계단을 대하는 듯한 위용을 지닌 산이었다.
이때 반대 편의 허공에 무수한 점이 찍히기 시작했다.
이림은 무언가가 빠르게 자신을 향해 쏘아져 오는 기를 느끼고 가만히 서서 허공을 날아오는 물체를 바라보았다.
길이 이 장에 달하는 거대한 날개, 독수리처럼 날카로운 얼굴 형태.

빠른 속도로 날아온 괴물들은 마치 네 발 짐승에게 날개가 달려 있는 듯한 형상을 하고 있는 무루들이었다.

쐐아앙!

마치 우박이 쏟아져 내리는 듯한 기세라고 할까?

무루들이 일제히 이림을 향해 허공에서 내리꽂히며 공격해 왔다. 마치 죽은 시체를 쪼아먹기 위해 서로 먹이 다툼을 하는 듯한 광경이었다.

슛!

이림의 손에서 빙아도가 뻗어 나가 허공에 반원을 그리자 오십여 마리의 무루들 중 다섯 마리가 몸이 갈라져 지면으로 떨어졌다. 그제야 무루들은 건드릴 수 없는 상대라는 걸 깨달은 듯 비명을 지르며 다시 허공으로 솟구쳐 올라갔다.

이림은 더 이상 손을 쓰지 않은 채 몸을 솟구쳐 그들 중 한 마리의 등에 내려섰다. 동시에 정신의 일부를 골고루 나눠 무루들의 정신 속으로 스며들어 갔다.

이림은 무루의 등에 올라타 허공을 날아가며 무루의 눈으로 지상을 내려다보았고 무루의 감각을 즐겼다. 동시에 무루의 정신 속을 탐색해 결국 인간들이 있는 방향을 알아낼 수 있었다.

천상과 이어져 있는 듯한 거대한 산이 있는 방향… 그곳에 인간들이 있었다. 바로 삼천상원이었다.


삼천상원의 외곽 도시에 무루들 오십여 마리가 날아들자 사람들이 놀란 것은 너무도 당연한 일이었다.

이림은 무루의 등에 올라탄 채 사람들이 놀라 우왕좌왕하는 모습을 내려다보며 내심 크게 놀라고 있었다.

하늘을 손짓하며 비명을 터뜨리다가 황급히 나무 그늘이나 지붕 아래로 숨는 사람들을 내려다보니 모든 게 중원과 똑같았다. 복장도 거의 비슷했고 전각들 또한 중원과 다를 바 없었다. 자신도 모르게 중원으로 돌아온 게 아닌가 착각이 들 정도였다.

'보아하니 국경을 수비하는 수비대의 병사들인 모양인데 갑옷을 입은 모습도 중원과 똑같구나.'

이림은 수십 명의 병사들이 몰려나오는 것을 보며 한가롭게 고개를 끄덕였다. 수많은 화살들이 무루 떼를 향해 쏘아져 온 것은 바로 이 순간이었다.

아차 하는 사이에 십여 마리의 무루들이 화살에 적중되어 지면으로 떨어져 내렸다.

이림은 추락하는 무루들 속에 스며든 정신의 일부를 황급히 회수하며 지면을 향해 발을 박찼다.

병사들을 더 이상 활을 쏠 수가 없었다. 무루의 등 위에서 별안간 사람이 떨어져 내렸기 때문이다.

퍼퍼퍼퍽!

이림은 지면에 내려서기 무섭게 병사들 속으로 뛰어들어 가 죽음의 힘을 쏟아내기 시작했다.

화살에 적중된 무루들이 느낀 고통을 그도 느꼈다. 때문에 그는 자신도 모르게 분노가 폭발한 상태였다.

삼천상원의 병사들은 무루의 등에서 사람이 뛰어내린 것도 놀랄 만한 일인데 그 사람이 마치 죽음의 신처럼 마구 날뛰며 학살을 하자 정신을 차릴 수 없었다.

용(龍)의 무덤 189

막을 수도 없었고 도망칠 수도 없었다.

이림은 반 시진 만에 삼십여 명의 병사들 중 단 한 명만을 남겨놓고 모두 죽여 버린 후 살아남은 병사의 멱살을 잡았다.

"왕궁이 어디에 있느냐? 네놈들을 지휘하는 왕을 만나려면 어디로 가야 하느냐?"

이림은 병사들과 싸우면서 능비령을 찾아낼 수 있는 가장 빠른 방법을 생각해 냈다. 이계에도 분명히 중원에서의 황제와 비슷한 우두머리가 있을 것이다. 그 왕을 제압해 능비령을 찾게 한다면 그가 직접 찾는 것보다는 훨씬 수월할 게 분명했다.

(살… 살려주십시오.)

이림은 입을 열어 말을 걸었지만 병사는 대답하지 않았다. 대신 이림의 머리 속으로 병사의 감정이 전달되어 왔다.

'정신 감응? 이곳에서는 입을 열어 말을 하지 않고 이런 식으로 대화를 나눈단 말인가?'

이림은 다시 병사를 향해 정신 감응을 보냈다. 병사는 대답 대신 거대한 산이 있는 방향을 바라보았을 뿐이었다.

이림은 그것만으로도 왕궁이 어느 쪽에 있는지 알 수 있었다. 그는 허공에서 맴돌고 있는 무루들 중 한 마리를 불러내려 그 등 위에 올라탔다.

청왕은 고독성고 적연후의 주인이었고 그녀를 왕에 못지않은 권력을 지닐 수 있게 해준 힘의 근본이었다.
 능비령도 이미 그 사실을 알고 있었기에 그가 소멸된 뒤 그녀의 태도에 무언가 변화가 있으리라 예상했다. 하지만 고독성고 적연후의 태도에는 아무런 변화가 없었다.
 마치 이제는 청왕이 어떻게 되어도 상관없다는 자신감의 표출 같았지만 달리 생각해 보니 세상의 모든 일에 관심이 없어진 듯한 태도 같기도 했다.
 지하 궁전에서 청왕을 소멸시킨 다음날 고독성고 적연후는 능비령을 불렀다.
 "삼 개월 동안 날 지켜준다는 약속은 아직도 유효한가요?"
 "그렇소."

"고마워요. 어제까지만 해도 그 약속에 대해 아무런 관심도 없었지만 이제 할 일이 생각났어요. 아마 내가 그 일을 끝내려면 앞으로 열흘 정도의 시간이 걸릴 거예요. 그전에 죽을 수는 없어요."

"북상원의 잔당들을 소탕하는 일이 그렇게 중요하단 말이오?"

능비령이 눈을 들어 그녀를 바라보았다.

고독성고 적연후가 고개를 저었다.

"아니에요. 그 일은 그만둘 생각이에요. 사실 그 일은 왕실 내의 대신들을 통제하기 위한 수단에 불과했어요. 그보다… 반드시 해야 할 일이 생각난 거예요."

능비령은 모든 일에 의욕을 잃어버린 사람이 반드시 해야 할 일이 어떤 것인가 잠시 생각해 보았지만 도무지 짐작이 가지 않았다.

고독성고 적연후가 그의 궁금증을 풀어주려는 듯 차분히 말을 이었다.

"지금의 왕은 내가 왕위에 앉힌 인물이에요. 그 왕을 바꿔야 해요."

"그래야 할 이유가 있소?"

"내가 없어지면 왕은 대신들을 통제하지 못해요. 처음부터 그럴 만한 그릇이 못 되는 인물을 골랐으니까요. 하지만 이제는 왕족 중에서 지혜롭고 선한 인물을 골라 그를 왕으로 만들어야 해요."

능비령이 새삼 고독성고 적연후를 바라보았다.

그녀의 눈빛은 허허롭기 이를 데 없어 일체의 야망도 느껴지지 않았다. 그녀는 자신을 위해서 왕을 바꾸는 게 아니라 삼천상원과 그 신민들을 위해 왕을 바꾸려 하고 있었던 것이다.

"무능한 왕이 권좌에 앉아 있게 되면 결국 권력 다툼이 일어나고 아차 하면 삼천상원은 예전의 역사를 되풀이하게 될 거예요. 그 과정에서 고통을 당하는 건 신민들뿐이에요."

능비령이 고개를 끄덕였다.

"좋소. 한데 잠시 동안 휴가를 청해도 되겠소?"

"휴가……?"

"다녀올 곳이 있소. 빠르면 하루, 늦어도 삼 일 안에는 다시 돌아오겠소."

"좋아요, 그렇게 하세요."

고독성고 적연후는 더 이상 묻지 않고 고개를 끄덕였다.

능비령은 그 길로 곧바로 왕성을 벗어나 척자훈의 장원을 찾아갔다.

척자훈은 남상원의 왕족 중 한 명으로서 그의 장원은 왕도에서 가장 번화한 중심지에 위치해 있었다. 장원의 규모도 작지 않아 전각의 수효만 해도 십여 개가 넘을 정도였다.

능비령은 기억을 더듬어 한 시진 만에 척자훈의 장원을 찾을 수 있었다. 하지만 그를 기다리고 있는 것은 당장이라도 허물질 듯한 폐장원뿐이었다.

대문은 닫혀 있었지만 손으로 슬쩍 미니 힘없이 열렸다. 안으로 들어서니 뜰에는 무릎까지 잡초가 자라나 있고 눈에 보이는 전각들도 곳곳이 허물어져 있었다. 그야말로 귀신이 나올 듯 황량하고 쓸쓸하기만 했다.

능비령은 자신이 잘못 찾아왔다고 생각했지만 아무리 둘러보아도 척자훈의 장원이 맞았다.

'아무도 살지 않는 것은 그렇다 쳐도 집마저 곳곳이 허물어질 정도로 낡아 있다니, 도대체 이게 어떻게 된 것일까?'

대충 살펴보아도 사람이 살지 않은 지 이미 오래인 것 같았다. 능비령은 하릴없이 폐장원 안을 거닐다가 문득 한 가지 생각을 떠올렸다.
'그렇구나.'
돌연 능비령의 표정이 허탈해졌다.
'이곳에서 이 년 정도를 보내고 중원으로 돌아갔을 때 중원에서는 삼 개월 정도의 시간이 흘렀을 뿐이었다. 한데 내가 이곳에 돌아온 게 중원의 시간으로 삼 년 만이니 이곳에서는 무려 이십 년이 넘은 게 되는구나.'

능비령은 나류과 중원의 시간 흐름이 다르다는 것을 이미 알고 있었지만 미처 그 점은 생각해 본 적이 없었다. 지금쯤이면 척자훈이나 척려려 등은 이미 장년인이 되어 있을 세월이었다. 어쩌면 척려려와 유빙이 혼인을 해서 그 아들이 벌써 소년이 되었을지도 몰랐.

그의 생각이 다시 백각이라는 곳에 노예로 잡혀 있던 단다로 이어졌다.
'저인들의 수명은 인간보다 짧다. 단다가 아직 살아 있다고 해도 이미 노예로 일할 수 있는 나이는 아니다. 인간으로 따지면 이미 칠순이 넘은 노인이 아니겠는가.'

능비령은 문득 인생의 무상함을 느꼈다.
고개를 돌리니 어느덧 나이 일백에 이르렀다는 말이 생각나는 순간이었다.

'그건 그렇다 치고 척형은 왕족이었는데 어째서 집이 이 꼴이 되었을까? 이건 마치 멸문지화를 입은 집안 같지 않은가?'
능비령은 척자훈의 집안이 어떻게 된 것인지 궁금했다.
수소문하면 알아낼 수도 있을 테고 심지어 척자훈이나 척려려를 만날 수도 있겠지만 다시 생각해 보니 모든 게 허망해 그럴 마음이 없어졌다.

  그래서였을까?

  돌아 나오는 그의 뇌리로 불현듯 천뢰도의 지하 서고에서 읽은 적이 있는 시 하나가 떠올랐다.

  …열다섯에 군인으로 전쟁터에 나가
  여든 살이 되어 비로소 돌아올 수 있게 되었다.
  오는 길에 고향 사람을 만났기에
  내 집에 누가 살고 있는지 물어보았다.
  그는 말하기를 '저 멀리 보이는 것이 자네 집인데 소나무와 잣나무 우거진 무덤만이 줄지어 있을 뿐일세'라고 한다.
  가보니 산토끼 개구멍으로 들락날락했고
  꿩은 들보에서 퍼드득 날아간다.
  안마당에는 잡곡이 우거졌고
  낡은 우물 근처에는 들풀이 멋대로 자라고 있었다.
  그 잡곡을 익혀 밥을 짓고
  그 들풀을 뜯어 찌개를 만들었다.
  밥과 찌개는 즉시 함께 익었지만
  누구에게 이것을 먹으라 해야 할까.
  문밖에 나가 동쪽을 바라보니
  그저 눈물만 흘러 옷을 적신다.
                십오종군정(十五從軍征)… 악부시집(樂府詩集)에서.

고독성고 적연후는 매우 바쁜 일상을 보내기 시작했다. 그녀는 비밀리에 많은 사람을 만나기 시작했고 직접 만날 수 없는 사람들에게는 믿을 수 있는 심복을 보냈다.

왕을 바꾼다는 것은 곧 역모(逆謀)를 뜻한다. 그녀가 이미 삼천상원의 전권(全權)을 장악하고 있다고 해도 이 일은 무척이나 위험한 일이었다.

새로운 왕으로 추대할 인물은 이미 생각해 둔 바가 있었다.

왕족이면서 오히려 반역(反逆)의 누명을 쓴 채 숨어 지내는 인물, 그는 북상원과의 전쟁을 반대했고 그 때문에 고독성고 적연후의 조부로부터 숙청당한 인물이었다.

고독성고 적연후는 그의 주장이 옳다는 것을 이미 예전에 알고 있었다. 그는 현재 비운의 왕족이 되어 숨어 지내고 있지만 왕족 중에서 가장 현명했고, 또 가장 강한 인물이었다.

'그를 추대하게 되면 사리사욕에 물들어 있는 지금의 대신들 중 결사적으로 반대할 대신들이 많겠지만 아마도 신민들 대부분은 찬성할 것이다.'

고독성고 적연후가 새로운 왕으로 추대하려는 인물은 그녀의 조부에게 가장 힘든 적이었고, 또 지금의 그녀에게도 가장 어려운 적이었다. 만에 하나 그가 북상원과 연합을 했다면 싸움은 아직도 끝나지 않았을 확률이 많았다.

그동안 고독성고 적연후가 한 일은 그 최대의 적에게 힘을 실어주는 일이었다. 이미 암중으로 그를 따르는 사람들이 적지 않아 별로 어려운 일은 아니었다.

준비는 완료되었고 일은 순조롭게 진행되었다. 숨어 있는 적을 소탕하는 일은 어려웠지만 적에게 도움을 주는 일은 오히려 쉬웠다.

고독성고 적연후가 지난 열흘간 부지런히 움직인 덕분에 이미 불씨는 던져졌고 머지않아 불길이 피어오를 것이다. 그녀가 마지막으로 해야 할 일은 그 불길을 끌 수 있는 가능성을 지니고 있는 대신들의 손과 발을 묶어놓는 일뿐이었다.

아무리 허수아비 왕이라 해도 일단 권좌에 오르게 되면 힘이 생기게 된다. 끝까지 지금의 왕을 지키고자 하는 대신들을 추려내 미리 제거하는 것도 그녀의 일이었다.

능비령은 지난 열흘간 고독성고 적연후를 그림자처럼 호위하면서 자연스럽게 하나의 이름을 듣게 되었다.

척자훈(刺紫勳),

이미 그도 잘 알고 있는 이름이었으며 또한 고독성고 적연후가 새로운 왕으로 추대하려는 사람의 이름이었다.
 삼 개월을 기한으로 지켜주겠다고 약속한 뒤 보름이 되는 날, 능비령은 고독성고 적연후를 찾아갔다. 능비령이 찾아오자 그녀는 이미 짐작하고 있었다는 듯 고개를 끄덕였다.
 "떠나실 건가요?"
 "이제 내가 더 이상 필요할 것 같지는 않군요."
 이미 고독성고 적연후가 할 일은 끝나 있는 상태였다. 때문에 자연스럽게 능비령 역시 더 이상 그녀를 지켜줄 필요가 없어졌다.
 "좋을 대로 하세요. 난 내가 시작해 놓은 일의 결말을 당신이 끝까지 지켜보기를 원했지만 떠나신다면 그도 할 수 없는 일이지요."
 "떠나지 않겠소?"
 능비령은 그녀를 안타까워하는 눈으로 바라보다 자신도 모르게 입을 열었다.
 반정(反正)이 성공하게 되면 고독성고 적연후는 죽게 된다. 그녀는 반정을 도왔지만 그것은 철저한 비밀이었고 오히려 반정군(反正軍)은 그녀를 죽여야만 명분과 힘을 얻게 된다.
 그리고… 그녀 또한 새로운 왕조(王朝)에 해가 될 인물들을 끌어들여 적당히 저항하는 척하다가 반정군에 의해 함께 죽음을 맞이해야만 그녀가 꾸민 모든 계획이 완성되는 것이다.
 능비령의 질문에 오랜만에 처음으로 고독성고 적연후의 눈에 인간의 감정이 돌아왔다. 그녀가 쓸쓸한 미소와 함께 고개를 저었다.
 "잘 아시잖아요. 고마… 워요."
 "그럼……"
 능비령은 내심 쓸쓸함을 참을 수 없는 기분을 안고 몸을 돌렸다.

기다렸다가 척자훈이 새로운 왕으로 등극하는 모습을 보고 싶은 충동이 들기도 했지만 애서 참을 수밖에 없었다. 그렇게 되면 고독성고 적연후의 죽음을 지켜봐야만 하기 때문이었다.

잠시 후 막 고독성고 적연후의 거처를 빠져나오던 능비령은 돌연 거대한 기(氣)가 빠르게 다가오는 것을 느끼고 크게 놀라지 않을 수 없었다.

'삼백 장 밖… 허공이다!'

능비령은 다가오고 있는 기가 바로 흑왕 이림의 기라는 것을 이미 알고 있었다. 익숙한 느낌을 주는 거대한 기… 바로 용의 권족들만이 지닐 수 있는 존재감이었다.

밖으로 나와 허공을 올려다보니 허공 저쪽에 점들이 찍히기 시작했다. 허공에 찍힌 점들은 순식간에 확산되어 이 장 길이의 날개를 지닌 무루 떼로 확대되었다.

능비령은 그 무루들 중 한 마리의 등 위에 앉아 있는 이림을 볼 수 있었다.

능비령은 기를 풀었다. 이림이 자신을 느끼게 만들기 위해서였다. 이어 왕성을 벗어나 최대한의 속도로 사람이 드문 한적한 곳을 찾아 질주하기 시작했다.

과연 이림은 그를 느끼고 무루를 탄 채 뒤쫓아오기 시작했다.

능비령은 오백 장을 질주한 후 인적이 드문 숲을 찾을 수 있었는데 아마 왕족들의 사냥터인 듯했다.

능비령이 멈춰 서자 이림은 무루의 등에서 몸을 날려 지면에 내려섰다.

능비령과 대치해 선 그의 눈에 언뜻 놀람의 빛이 스쳐 갔다.

중원의 시간으로 불과 삼 개월 만에 다시 만난 능비령이다. 한데 그때와는 느낌이 달랐다.

법신검의 기운이 느껴지기는 했지만 그것조차 억눌려져 있는 상태였다. 그 외에는 아무런 기도 느껴지지 않는다.

마치 대나무 속처럼 텅 빈 상태라고 할까?

이림은 그제야 좀 전에 자신이 그를 느낀 것은 능비령이 자신을 유도하기 위해 일부러 기를 뿜어낸 것임을 알게 되었다.

"그대는 굳이 나와 부딪치지만 않는다면 영생을 누릴 수 있는데 어째서 스스로 소멸되고자 내 앞에 온 것이오?"

능비령이 조용히 입을 열었다.

그는 이림을 비웃는 게 아니었다. 그는 정말로 안타깝다는 듯 이림을 바라보고 있었는데 인간에 대한 깊은 애정을 지닌 눈이었다.

한순간 이림은 무언가가 잘못되었음을 깨달았다.

능비령의 몸에 순간적으로 거대한 기가 모여들었다. 텅 빈 대나무 속처럼 비어 있던 그의 체내에 대기에 퍼져 있는 대자연의 기가 한꺼번에 몰려들어 가득 차는 듯한 느낌이었다.

그리고…

그 항거할 수 없는 대자연의 힘이 한 점으로 응집되어 이림을 향해 쏟아져 나왔다.

"소멸!"

능비령의 입에서 잔잔한 음성이 흘러나온 것은 그 뒤의 일이었다.

이림은 존재해 온 이후 최초로 죽음의 공포, 소멸의 공포를 느끼며 전력을 다해 자신의 모든 능력을 펼쳤다.

그는 모용문책이었던 시대의 밀법과 또한 두사눌로 존재했던 무렵의 무공, 그리고 또한 형문종으로 살며 얻은 깨달음과 동진조로 배운 모든 검법을 한꺼번에 쏟아냈다.

그 공격은 비산하는 유성처럼 화려했고, 그리고 천지가 뒤집어지는 듯한 파괴력을 지니고 있었다.

능비령은 어지러우면서도 정교하고, 한 가지의 힘이면서도 만변(萬變)의 위력을 보이고 있는 이림의 공격을 대하고 조용한 가운데 아무것도 행하는 것이 없는 상태로 단지 홍로검을 천천히 밀어낼 뿐이었다.

파지지직!

느리기 한량없는 홍로검이 폭발하는 듯한 이림의 모든 공세를 차단했다. 홍로검은 비단 이림의 공세를 차단했을 뿐만 아니라 여전히 무상(無常)의 상태에서 밀려갔다.

결국 홍로검의 검극이 이림의 몸에 닿자 그의 미간에 미세한 균열이 생겼다.

마치 거대한 얼음 위에 돌발적으로 한줄기의 균열이 생겨났다가 순식간에 수천 수만 가닥의 균열로 바뀌며 얼음 전체를 부수는 듯한 광경이라고 할까?

이림의 미간에 생긴 균열이 순간적으로 수없이 많은 균열을 만들어내며 그의 전신으로 번져 갔다.

능비령은 이림의 몸이 갈라지고, 또 갈라진 뒤에 다시 끝없이 갈라지며 결국에는 아무런 흔적도 없이 사라져 가는 것을 보았다. 한줄기의 균열이 한 인간을 완전히 삼켜 버리기까지 걸린 시간은 일순에 지나지 않았다.

나륜이 용의 무덤이라 불리우게 된 것은 후일의 일이었다. 수많은 흑첨향의 이계 중 하필이면 나륜에서 용의 권족 두 명이 소멸되었기에 그렇게 불리우게 된 것이다.

## 제8장
# 풍운무림(風雲武林)

긴 잠을 자고 난 기분이었다. 너무 깊이 잠들어 일체의 꿈조차 꾸지 않는 길고 긴 잠······.

늘 눈을 뜨고 있기는 했지만 시야에 들어온 물체들이 마음에 반영되지는 않는다. 눈에 보이면서도 보이지 않는 것이나 마찬가지인 것이다.

스스로 마음을 폐쇄시키고 있는 동안 자극을 전혀 못 느낀 것은 아니었다. 때때로 시야에 포착된 물체에 대해 마음이 움직인 적도 있었다.

아주 작은 계집아이···

여군(如珺)인가?

하지만 그는 이미 그 계집아이가 자신의 양딸인 율여군이 아니라는 것을 알고 있었다. 그것을 인식하는 순간 마음이 다시 닫힌다.

그리고… 작은 계집아이에게 여군을 느끼게 되면 그의 마음은 더욱 더 깊은 곳으로 숨어들었다. 어떤 것에도 관심이 없었다. 심지어 그 자신의 죽음조차 그의 마음에 자극이 될 수는 없었다.

하지만 그의 마음을 잠깐이나마 현실로 되돌리는 유일한 자극인 어린 계집아이는 늘 그의 곁에 존재했다.

자극이 아주 심할 때도 있었다. 그 작은 어린 계집아이가 여군의 어린 시절 모습과 겹쳐져 보일 때가 있었던 것이다.

여군(如珺)…….

비록 피는 섞이지 않았지만 직접 자신의 손으로 키운 자신의 딸이다.

그 보드라운 뺨을 아빠의 뺨에 비비기를 좋아했고, 스스로 걸을 수 있게 될 무렵부터는 부르지 않아도 늘 무릎 위로 올라와 앉던 딸이었다.

고사리 같은 손으로 신기하다는 듯 수염을 만질 때 느껴지는 감촉은 천하의 그 어떤 것과도 비교할 수 없었다.

잠을 잘 때에도 혼자 자는 법이 없었다. 언제나 그의 품에 안겨 잠들려 했고 그게 아니면 손이라도 잡고 자야만 했다. 자면서 불편하면 심지어 그와 접촉이 되어 있는 것을 확인하기 위해 발이라도 그의 몸에 올려놓아야만 잠이 드는 아이였다.

아빠, 이게 뭐야? 응? 그리고 저건 또 뭐 하는 데 쓰는 거야?

아빠, 저 꽃은 왜 노란색이야?

너무도 보드라운 피부, 희고 가지런한 이빨… 며칠을 씻지 않아도 향기가 나는 듯한 작고 여린 몸.

아빠가 좋아하는 모습을 보기 위해 노력하던 아이… 아빠가 웃으면 그 희고 가지런한 이빨이 모두 드러나도록 환하게 웃던 아이…….

성장한 뒤에도 여군은 자신을 위해 사는 게 아니라 언제나 부친이 좋아하는 일만 하려 했다.

자신을 돌보고 있는 작은 어린 계집아이에게서 여군을 느끼게 되면 그의 사고(思考)는 언제나 가슴이 찢어지는 슬픔을 느끼는 것으로 끝이 난다.

여군은 자신의 죽음을 원했다. 기꺼이 죽어주고 싶었다. 그가 걱정하는 것은 오직 여군뿐이었다. 자신을 죽인 일로 그 아이가 오히려 상처받는 게 두려웠다. 그리고 죽지 않은 자신이 싫었다.

햇살이 따사로운 날이었다. 이런 날은 무성 율도극의 의식도 현실을 지켜보는 시간이 다른 때보다 길었다. 그렇다고 닫아걸었던 마음의 문을 연 것은 아니었다. 그저 따사로운 햇살의 감촉을 잠깐씩 즐기다가 다시 마음의 심연 속으로 가라앉을 뿐이었다.

문득 자신의 옆에서 종알종알 무언가를 이야기하던 천자재가 비명을 지르며 쓰러졌다.

풀숲 저쪽으로 한 마리 뱀이 사라져 가고 있는 게 눈에 들어왔다. 독사(毒蛇)였다. 칠보추혼사처럼 순식간에 사람을 죽이는 종류의 뱀은 아니었지만 위험한 것은 마찬가지였다.

방치하면 독이 전신으로 퍼져 계집아이는 결국 죽게 된다. 혈무연의 내원은 늘 한적해 누군가가 때맞춰 와주기를 기다릴 수도 없었다.

율도극은 갈등하지 않을 수 없었다. 한번 마음을 열고 나가게 되면 가슴이 미어지는 듯한 슬픔과 배신감, 그리고 좌절감에 시달려야 한다. 일단 마음의 문을 열고 나서게 되면 다시 문 뒤로 숨을 수는 없을 것이다.

 계집아이의 상태는 점점 심해져 갔다. 입술이 파래졌고 호흡이 가늘어졌다. 손과 발이 경련을 일으키고 있어 내버려 두면 머지않아 죽을 게 분명했다.

 언제고 여군도 원인을 알 수 없는 고열에 시달려 밤새 앓은 적이 있었다.

 그 작고 여린 몸이 불덩어리가 되어 신음 소리를 내뱉는 모습을 보며 율도극은 자신이 그 고통을 대신해 줄 수 있기를 바랬다. 그는 밤새 한숨도 눈을 붙이지 못한 채 여군의 머리맡에 앉아 있었고 아침이 되어서야 겨우 열이 내려갔다. 열이 가라앉자 여군은 편안하게 잠이 들었는데 그 모습이 너무도 사랑스러웠다.

 그의 사고가 점점 현실로 돌아오기 시작했다.

 깊은 잠에 빠져들어 아무것도 의식하지 못하고 있던 그의 의식이 의지와는 관계없이 초조해하며 빠르게 현실을 보기 시작했다.

 죽어가는 천자재를 보고 있자니 현실로 돌아오는 것도 두렵지 않았다.

 그리고…

 결국 그는 긴 한숨과 함께 깨어났다.


 "독사였네. 어른이었다면 그냥 며칠 앓고 말 것이나 이 아이에게는 무척이나 위험한 상황이었지."

 문의 일을 처리하느라 며칠 동안 바깥에 나가 있던 사해마종 천숙보는 무성 율도극이 누워 있는 천자재를 돌보고 있는 것을 대하고 크게 놀라지 않을 수 없었다.

"이제… 돌아오신 겁니까?"

"나 말인가? 긴 잠을 잔 느낌이야. 난 마음의 고통을 피하기 위해 마음을 닫아걸었지만 결국 이 아이 때문에 잠을 깬 것이네."

사해마종 천숙보는 축하해야 하는 것인지 죄송하다고 해야 하는 것인지 알 수가 없어 말문을 이을 수 없었다.

놀랍게도 율도극은 자신과 천자재에 대해 이미 알고 있었다. 그 긴 세월 동안 마음을 닫아걸었지만 깨어나는 순간 그동안의 일을 모두 한순간에 꿴 듯한 태도였다.

천자재가 회복되는 동안 무성 율도극은 한시도 그녀의 옆에서 떨어진 적이 없었다.

자신의 공력으로 천자재의 몸 안에 있는 독을 몰아낸 뒤 탕약을 끓여내 먹인 것도 그였고, 천자재를 씻기고 먹인 것도 그였다. 마치 천자재가 지금까지 자신을 돌보아주었으니 이제는 그의 차례라는 듯한 태도였다.

그 외에는 크게 변한 게 없었다. 단지 천자재를 자신처럼 돌보고 있을 뿐 그 외의 생활은 자폐증에 걸려 있을 때와 크게 다르지 않았다.

천자재가 완전히 회복된 후 그는 다시 마음을 닫아건 것처럼 보였다. 일체 말이 없고 늘 후원의 가산에서 시간을 보내는 것도 그전과 마찬가지였다. 하지만 사해마종 천숙보는 그가 이제는 폐인이 아니라는 것을 이미 알고 있었다.

천자재가 회복되고 열흘이 지난 뒤 무성 율도극은 사해마종 천숙보를 불렀다.

"잠시 다녀올 곳이 있네."

"다녀오신다고 하셨습니까? 다시 돌아오시겠다는 뜻으로 생각해도 되겠습니까?"

"당연하지 않은가. 내가 돌아올 곳은 여기뿐이야. 설마 이 늙은이를 내쫓으려는 건 아니겠지?"

"내쫓다니요! 오히려 떠나신다고 할까 두려울 뿐입니다."

사해마종 천숙보는 정말이지 환하게 웃었다.

'아마 자신을 암산한 율여군을 찾아가려는 것일 터… 용서를 구하기 위한 것일까? 그게 아니면 그녀의 마음을 편하게 만들어주기 위해 용서해 주기 위해 가는 것일까?'

사해마종 천숙보는 무성 율도극이 율여군을 만난 후 다시 사제인 천패공 조확을 찾아가리라는 것을 예측하고 있었다.

무성 율도극의 움직임은 어떤 식으로든 천을계로서는 이득이 될 것이다. 하지만 사해마종 천숙보가 무성 율도극이 정상으로 돌아온 것을 기뻐한 것은 절대 타산적인 것이 아니었다.

기대와 달리 외사당의 수하들은 전력에 큰 도움이 되지 못했다. 외사당은 임무의 성격상 무공이 강한 사람들보다는 주로 상황 판단이 빠르고 기민한 수하들로 구성되어 있기 때문이었다.

건곤철축이 재기했다는 소문이 퍼지자 흩어졌던 수하들이 모여들고 있기는 했지만 시간이 촉박했다. 때문에 막능여는 할 수 없이 외사당 수하들을 훈련시켜 싸움에 대비하지 않을 수 없었다.

"지시하신 대로 모두 대연무장에 집합시켰습니다."

곽자의의 보고를 받은 막능여는 곧바로 대연무장으로 나갔다.

대연무장에는 백여 명의 외사당 수하들이 모여 있었는데 이곳저곳에 삼삼오오 아무렇게나 모여 있어 무척 자유스러워 보였다.

막능여가 대연무장에 모습을 드러내자 외사당 수하들은 막능여 앞으로 모여들었다.

원래 강호 전역에 퍼져 있는 외사당의 수하들은 모두 합치면 오백이 넘었다. 하지만 그들 중에서 무공을 익히지 않은 사람들과 자리를 떠날 수 없는 사람들을 제외한 뒤에 다시 그나마 그들 중에서 어느 정도 기초가 단단한 수하들만을 선발해 대연무장에 모인 사람은 백 명에 불과했다.

막능여는 가장 앞줄에 서 있는 사십 대 후반의 장년인에게 눈을 주었다. 그의 허리에는 한 자루 장검이 매달려 있었다.

"검을 사용합니까?"

"권순중(權純仲)입니다. 외사당 삼대(三隊)를 맡고 있습니다."

장년인은 먼저 정중하게 자신의 신분을 밝힌 뒤 다시 말을 이었다.

"신분을 감추기 위해 처음부터 본 문의 무공을 익히지 않고 따로 도룡십이검(屠龍十二劍)의 비급을 구해 익혔습니다만 자질이 부족해 내세울 게 못 됩니다."

막능여가 고개를 끄덕였다.

자질이 부족해 성취가 미흡하다는 말은 단지 겸양의 말이었고 사실 외사당의 수하들은 무림에서 주목을 받을 만큼 부각되어서는 안 되는 입장이었다. 때문에 그저 자신이 몸을 지킬 정도의 무공만 익혀야 했다.

"한번 펼쳐 보십시오."

막능여가 자신을 손짓하며 다시 입을 열었다.

삼대주(三隊主) 권순중의 눈에 흠칫 이채가 솟아났다.

"소가주께 말입니까?"

"예. 날 공격하되 부모님을 죽인 원수로 생각하고 전력을 다해보십시오."

"그게… 제 부모님은 아직 건강하십니다."

삼대주 권순중이 웃으며 입을 열자 모여 있던 외사당 수하들이 일제히 폭소를 터뜨렸다. 막능여도 따라서 웃으며 그를 바라보았다.

"혹시 따님이 계십니까?"

"예, 눈에 넣어도 아프지 않을 놈이 딱 한 명 있습니다."

"그럼 날 그 딸을 건드린 놈이라고 여기시고 마음껏 공격해 보십시오."

"그렇다면 속하는 정말로 젖 먹던 힘을 다해서 소가주님을 공격할 것입니다. 제 딸은 이제 겨우 열다섯 살이니까요."

"와하하핫!"

"나 같아도 그런 딸을 건드린 놈이 있다면 절대로 살려두지 않지. 아암!"

또다시 폭소가 터져 나왔다.

늘 이랬다.

일반적인 무가(武家)에서는 문주가 수하들을 집합시키게 되면 오와 열을 맞춰 대기하고 있는 것은 둘째 치고 절대로 이런 식으로 감히 문주에게 농을 걸지는 못한다.

하지만 막능여는 권위를 내세우는 사람이 아니었다.

그는 상대의 신분과 관계없이 아무나 하고 격의없이 지내며 스스럼없이 술을 마셨다. 툭하면 하급 무사들이 기거하는 곳에서 밤낮없이 함께 어울려 술을 마시는 바람에 매번 곽자의가 끌어내야 할 정도였다.

곽자의가 쉬지 않고 잔소리를 해댔지만 막능여는 신경도 쓰지 않았다.

삼대주 권순중은 문주인 막능여에게 스스럼없이 농을 걸었지만 일단 검을 쥐자 더할 나위 없이 진지해졌다.

파파파팍!

검에도 힘이 실려 있었고 그 검로 또한 유연했다.

막능여는 반격하지 않은 채 슬쩍슬쩍 발을 움직여 검세 속을 헤쳐 나가며 유심히 상대의 검법을 지켜보았다.

잠시 후 백여 초를 숨 가쁘게 펼쳐 낸 삼대주 권순중은 결국 막능여의 옷자락 하나 건드리지 못한 채 검을 내렸다. 짧은 시간이었지만 그야말로 전력을 다해 검법을 펼치느라 호흡이 거칠어져 있었다.

막능여가 다시 앞줄에 서 있는 수하들 중 이십 대 초반으로 보이는 청년에게 눈을 주었다. 다고 왜소해 보이는 체구에 여인처럼 곱상한 얼굴을 한 청년이었다.

청년은 막능여가 자신을 바라보자 수줍어하는 듯한 음성으로 입을 열었다.

"태음령(泰崟聆)이라 합니다. 외사당 칠대(七隊)에 소속되어 있습니다."

'생긴 것도 그렇지만… 이름도 마치 여자 이름 같군.'

막능여가 내심 웃음을 참으며 고개를 끄덕였다.

청년은 스스로를 소개하기 무섭게 허리에 둘둘 말려 있던 채찍을 꺼내 막능여를 공격하기 시작했다. 여인처럼 고운 외모에 수줍음이 많은 듯한 태도에 비해 거칠기 이를 데 없는 공격이었다.

막능여는 청년의 공격을 어렵지 않게 피하며 고개를 끄덕였다. 마치 쓸 만한 보물들을 건졌다는 듯 만족해하는 미소가 그의 입가에 맺혀 있었다.

외사당 수하들의 무공을 일일이 점검해 보는 일은 꽤나 많은 시간을

소모하는 일이었다. 동이 트자마자 시작되었지만 끝난 것은 어둠이 내
릴 무렵이었다.

"도대체 뭐 하고 있는 거예요?"
아침이 되어 막능여를 찾아온 석적하의 눈에 의아해하는 빛이 떠올
랐다.
막능여는 서탁 앞에 앉아 있었는데 서탁 위에는 수북이 화선지들이
쌓여 있었다. 텁수룩한 모습과 피곤해 보이는 얼굴로 보아 밤새도록
서탁에 앉아 있었던 게 분명했다.
석적하는 대답도 하지 않고 여전히 무언가를 적고 있는 막능여에게
다가가 쌓여 있는 화선지 중 하나를 집어 들었다.
화선지의 상단에는 누군가의 이름이 적혀 있었다. 그리고 그 아래에
는 그림과 함께 깨알 같은 구결들이 기록되어 있었다.
석적하는 의아해하며 두 번째 화선지를 집어 들었다.
첫 번째 화선지 상단에 적혀 있던 이름과는 다른 이름이 적혀 있었
고 역시 그 아래에는 이해하기 쉽도록 무공을 펼치는 자세가 그림으로
세밀하게 그려져 있었다.
석적하는 대강 막능여가 밤새도록 무슨 일을 한 것인지 알 수 있었
지만 믿어지지가 않았다. 수북이 쌓여 있는 화선지들은 대략 훑어보아
도 오십여 장에 달했다. 그 하나하나가 모두 무공비급이었다.
석적하가 괴물 보듯 바라보고 있는 그 순간에도 막능여는 여전히 화
선지 위에 그림을 그리거나 구결을 적고 있었다.
잠시 후 막능여는 일을 모두 끝낸 듯 기지개를 켜며 일어섰다.
석적하는 더 이상 궁금증을 참을 수 없었다. 그녀는 팔다리를 굽혀

보기도 하고 허리를 틀어보기도 하는 등 굳어진 몸을 풀고 있는 막능여를 향해 질문을 던졌다.

"이게 다 무엇인가요?"

"위에 적혀 있는 이름대로 나누어 주거라."

석적하는 수북이 쌓여 있는 무공비급들을 새삼 바라보며 다시 질문을 던졌다.

"이게 다 무공비급인가요?"

"내가 어제 외사당 수하들의 무공을 점검하는 걸 보지 못했느냐?"

"정말로 이것들이 모두 외사당 수하들의 무공을 보완해 주는 새로운 무공이란 말인가요?"

"맞아. 각자의 신체에 맞는, 그리고 가장 빨리 실전(實戰)에 사용할 수 있는 무공들이니 일 개월 뒤에는 무림에 새로운 고수 오십 명이 탄생될 것이다."

막능여는 아무렇지도 않게 입을 열었지만 석적하는 그 말을 믿기 어려웠다.

"하룻밤 사이에 오십 종의 새로운 무학을 창안해 냈다는 건가요? 그 말을 날더러 믿으라는 거예요?"

"다른 사람들에게는 불가능한 일이지만 추배도를 읽은 사람에게는 어려운 일도 아니야."

막능여의 태연한 대꾸에 석적하의 눈이 커졌다.

"설마… 주인님께서 추배도를 얻었단 말인가요?"

"추배도는 무학의 끝이라 할 수 있다. 천하의 모든 무공 법문은 추배도 안에 포함되어 있다고 해도 과언이 아니다. 그러니 다른 사람들의 무공을 보완해 주는 정도는 아무것도 아니란다."

"추배도에 대한 전설은 들어본 적이 있어요. 하지만… 하지만……."

석적하는 끝내 믿기 힘들다는 듯 고개를 저으며 무공비급들을 집어 들고 막능여의 방을 빠져나갔다.

막능여가 일백 명으로 압축된 외사당의 수하들 속에서 다시 추려낸 인원은 정확히 오십 명이었다. 그 오십 명 중에는 전혀 예상치 못한 의외의 인물들도 적지 않게 섞여 있었다.

각자 막능여가 하룻밤 사이에 만들어낸 무공이 적혀 있는 화선지를 받아 든 수하들은 처음에는 모두들 시큰둥해하는 반응이었다. 하지만 하루 뒤부터 어느 누구 할 것 없이 새로운 무공에 빠져들어 잠도 자지 않고 익히기 시작했다.

막능여가 창안해 낸 새로운 무공은 각자가 원래 지니고 있던 무공을 보완해 준 것이기 때문에 익히는 것은 어렵지 않았다. 검로(劍路)를 약간 바꿔놓았다던가 아니면 몇 개의 초식이 더해진 정도에 불과하기 때문이었다.

하지만 새로운 무공은 원래의 무공과 비교해 그 위력이 달랐다. 게다가 각자의 체질에 맞는 무공과 병기를 정확하게 짚어주었기 때문에 익히는 속도 또한 무척 빨랐다.

한 달이 지났을 때 막능여는 선발한 오십 명의 외사당 수하들을 다시 집합시켜 각자 새로 익힌 무공들을 펼치게 했다. 그 뒤 다시 일일이 수하들의 잘못된 점을 지적해 주었고 부족한 것을 보완해 주기 시작했다.

막능여에게 새로운 무공을 받은 수하들의 태도는 완전히 변해 있었다. 그들은 자신감에 차 있었고 또 막능여를 진심으로 공경하고 있었다.

외사당 수하들을 다시 해산시킨 막능여가 거처를 향해 걸음을 다가오자 지켜보던 석청봉이 입을 열었다.

"무엇 때문에 이렇게 귀찮은 일을 해야 하나요? 주인님과 공주님만 나서면 잃어버렸던 예하 세력들을 되찾는 것은 주머니 속의 물건을 취하는 것만치나 간단하지 않겠어요?"

석청봉은 정말이지 막능여의 행동을 이해할 수 없다는 표정이었다.

석적하 역시 동감이라는 듯 고개를 끄덕이며 입을 열었다.

"시간이 별로 없어요. 지금 흩어졌던 수하들도 속속 모여들고 있는 중이니 서둘러 십승연의(十昇演義)에 대비해야만 해요."

십승관의 대관주를 선출하는 방식은 철저하게 약육강식의 율법에 따르고 있었다.

정해진 기한 동안 후계자들은 자신의 세력을 모두 동원해 다른 문파들을 공격해 합병하거나 멸문시킨다. 그 이후 살아남은 문파의 후계자들을 놓고 각 문파를 대표하는 열 명의 원로들 중 가장 많은 원로들의 지지를 받는 후계자가 대관주로 선출된다.

대관주 선출하는 마지막 단계인 원로들의 회의를 십승연의라 칭하는데, 사실 십승연의는 형식적인 것에 지나지 않았다. 십승연의가 개최되기 이전에 대세가 이미 결정되기 때문이었다.

막능여가 걸음을 멈추지 않은 채 고개를 돌려 석적하를 돌아보았다.

"급할수록 돌아가라는 말이 있지 않느냐? 네가 보기에는 쓸데없이 시간만 끄는 일 같지만 이 일은 매우 중요하단다."

"무슨 뜻인가요?"

"건곤철축을 재건하는 것은 반드시 건곤철축 사람들만으로 이루어져야 해. 외부인이 개입한다면 다른 문파에서 끝내 승복하지 못할 것이다. 그보다 더 중요한 것은… 수하들에게 건곤철축을 스스로의 힘으로 되찾았다는 자신감을 갖게 만드는 일이다."

이른 바 십승연의라 불리우는 원로회의의 개최가 삼 개월 앞으로 다가왔을 때 막능여는 드디어 승천을 준비하는 긴 잠에서 깨어난 한 마리 용(龍)처럼 그렇게 몸을 일으켰다.

그는 먼저 잃어버렸던 예하 세력들을 하나하나 탈환하기 시작했는데 그 주역은 오십 명의 외사당 수하들이었다.

멈추지 않는 폭풍…….

막능여가 이끄는 오십 명의 외사당 수하들은 그 한 명 한 명 고수가 아닌 사람들이 없었다. 그들은 불가사의할 정도로 강했고, 그리고 패배를 몰랐다.

막능여는 먼저 건곤철축이 관장하고 있던 사천성 내에 있는 용성과 금와오의 휘하 세력들을 공격해 영지를 되찾기 시작했는데 이십여 개가 넘는 그 세력들을 모두 무너뜨리고 예전의 성세를 되찾은 것이 불과 한 달 만이었다.

막능여는 출동하기 전에 오십 명의 수하들 전원을 은색(銀色)의 무복으로 통일시켰다. 이어 잡털 하나 없는 은색의 털을 지닌 명마(名馬) 오십 마리를 구해 수하들에게 지급했다. 병기 또한 검이나 창 등 각기 달랐지만 그 색깔은 모두 은색으로 새로 제작했다.

일반적으로 싸움에 나서는 사람들은 될 수 있으면 흑색 계통의 무복 입기를 좋아한다. 상대방의 몸에서 튄 피나 흙먼지 등이 묻어도 티가 덜 나기 때문이기도 하지만 무엇보다도 야습(夜襲)에 유리하기 때문이다.

때문에 막능여가 오십 명의 수하들을 모두 눈부신 은색으로 통일시킨 것은 보기 드문 일이 아닐 수 없었다.

막능여가 이끄는 오십 명의 외사당 수하들을 일러 사람들은 후일 은색의 공포라 불렀다.

적은 인원으로 많은 적을 공격할 때는 으레 기습을 하는 법이건만 그들은 늘 눈부신 은색으로 치장한 채 당당하게 정면 공격을 해갔고, 그리고 믿어지지 않는 완벽한 승리를 거뒀다. 게다가 기동력 또한 엄청나 하루에 두 개의 문파를 공략한 적이 한두 번이 아니었다.

소문이란 언제나 과장되기 마련이다.

외사당 수하들의 계속되는 승리는 점점 더 부풀려져 중원으로 번져 나갔다.

특히 은색의 무복에 은색의 말(馬)과 은색의 병기를 지닌 은색의 공포라는 것 때문에 남의 말 하기 좋아하는 호사가(好事家)들의 입에 오를 수밖에 없었다.

십승연의가 불과 두 달 앞으로 다가오면서 용성과 금와오의 전쟁은 더욱 치열해졌다. 하지만 중원의 이목은 오히려 온통 이 은색의 공포에만 몰리고 있었다. 모든 것이 막능여의 계산대로였다.

"우리가 용성이나 금와오 중 한곳을 공격하기 시작해도 두 세력이 다시 연합할 가능성은 없다는 결론을 내렸어요."

막능여가 수하들을 이끌고 사천성 내의 예하 세력들을 모두 탈환하던 그날 저녁, 석적하가 그를 찾아와 불쑥 입을 열었다.

막능여가 의아해하는 눈으로 그녀를 바라보았다. 대뜸 결론부터 이야기하는 바람에 석적하가 무슨 말을 꺼낼지 알 수 없었다.

"무슨 뜻이냐?"

"말 그대로 두 세력이 다시 연합할 가능성은 없다는 뜻이에요. 용성에서는 우리를 견제하기 위해 금와오와 연합을 하고 싶겠지만 금와오는 지금 계산적으로 싸우는 게 아니라 그저 용성을 멸망시키는 것만이 목표이니까요."

"용성을 치자는 뜻이냐?"

"예. 용성을 치는 일은 십대문파의 수장들로 하여금 십승연에서 주인님을 지지하도록 만들기 위한 것이에요. 게다가 잘만 되면 금와오가 오히려 우리 편이 될 가능성도 있고요."

막능여가 부드럽게 미소했다. 하지만 석적하의 제안을 무시하는 태도는 아니었다.

"그러나 용성을 치는 일은 빼앗겼던 예하 세력들을 되찾는 지금까지의 싸움과는 다르단다. 지금까지 우리가 수월하게 승리를 취할 수 있었던 것은 용성이나 금와오의 본단에서 그들을 지원하지 못했기 때문이라는 것을 너도 잘 알고 있지 않느냐?"

"저도 알고 있어요, 오십 명만으로 용성의 본단을 공격한다는 것은 무모한 짓이라는걸."

"어떤 복안이라도 갖고 있느냐?"

"대관주를 선출하는 원로회의를 일러 사람들이 십승연이라 부르더군요. 제가 용성을 치자고 제안하는 것은 그 원로회의가 개최되는 그날까지 본 문을 최대한 부각시키기 위한 것이에요."

막능여는 팔짱을 낀 채 잠시 생각에 잠겼다.

그가 다시 석적하에게 눈을 준 것은 적지 않은 시간이 흐른 뒤였다.

"이유는?"

"앉아보세요. 숫자놀이 같기는 하지만 대관주를 선출하는 방식이 숫자놀이이니 역시 주인님이 대관주가 되려면 숫자놀이를 잘해야만 돼요."

"숫자놀이?"

"십승관의 열 개 문파 중에서 후계자 쟁탈전에 나선 문파는 용성과 금와오, 그리고 천곤목 세 문파뿐이에요. 이제 주인님이 나섰으니 모두 네 문파 간의 각축이 되는 셈이지요."

막능여가 눈을 빛냈다. 그 역시 어떤 계획을 갖고 있었지만 짐짓 아무것도 모른다는 듯 석적하에게 질문을 던졌다.

"사실 원로회의에서 대관주를 선출하는 게 숫자놀이라면 결정은 이미 난 게 아닐까?"

"맞아요."

석적하가 고개를 끄덕였다.

이어 그녀는 눈을 빛내며 입을 열기 시작했는데 열정적으로 진지하게 이야기하고 있는 그녀의 모습을 보고 막능여는 문득 아름답다고 생각했다.

석적하의 음성에는 힘이 실려 있었다.

확신에 차 있는 태도였다.

"용성이 표면적으로 이미 소요장과 검림(劍林)의 지지를 확보해 놓은 상태이니 이변이 벌어지지 않는 한 용성의 성주가 후대 대관주가 되게 되어 있어요. 하지만 대관주가 된 뒤에 십승관을 해체한다는 조건으로 소요장이 이미 주인님을 지지하기로 밀약되어 있으니 이변은 벌써 일어난 거예요."

막능여는 석적하를 바라보며 일부러 고개를 저었다.

"하지만 지금까지 십승연의에서 대세에 반하는 결과가 나온 적은 단 한 번도 없었단다. 십승연의는 단지 형식적인 의식에 불과해."

"언제나 예외라는 것이 있는 법이에요."

석적하의 계산에 따르면 십승관의 십대세력을 관장하는 대관주가 되는 것은 숫자놀이라고 할 수 있었다.

십승관을 구성하고 있는 문파는 모두 열 개이다. 때문에 그중 여섯 개 문파의 지지를 얻을 수 있다면 간단하게 대관주로 등극할 수 있다. 하지만 지금은 네 개의 문파에서 후계자를 낸 상태이기 때문에 굳이 여섯 개 문파를 장악해야 할 필요는 없었다.

"이제부터가 진짜 숫자놀이이니 잘 들어보세요."

석적하는 먼저 대관주가 되기 위해 몇 개의 문파를 장악해야 되는가를 계산해 보였다. 막능여도 이미 잘 알고 있는 일이었지만 석적하의 계산 방법은 달랐다.

"후계자를 낸 세 개의 문파들은 사실 후계자 쟁탈전이 벌어지기 전에 이미 한두 개씩의 지지 세력을 확보해 둔 상태예요."

"용성이 십대문파 중에서 검림과 소요장을 장악해 놓은 상태이고 금와오는 무극파(無極派)와 동맹 관계이다. 그리고 천곤목은 혈륜교(血輪敎)와 손을 잡고 있지. 그 정도는 나도 이미 알고 있단다."

"좋아요. 그럼 계속 얘기를 해볼까요?"

석적하는 막능여가 점차 자신의 말에 빠져드는 게 신이 나서 말을 잇기 시작했다.

"정확히 말하면 지금 후계자를 낸 네 개의 문파들 중 확실한 우위를 차지하고 있는 문파는 아무 곳도 없다는 뜻이에요. 물론 전력상으로는 용성이 가장 강하지만 그건 소용없어요. 제가 후대 대관주를 선출하는 방식이 숫자놀이라고 한 말을 이제 이해할 수 있나요?"

"알겠다. 전력과는 상관없이 열 개의 문파들 중 세 문파의 지지를 얻어내면 후대 대관주로 선출될 수 있다는 뜻이 아니냐?"

"맞아요. 어이없게도 세 개 문파만 장악하면 십승관 전체를 지배할 수 있는 거예요."

"과연 숫자놀이라고 할 수 있구나."

"원래 관외의 백리사사하는 오래전부터 본 문과 긴밀한 관계를 맺고 있었어요. 따라서 소요장이 확실히 본 문을 지지하기만 한다면 주인님이 가장 유력해져요."

"천뢰도는?"

"천뢰도가 문제예요. 천뢰도는 아마 용성을 지지할 가능성이 커요."

"그렇게 되면 소요장이 날 지지해도 결국 용성의 후계자와 같은 숫자가 되지 않겠느냐? 게다가 소요장이 날 지지한다고 확신할 수도 없는 상태이고……."

중얼거리듯 입을 열던 막능여가 별안간 석적하를 바라보았다.

"그래서 용성을 치자는 말이었구나."

"예. 소요장으로 하여금 확실히 우릴 지지하도록 만들고, 또 금와오마저 우리 편으로 끌어들이기 위해 용성을 쳐야 한다고 말한 것이었어요."

"적과의 동맹이라……?"

막능여가 문득 고개를 저었다.

"금와오의 도움을 받아 대관주가 된다면 난 부모님과 식구들의 원한을 갚지 못하게 된다. 즉, 명분을 잃게 되는 것이다. 아마 수하들도 따르려 하지 않을 거야."

"표면적으로 건곤철축을 무너뜨린 게 금와오이기 하지만 그 배후에 용성이 있었다는 것을 부각시키면 돼요. 그리고 정히 복수를 하시려면 일단 대관주가 된 다음 십승관을 해체한 뒤에 하시면 되지 않겠어요?"

석적하가 십승관의 대관주가 되기 위한 숫자놀이를 막능여에게 설명하고 있는 그 순간, 고도(古都) 낙양에 자리 잡고 있는 태평루(太平樓)의 빈청에서 석적하와 똑같은 설명을 하고 있는 사람이 있었다. 바로 귀유 유무명이었다.

"이번의 십승관 후계자 쟁탈전은 역대 쟁탈전과는 많이 다릅니다."

"저도 알고 있습니다. 역대 쟁탈전에서는 이합집산이 거듭되는 과정을 거치며 결국 최후에 두 개 문파만이 남아 패권을 향방을 결정해 왔다고 말입니다."

"그렇습니다. 하지만 이번에는 십승연의가 얼마 남지 않은 상태에서도 아직까지 네 개의 문파가 각축을 벌이고 있는 것입니다."

차분한 음성과 설득력있는 어투,

태평루의 주인 귀유 유무명의 앞에는 능비령이 앉아 있었다.

능비령이 나륜에서 중원으로 돌아온 것은 삼 일 전이었다. 그는 중원으로 돌아오자마자 천을계의 수하들이 곳곳에 남겨놓은 노부(路符)를 보고 곧바로 낙양으로 달려와 귀유 유무명을 만나고 있는 중이었다.

노부(路符)란 동료들이 길 위에서 발견하고 뜻을 해독해 행동하도록 한 비밀 표식이었다.

귀유 유무명이 결론을 내리는 듯한 말투로 말을 이었다.

"그러니까 십승관의 십대문파들 중 세 문파의 지지만 받아내면 대관주가 될 수 있는 것입니다. 일종의 숫자놀이인 셈이지요."

능비령이 고개를 저었다. 귀유 유무명이 급하게 자신을 찾는다는 내용이 담겨 있는 노부(路符)를 보고 단숨에 낙양까지 달려오긴 했지만 아직까지 무슨 일인지 듣지 못한 상태였다.

"그 이야기를 제게 들려주는 이유를 모르겠습니다."

"물론 천을계는 십승관에 소속되어 있는 문파가 아니니 당연히 천을계의 이름으로는 다른 문파의 지지를 받을 수 없습니다. 지지는커녕 오히려 공격받을 뿐이지요."

"혹시 십승관의 십대세력들 중에서 본 문이 영향을 미칠 수 있는 문파가 있습니까?"

능비령이 잔잔히 눈을 빛내며 질문을 던졌다.

귀유 유무명이 고개를 끄덕였다.

"표면적으로 태평루가 천곤목의 예하 세력인 적의루의 휘하라는 것을 계주님도 이미 알고 계시겠지요? 사실 그 적의루가 천곤목의 예하 세력이기는 해도 오히려 천곤목의 모든 의사 결정을 좌지우지할 수 있는 영향력을 지니고 있습니다."

"그게 정말입니까?"

정말이지 능비령의 놀람은 이루 말할 수 없을 정도였다.

배보다 배꼽이 크다는 말이 있기는 해도 예하 세력 중 하나가 오히려 본가를 뒤흔들 수 있는 영향력을 지녔다는 것은 무림사에 보기 드문 일이 아닐 수 없었다.

'전에 아버님께서 십승관과 정면으로 승부하기보다 그 안으로 들어가 대관주가 되어야 한다고 말씀하신 것은 바로 천곤목을 염두에 두고 한 말이었구나.'

귀유 유무명이 말을 이었다. 지금까지보다 그 태도가 더욱 진지해져 이제부터 핵심으로 들어가고 있음을 알 수 있었다.

"사실 급히 계주님을 찾은 것은 속하가 아니라 일언주이십니다."

'아버님이……?'

"일언주의 말씀에 의하면… 대관주 일정 무승휴가 계주님과 비밀리에 만나고 싶어한다더군요."

"대관주가 날 만나고 싶어한다니, 무슨 일 때문일까요?"

십승관과 천을계는 양립할 수 없는 관계였다. 때문에 두 문파의 문주가 한자리에 마주 앉는다는 것은 사실 있을 수 없는 일이었다.

"대관주 일정 무승휴는 십승관을 해체하려고 합니다."

"설마……."

능비령이 크게 놀라 바라보자 귀유 유무명이 고개를 끄덕였다.

"조사해 본 결과 본 문을 끌어내기 위한 함정이 아니라고 판단했습니다."

능비령은 그제야 귀유 유무명이 십승관의 대관주가 되기 위한 숫자놀이에 대해 말해 준 이유를 알 수 있었다.

"그는 이미 본 문이 천곤목에 영향을 미칠 수 있다는 것을 파악해 냈군요. 본 문의 목적이 십승관의 해체라는 것도 알고 있고."

"그렇습니다. 적(敵)이라도 뜻이 같으면 행동을 함께할 수 있다는 차원입니다."

사실 천곤목 역시 비록 후계자 쟁탈전에 나서기는 했지만 최후의 승자가 될 확률은 많지 않았다. 열 개의 문파들 중 천곤목과 동맹을 맺은 문파는 혈륜교 하나뿐이었던 것이다.

그 점에 생각이 미친 능비령이 질문을 던졌다.

"그렇다고 해도 천곤목의 후계자가 대관주가 될 가능성은 없지 않습니까?"

"대관주에게는 아직까지 무시할 수 없는 힘이 있습니다. 그는 용성을 지지하고 있는 검림을 움직일 수 있고, 또 관외의 백리사사하마저 천곤목을 지지하도록 만들 수도 있습니다. 그는… 아직까지는 대관주인 것입니다."

"아……!"

자신도 모르게 탄성을 터뜨리던 능비령은 문득 막능여의 모습을 떠올렸다.

'건곤철축이 재기해 후계자 쟁탈전에 뛰어들었는데 백리사사하마저 천곤목을 지지하도록 빼돌린다면 막 형님으로서는 아무래도 힘들어지겠구나.'

막능여와 능비령은 결코 적이 아니었다. 하지만 결국 필연적으로 서로 부딪쳐야 하는 입장이 되고 말았다. 그 점이 능비령의 마음을 무겁게 했다.

# 제9장
## 은빛의 공포

## 1

 용성은 하북의 한단(邯鄲)에 본단을 둔 채 산동과 산서, 그리고 하북의 삼 개 성(省)을 관장하고 있었고, 금와오는 강서성의 취미봉(翠微峯)에 웅거하고 있었다.
 두 장소는 직선으로 따져도 천 리가 넘는 먼 거리인데다 중도에 반드시 다른 성(省)을 통과해야만 했다. 때문에 두 문파의 분쟁은 단지 두 문파 간의 전쟁으로 국한되지 않고 필연적으로 제삼의 세력들마저 휘말릴 수밖에 없었다.
 결국 용성과 금와오 간의 전쟁은 용성과 검림의 연합 세력과 금와오와 무극파의 연합 세력이 격돌하는 대회전으로 바뀌었는데 싸움은 한 걸음에 시체 한 구가 생길 정도로 치열하기 그지없었다.
 십승연의 개최가 한 달 앞으로 다가왔을 무렵 이제 싸움은 안휘성과 강소성의 경계에 위치해 있는 천문산(天門山)으로 옮겨져 절정을 맞고 있었다.

　용성이 있는 하북으로 진입하는 교두보를 확보하려는 금와오의 공세는 실로 필사적이라 할 수 있을 정도였다. 용성 또한 천문산마저 뚫리게 되면 곧바로 본거지인 하북까지 적의 진입을 허용하는 셈인지라 역시 필사적일 수밖에 없었다.

　양쪽 세력 모두 전력을 다하기 때문에 오히려 소강 상태가 오랫동안 이어지는 형국이라고 할까?

　금와오는 벌써 보름 이상 단 십 리도 진출하지 못한 채 한자리에서 맴돌고 있었다. 용성의 수비망이 워낙에 탄탄했기 때문이었다.

　이 소강 상태를 깬 것은 바로 막능여와 그가 이끄는 오십 명의 외사당 수하들이었다.

　먼 거리에서도 단숨에 눈에 뜨이는 특이한 기마대이다.

　잡털 하나 없는 은빛 털을 지니고 있는 오십 마리의 명마에 올라탄 은빛 무복의 사내들,

　그들은 여명과 함께 불쑥 나타나 솟아오르는 햇살에 반사되어 더욱 눈이 부셨다.

　용성의 수하들은 햇살 속에서 걸어오는 햇살보다 눈부신 사내들을 처음 보았을 때 단지 자신들의 눈을 의심할 수밖에 없었다.

　천문산을 끼고 드넓은 지역에 펼쳐져 있는 전선(戰線)의 한곳에 불쑥 나타난 그들이 자신들의 적(敵)이라는 것을 인식하기까지에는 적지 않은 시간이 걸려야 했다.

　금와오의 선봉은 최소한 오십 리 밖에 있었다. 만약 금와오에서 기습을 해온 것이라면 그 중도에 있는 감시망을 피할 수 없다. 하지만 오십 명의 사내들은 아무런 징조도 없이 하늘에서 떨어진 듯 감시망을

뚫고 그렇게 전선 한가운데 나타난 것이다.

그리고…

은빛의 폭풍이 몰아쳤다.

오십 명의 사내들은 용성의 방어진 한가운데 뛰어들어 마음껏 병기를 휘두르기 시작했다.

마치 잡초를 베는 듯 간단한 동작이었지만 아무도 그들의 공격을 막지 못했다.

두두두두…….

지축을 뒤흔드는 말발굽 소리, 사방에서 터져 나오는 단말마의 비명.

횡으로 길게 포진해 있던 용성의 수하들은 오십 명의 사내들을 잡기 위해 전력을 집중시키려 했지만 그들은 그럴 시간도 허용하지 않았다.

그들은 한 명 한 명이 모두 절정의 고수들이었고 이미 수많은 싸움을 경험한 듯 노련하기까지 했다.

치고 빠진다.

빠지는 것도 그저 후퇴하는 게 아니라 용성의 수비망 다른 쪽으로 빠지며 무자비하게 도륙한 후 폭풍처럼 이동한다.

용성의 수비진이 극도의 혼란에 빠진 것은 너무도 당연한 일이었다.

용성의 수하들이 정신을 차렸을 때는 사내들이 이미 수비선을 통과해 하북성 안쪽으로 사라져 버린 뒤였다.

적의 혼란을 보고만 있을 금와오가 아니었다.

사내들이 적진 깊숙이 사라져 버릴 즈음 금와오 역시 대대적인 공세를 펼치며 용성의 수비진을 돌파했다. 보름 동안 소강 상태였던 전세가 반나절 만에 뒤집어진 것이다.

금와오와의 전쟁을 치르면서도 용성은 사실 사태를 관망하며 시간을 끄는 입장이었다.

어차피 이번 후계자 쟁탈전은 용성의 승리로 끝나게 되어 있었다. 이미 가장 많은 지지 세력을 확보하고 있었던 것이다.

때문에 용성은 십승연의가 개최되기를 기다리면서 금와오의 광기(狂氣)를 적당히 상대해 주는 여유있는 입장이었는데 건곤철축의 개입으로 그 여유가 흔들리기 시작했다.

지지 세력을 가장 많이 확보해도 싸움에서 지게 되면 모든 게 허사가 된다. 또한 패하지 않는다고 하더라도 계속 몰리게 되면 지지 세력들이 등을 돌릴지도 모른다.

정세가 유동적으로 바뀌면서 초조해진 인물은 바로 용성의 성주 천패공 조확이었다.

하지만 백룡왕의 후예, 백왕은 오히려 이 사태를 즐기고 있는 입장이었다.

지난 십여 년 동안 치밀한 계산과 노력을 기울여 하나의 작품을 만들어온 것은 바로 그였다.

사실 그는 십승관의 대관주가 되고 싶은 의도도 없었고, 그가 조종하는 인물이 대관주가 된다고 해도 무엇을 어떻게 하겠다는 계획도 없었다. 그는 단지 자신이 안배해 놓은 일이 어떤 결과가 되는지 지켜보고 싶었을 뿐이다.

천하가 십승관 후계자 쟁탈전에 휘말려 헤아릴 수 없는 많은 사람들이 피를 흘리고 있었지만 그에게 이 모든 것은 단지 유희(遊戱)에 지나지 않았다.

마치 어린아이가 개미 행렬을 주무르며 지배의 쾌감을 느끼는 것과 같다고 할까?

　어린아이는 개미 떼가 줄지어 가는 방향에 돌을 놓아 방해하기도 하고, 때로는 엉뚱한 곳으로 개미 떼를 옮겨놓기도 한다. 그러다가 싫증이 나면 발로 짓이겨 버릴 수도 있다.

　'너무 싱거우면 금방 싫증이 나는 법이지.'

　천패공 조확으로부터 전황을 보고받은 백왕은 내심 고개를 끄덕였다.

　그의 눈은 흥미로운 일을 대한 듯 반짝이고 있었다. 사실 그가 묘한 긴장감에 빠져 흥분을 느껴본 것이 얼마 만인지 기억도 하지 못할 정도였다.

　어린아이가 개미 떼를 갖고 노는 것은 한두 번에 불과하다. 수많은 개미들을 마음대로 할 수 있다는 잔혹한 지배의 쾌감도 개미들이 너무 나약해 이내 재미를 잃을 수밖에 없다.

　유희가 재미있으려면 돌발적인 사태라는 것이 존재해야만 한다. 예측이 불가능해야만 유희로서의 즐거움이 유지되는 것이다.

　"곤오극이라 했습니까?"

　"예. 건곤철축의 대통을 이을 수 있는 유일한 인물입니다. 지금은 막능여라는 이름을 쓰고 있더군요."

　"내가 직접 상대하겠습니다. 쓸 만한 수하로 백 명만 선발해 놓으십시오."

　그 말을 끝으로 백왕은 다시 칠현금에 손을 가져갔다. 그는 막능여를 직접 상대하겠다고 했지만 죽이겠다는 말은 하지 않았다. 또 언제 출발하겠다던가, 어떻게 전세를 다시 역전시키겠다는 말도 하지 않았다.

상황은 다소 급박했다.

건곤철축의 막능여와 그 수하 오십 명의 고수들은 용성의 안방에 들어와 좌충우돌 헤집고 다니고 있다. 여기에다가 금와오의 주력 역시 방어막이 뚫린 곳으로 홍수처럼 들어와 적아(敵我)를 구별할 수 없는 난전을 벌이고 있었다.

전력 면에서는 아직도 용성이 훨씬 강했지만 남들이 보기에는 마치 용성이 곧 함락될 것 같은 위기로 비쳐질 수도 있는 것이다.

하지만 천패공 조확은 몸을 돌리며 더 이상 건곤철축에 대한 일은 염려하지 않아도 될 것이라고 믿었다.

이런 경우 처리 방법은 오히려 간단했다. 건곤철축은 신화처럼 다시 재기했지만 그 주역은 단 한 명, 막능여뿐이었다.

십승관의 다른 문파들과의 싸움이라면 어디까지나 문파 대 문파의 각축이기에 후계자 한 명을 죽인다고 대세가 바뀌지는 않는다. 하지만 건곤철축은 막능여 혼자 이끌고 있느니만치 그만 없어지면 건곤철축이라는 폭풍 자체가 소멸되는 것이다.

능비령의 성품은 원래 태평스럽고 낙천적이지만 이번 만남만큼은 그로서도 긴장하지 않을 수 없었다.

상대는 이미 백 년 가까이 천하제일의 고수로 군림해 온 절대고수이다. 무인 대 무인으로서의 만남이라 해도 가슴 떨리는 상대인데 더욱이 그는 무림의 황제인 십승관의 대관주인 것이다.

하지만 대관주를 처음 대하는 순간 능비령은 저절로 긴장이 풀리는 것을 느꼈다.

대관주, 일정 무승휴는 태산의 십승관 안에 있는 호숫가에서 낚싯대를 드리운 채 좌대에 앉아 있었다.

능비령을 기다리고 있다는 듯 한 옆으로 바둑판이 놓여 있는 평상(平床) 하나가 준비되어 있었다.

이빨도 몇 개 남지 않은 데다 주름살로 뒤덮인 얼굴, 구부정하게 휜 허리에 키도 왜소하다.

능비령은 바싹 늙어버려 볼품없는 모습을 하고 있는 대관주를 대하고 긴장을 풀며 자신도 모르게 입을 열었다.

"대관주이십니까?"

"그래, 내 기억이 맞다면 아직까지는 이 늙은이가 대관주일 것이다."

마치 잘 아는 손자뻘 어린아이를 상대하는 듯한 편안한 말투,

능비령 역시 그저 친하게 지내는 노인처럼 상대했다.

"한데 왜 생긴 게 그 모양입니까? 무림의 황제인 십승관의 대관주라면 적어도 풍채부터 그럴듯해야 하는 거 아니냐구요."

"헐헐헐……!"

대관주가 듬성듬성한 빠진 이빨을 드러낸 채 입을 벌리고 웃었다. 그는 정말이지 통쾌하다는 듯 기분 좋게 웃음을 터뜨린 후 짐짓 호통을 쳤다.

"놈! 네놈은 안 늙을 줄 아느냐!"

이 만남은 두 사람 모두에게 신선한 충격을 주는 만남이었다.

능비령은 저잣거리에서 흔히 대할 수 있는 용모를 지닌 대관주를 대하자 긴장이 풀어지며 오히려 반가운 마음마저 들었다.

대관주 역시 마찬가지였다.

이백 년의 한을 지니고 있는 천을계의 문주치고는 너무 어렸고, 또 성품이 너무 밝았다. 정말이지 저잣거리에서 뛰어놀다가 배가 고파서야 집 안으로 뛰어들어 오는 개구쟁이 소년 같기만 했다.

그 점이 대관주의 마음을 흡족하게 했음인가?

대관주는 낚싯대를 거둔 후 한쪽의 평상을 손짓했다.

"그렇지 않아도 심심해 죽을 판이었는데 잘 왔다. 이리 앉거라."

능비령이 거침없이 평상 위에 앉자 대관주가 바둑판을 사이에 두고 맞은편에 앉으며 말을 이었다.

"흔히들 무림의 황제인 대관주라면 아무나 만나주지도 않고 꽤나 바쁠 것이라 생각해 아예 찾아올 엄두도 내지 않지만 이 늙은이는 정말이지 허구한 날 물고기들과 씨름이나 해야 할 만큼 지루해 죽을 지경이었다."

"바둑이나 한판 두자고 절 불렀습니까?"

"뭐, 얘기는 이미 수하들에게 다 들었을 테고… 할 말도 없는데 그럼 바둑이나 둬야지 뭘 하겠느냐!"

"그러지요."

능비령은 바둑을 두며 생각했다.

상대의 성격을 알기 위해 가장 좋은 방법은 함께 노름을 해보라는 말이 있다.

바둑도 마찬가지였다. 기풍(棋風)은 곧 그 사람의 성격이라 할 수 있었다.

능비령은 대관주가 바둑을 통해 자신의 사람됨을 느끼고 싶어한다는 것을 알 수 있었다.

능비령의 바둑 실력은 형편없었다. 원래 어렸을 때부터 바둑을 배울 여유가 없었기 때문이다. 하지만 서로 처음 두는 바둑이기 때문에 치수를 조종할 수도 없었다.

결과는 능비령의 처참한 패배였다. 살아서 집을 내고 산 흑의 세력은 아예 한 군데도 없었다.

"세상에… 이건 좀 심하지 않습니까? 이기기만 하면 되는 걸 이렇게까지 비참하게 만들 필요가 어디 있습니까!"
 바둑이 끝난 뒤 판을 내려다 능비령이 심통난 표정으로 구시렁거리자 대관주는 또다시 통쾌한 웃음을 터뜨렸다.
 절대자와 절대자와의 만남.
 패권의 향방을 결정지을 두 절대자의 만남치고는 너무도 한가롭고 평화스러운 만남이었다.

드넓은 하북성 전체를 무대로 신출귀몰하며 용성의 세력들을 격파하고 있는 막능여 일행의 기동력은 가히 감탄할 만한 것이었다.
 동에 번쩍 서에 번쩍 하며 하룻밤 사이에 오백 리 이상을 주파하는데 그 방향 또한 예측이 불가능했다.
 하지만 용성의 입장에서는 자신의 앞뜰 안에서 종횡무진하고 있는 그들을 본격적으로 추격할 수도 없었다.
 어느 한쪽이 당했다는 보고를 받고 출동해 보았자 번번이 뒷북만 치는 결과밖에 안 된다. 게다가 압박해 오고 있는 금와오의 병력 때문에 함부로 병력을 움직일 수도 없었다.
 한데 언제부터인가 그 막능여 일행을 추적하고 있는 무리들이 있었다. 용성의 본단에서 특별히 선발된 백 명의 고수들이 바로 그들이었다.
 백왕이 백 명의 수하들을 이끄는 이유가 그들이 막능여와 그 휘하

은빛의 공포 241

고수들을 모두 처단하기를 바란 때문이 아니었다. 선발된 백 명의 고수들은 단지 막능여 일행을 추적해 그 발을 묶어놓기만 하면 된다.

그 뒤에 백왕이 직접 나서 막능여를 상대한다는 계획이었다.

하지만 백왕의 예상과는 달리 건곤철축의 피의 폭풍조는 쉽사리 행적을 노출시키지 않았다. 개개인 모두 절정고수들인데다 빠른 기동력 때문이었다.

피의 폭풍, 은빛의 공포라 불리는 막능여 일행도 신(神)은 아니었다.

남들이 보기에 그들은 끝없이 이동하며 용성의 예하 세력들을 격파하고 있는 것 같지만 그들도 휴식을 취해야 했고 무엇보다 말이 쉴 수 있는 시간과 장소가 필요했다.

용성이 비록 하북성을 관장하고 있다고 해도 그 넓은 지역 전체를 용성의 수하들로 채워놓은 것은 아니다. 때문에 막능여 일행은 하북성 곳곳에 쉬면서 힘을 재충전할 수 있는 비밀 거점을 확보해 놓은 뒤 싸움에 뛰어든 상태였다.

용성과 금와오의 막능여 일행이 뛰어든 지 보름째 되는 날, 막능여 일행은 휴식을 취하기 위해 세 번째의 비밀 거점을 향해 은밀히 움직이고 있었다.

안개가 짙게 깔려 있어 시야는 삼 장 정도에 불과했다.

오십여 기의 기마대가 안개에 잠겨 있는 숲 속을 소리없이 움직이고 있는 모습은 마치 유령들이 배회하는 모습처럼 음산해 보였다.

"며칠 전부터 느낌이 좋지 않습니다."

선두에서 천천히 말을 몰고 있는 막능여를 향해 장년인이 옆으로 다가오며 입을 열었다. 외사당 삼대(三隊)를 맡고 있던 삼대주 권순중이었다.

"쫓기고 있다는 걸 눈치 채셨군요."

막능여가 웃으며 고개를 끄덕이자 삼대주 권순중의 눈에 흠칫 놀란 빛이 스쳐 갔다.

"우리야 항상 쫓기는 입장 아닙니까? 한데 새삼스럽게 쫓기느니 뭐니 하고 있으니 도대체 무슨 일입니까?"

바로 뒤에서 말없이 쫓아오고 있던 소녀처럼 곱상하게 생긴 용모의 청년, 태음령이 의아해하며 입을 열었다.

삼대주 권순중의 얼굴이 굳어졌다.

"느낌이 달라. 며칠 전부터 제법 강한 자들이 한 걸음 한 걸음 착실하게 우릴 뒤쫓아오고 있어."

산짐승은 사냥꾼의 모습을 보지 못했어도 사냥꾼이 자신을 추적하고 있다는 것을 본능적으로 느낀다고 했다. 지금의 권순중이 바로 그러했다. 막능여가 창안해 낸 새로운 무공을 익힌 뒤부터 그의 감각은 예전에 비해 훨씬 발달되어 있었다.

"신경 쓸 거 없어요. 용케 우릴 뒤쫓아온다고 해도 그때 가서 모두 부숴 버리면 그만이니까요."

태음령은 별거 아니라는 듯 손을 내저었다. 자신감에 차 있는 태도였다.

막능여가 고개를 끄덕였다. 태음령의 자신감에 차 있는 태도가 마음에 들었다.

사실 지금까지 외사당 수하들로 구성된 기습조는 단 한 번도 패한 적이 없었다. 그 많은 싸움을 겪었으면서도 아직까지 사상자가 단 한 명도 나오지 않았다는 것은 그들의 강함을 입증하는 일이기도 했다.

안개를 헤치며 오십여 장을 전진하자 계곡이 모습을 드러냈다. 계곡 안쪽으로 다시 백여 장을 들어가자 넓은 공터가 보였다.

공터 옆의 한쪽 절벽에는 거대한 동굴이 입을 벌리고 있었다. 오십 마리의 말과 오십 명의 사람이 한꺼번에 쉴 수 있는 넓으면서도 은밀한 장소였다.

말에서 내리려던 막능여의 눈에 이채가 스쳐 갔다. 누군가가 비밀 거점을 뒤진 흔적이 남아 있었기 때문이다.

과연 동굴 안에 감춰둔 식량과 보충용의 병기들이 모두 파괴되어 있는 상태였다.

"이게 무얼 의미하는지 알겠느냐?"

막능여는 말에서 내리지 않은 채 돌연 태음령을 향해 질문을 던졌다.

태음령이 고개를 갸웃했다.

"우리의 비밀 거점 중 하나가 발각된 것이 아닙니까?"

"그리고 또?"

"그냥 발각된 것뿐인데 또는 무슨 또입니까?"

"말에서 내려 놈들의 흔적을 조사해 봐. 언제쯤 여길 부수고 지나갔는지. 그 정도는 알아낼 수 있겠지?"

태음령은 연신 고개를 갸웃거리며 말에서 내려 흙을 만져 보기도 하고 젖어 있는 지면에 찍혀 있는 발자국을 들여다보는 등 적들이 남긴 흔적을 조사하기 시작했다.

그사이 삼대주 권순중은 다른 수하들을 시켜 주위를 샅샅이 뒤지게 했다. 누군가 감시자가 남아 있는지 확인하기 위해서였다.

잠시 후 태음령이 막능여에게 다가와 보고했다.

"이틀 정도 앞서 지나간 것 같습니다."

"이틀이라……? 우리가 휴식을 위해 만들어놓은 비밀 거점이 모두 몇 군데지?"

"오십 마리나 되는 말과 사람이 숨어 있을 수 있는 곳을 찾기가 쉽지 않아 별로 많지는 않습니다."

막능여가 고개를 끄덕였다.

막능여 일행이 전투에 뛰어들기 전에 하북성 전역에 만들어둔 비밀 거점은 정확히 열여섯 곳이었다. 이름없는 산자락의 농가를 빌려놓기도 했고 남의 눈에 잘 뜨이지 않을 계곡 안쪽에 만들어두기도 했다.

그 비밀 거점들 중 지금까지 사용한 곳이 다섯 곳이었다.

"다음 휴식처에도 이런 일이 생겼다면 우리는 앞으로 힘든 적을 만나게 될지도 모르겠군."

막능여는 말에서 내리며 나직이 혼자 중얼거렸다.

말은 숲 속의 풀을 뜯어 먹으면 된다지만 문제는 오십 명에 달하는 인원이 굶어야 한다는 점이었다. 물론 하루 정도 굶는다고 당장 무슨 일이 생기는 것은 아니지만 이런 일이 반복되면 곤란했다. 숲 속에서 식량을 조달하는 것도 한계가 있으니 계속 굶으면서 싸울 수도 없는 것이다.

하지만 막능여가 신정으로 우려하고 있는 것은 따로 있었다.

추적자들이 나머지 거점들마저 찾아냈다면 그들은 막능여 일행이 움직이는 방향을 충분히 예측할 수 있는 것이다.

수하들에게 휴식을 취하게 한 후 막능여는 잠시 갈등하지 않을 수 없었다.

'이 정도에서 철수하는 게 옳지 않을까?'

다시 생각해 보니 아직 정체가 밝혀지지 않은 추적자들이 존재하는 한 철수도 쉬운 일은 아니었다.

지금처럼 많은 인원으로 철수하는 것은 공격하는 것보다 오히려 흔적을 남기게 될 가능성이 많았다. 그렇다고 몇 명씩 조를 짜서 흩어지는 것은 더 위험했다.

한 시진 뒤, 막능여는 휴식을 취하고 있는 수하들을 모두 집합시켰다.

"놈들을 뒤쫓는다."

막능여가 불쑥 입을 열자 수하들이 어리둥절해하며 서로의 얼굴을 바라보았다.

삼대주 권순중이 질문을 던졌다.

"이미 정해놓은 목표들을 공격하는 게 아니라 우릴 추적하고 있는 놈들을 오히려 뒤쫓자는 말씀이십니까?"

"작전을 바꾸자는 이야기입니다. 놈들을 내버려 둔 상태에서는 아무것도 할 수 없습니다."

"하긴 놈들이 나머지 거점마저 발각해 파괴시킨다면 활동하기가 어려워지니 어쩔 수 없겠군요."

"우리가 만들어놓은 거점들은 포기합니다. 대신 놈들을 모두 제거한 뒤부터는 공격 목표가 된 곳을 완전히 장악한 후 그곳에서 휴식을 취해야 합니다."

막능여의 작전은 적들의 예상을 뒤엎는 놀라운 발상이라고 할 수 있었다. 추적자들은 목표물이 오히려 자신들을 역추적해 올 것이라고는 상상도 하지 못할 게 분명했다.

## 제10장
## 추적과 역추적

쫓고 쫓기는 추격전이 이어지기 시작했다.

 마치 두 마리의 뱀이 뒤엉켜 서로의 꼬리를 물기 위해 필사적으로 몸부림치는 것 같은 형세였다. 결국 누가 누구를 쫓는 것인지, 누가 쫓기는 것인지 알 수 없게 되어버린 기이한 추격전이었다.

 막능여 일행을 추적하고 있는 백 명의 고수들은 열 명씩 십 개 조(組)로 나누어 있었다. 따라서 조장(組長) 또한 열 명이었는데, 그 열 명의 조장 중 한 명인 생사필(生死筆) 두고(杜古)는 처음부터 이 임무를 그리 달가워하지 않은 편이었다.

 그가 이 임무를 달가워하지 않은 첫 번째 이유는 자신들을 지휘하는 흑의사내가 누군지 알 수 없다는 점 때문이었다. 용성 내에서 당주 급에 속하는 그가 알지도 못하는 사내의 명령을 받는다는 것이 그의 자존심을 건드린 것이다.

두 번째는 누군가를 뒤쫓는 임무 자체가 마음에 들지 않았다.

마치 사냥개가 된 기분이랄까?

적들의 흔적을 뒤지며 추적하는 일 따위는 그의 성미에 맞지 않았다.

하지만 자신들이 뒤쫓고 있는 적들이 바로 자신들의 안방 안에서 마구 휘젓고 다니는 은빛의 공포라고 불리는 자들이라는 것을 알게 된 뒤부터는 그의 태도가 바뀌었다. 해볼 만한 상대를 만난 긴장감이 오히려 그를 들뜨게 했던 것이다.

그는 은빛의 공포라 불리는 자들을 자신이 가장 먼저 찾아내고 싶었다. 그리고 놈들이 과연 소문처럼 뛰어난 자들인가 직접 확인해 보고 싶었다.

소문이란 항상 과장되기 마련이다. 적이 신화가 되어 있다면 그 신화를 잠재운 인물 역시 단숨에 신화가 된다.

그는 그 이치를 잘 알고 있기에 정말이지 간절하게 막능여 일행을 가장 먼저 마주치길 원했다.

그의 간절한 마음이 통한 것일까?

과연 막능여 일행과 가장 먼저 마주친 것은 바로 그의 조(組)였다.

막 여명이 움틀 무렵, 동쪽 하늘이 뿌옇게 밝아져 오고 있는 시각에 생사필 두고는 전신을 은빛 무복으로 감싼 사내들이 삼십여 장 앞쪽에서 다가오는 것을 볼 수 있었다.

수효는 다섯, 말은 버렸는지 터벅터벅 걸어오고 있었다.

'우리가 추적하고 있는 것을 알고 흩어진 것인가? 잘됐군.'

생사필 두고는 앞에 자신들이 기다리고 있는 것도 모른 채 다가오고 있는 적들을 보며 내심 회심의 미소를 머금었다.

원래 막능여 일행을 발견하게 되면 공격하지 않고 신호를 보내기로 되어 있었다. 공격은 열 개 조로 나누어져 있는 동료들 전원이 모인 뒤의 일이었다. 하지만 지금은 사정이 달랐다. 적도 흩어져 있고 그 수효도 다섯에 불과했다.

'잡고 나서 신호를 보낸다.'

생사필 두고는 몸을 숨긴 채 다가오고 있는 적들을 기다리기 시작했다.

수하들을 크게 반원을 그린 형태로 포진시켜 놓았기 때문에 십 장 정도만 더 오면 놈들은 저절로 포위망 안으로 들어오게 된다.

잠시 후 그의 계산대로 다섯 명의 적은 포위망 안으로 걸어 들어왔다.

생사필 두고가 이제는 더 이상 몸을 숨길 필요가 없다고 판단하고 수하들에게 신호를 보내며 한 걸음 나섰다.

그의 예상으로는 적들이 깜짝 놀라 주위를 두리번거리며 도주할 방향을 찾아야 했다. 하지만 기이하게도 반응이 전혀 달랐다.

다섯 명의 적은 생사필 두고가 앞을 막으며 불쑥 모습을 드러내도 아무런 반응이 없었다. 그가 모습을 드러내는 순간 아홉 명의 수하들 역시 좌우에서 모습을 드러내 포위망을 갖췄음에도 불구하고 그들은 아무것도 보지 못한 듯 태연하기만 했다.

'이놈들… 도대체 뭐라는……?'

무언가 불길한 예감이 생사필 두고의 등줄기를 훑어 내렸다.

파파팍!

바로 그 순간, 포위망 안에 갇힌 다섯 명의 사내들이 마치 벌초하듯 간단하게 수하들을 베어내기 시작했다.

생사필 두고가 비록 조장을 맡고 있었지만 그의 통솔을 받고 있는 나머지 아홉 명의 무공이 그보다 약하다고는 할 수 없었다. 이번 임무에 동원된 동료들은 대부분 당주 급이었고 무공이 다소 떨어진다고 해도 최소한 향주급 고수들이었다.

그 고수들이 마치 멍청히 서서 목을 내주는 것처럼 보인다는 것은 상대가 그들보다 훨씬 강하고 빠르다는 것을 의미하지 않겠는가!

한 명이 오히려 두 명씩을 상대하며 몰아붙이는 것 같더니 순식간에 아홉 명의 수하들이 모두 시체가 되어 바닥을 구르고 있다. 그리고 적들은 어느새 태연히 시체의 품속을 뒤져 각자가 휴대하고 있던 개인 비상 식량을 꺼내고 있었다.

"이, 이놈들!"

생사필 두고는 연결되는 한 폭의 그림처럼 일체의 음향도 없이 진행된 살육을 대하고 자신도 모르게 버럭 소리를 질렀다. 스멀스멀 가슴 저 깊은 곳에서 솟구쳐 오르는 공포심을 떨치기 위한 행동이었다.

하지만 그는 말을 끝맺을 수 없었다.

마치 자신의 몫이라는 듯 생사필 두고를 향해 천천히 다가오던 계집애처럼 예쁘게 생긴 태음령의 검이 이미 그의 목줄기를 스쳐 갔기 때문이다.

용성이 웅거하고 있는 하북의 한단에서 불과 이백 리 정도 떨어진 곳에 위치해 있는 이름도 없는 산중에서 일어난 일이었다.

자신들이 오히려 쫓기고 있다는 것을 추적자들이 깨달은 것은 미처 하루가 지나기도 전이었다.

항상 하루 정도의 거리, 오십 리 정도를 앞서 움직이던 막능여 일행의 흔적이 별안간 사라진 뒤부터 곳곳에서 동료들의 시체가 발견되기 시작했다.

놀랍게도 열 개 조 중 네 개 조가 시체로 변한 채 발견된 것은 불과 이틀 만의 일이었다.

이렇게 되자 추적자들은 더 이상 움직일 수가 없었다. 그들은 한 군데로 집결해 막능여 일행을 상대하고 싶었지만 만약 그렇게 되면 적이 다시 사라져 버릴 가능성이 높았다.

그렇다고 지금까지처럼 열 명씩으로 나누어진 상태로는 적들의 상대가 되지 않는다. 결국 추적자들은 이럴 수도, 저럴 수도 없는 상황에 빠져 움직이지 못한 채 새로운 명령만을 기다리는 입장이 되고 말았다.

추적자들이 움직이지 않자 이번에는 막능여 일행이 수색을 시작했다. 그야말로 완벽하게 주객이 전도된 것이다.

하지만 적의 허를 찌르는 막능여의 이 작전은 결과적으로 백왕의 의도대로 움직인 결과가 되고 말았다. 백왕이 일백 명의 고수들을 투입한 것은 단지 막능여 일행의 행적을 찾아내 잠시라도 그들의 발을 묶어놓기 위해서였던 것이다.

결국 백왕이 막능여와 조우(遭遇)한 것은 백 명의 수하들을 동원해 추적을 시작한 지 열흘 만의 일이었다.

전율스러운 아름다움······.

등에 칠현금을 멘 채 땅에서 솟아난 듯 그렇게 불쑥 막능여 앞에 나타난 흑의사내를 대하자 막능여는 상대가 바로 용의 권족임을 알 수 있었다.

흑의사내 백왕은 기를 감춰 일견 평범하게만 보였다. 하지만 막능여의 직감은 이미 상대를 꿰뚫어 보고 있었다.

막능여는 수하들을 역시 열 개의 조로 나눠 추적자들을 수색하고 있었기 때문에 그의 주위에는 지금 다섯 명밖에 없었다.

그 다섯 명의 수하들은 하늘에서 떨어져 내린 듯 아무런 징조도 없이 나타난 흑의사내를 대하고 크게 놀라지 않을 수 없었다. 하지만 놀란 것도 일순, 다섯 명의 수하들은 자연스러운 동작으로 백왕의 앞을 가로막으며 공격 자세를 갖추고 있었다.

막능여가 고개를 저었다.

"제게 맡겨주시지 않겠습니까?"

다섯 명의 수하들이 주춤하며 막능여를 불안해하는 표정으로 돌아보았다. 그들도 이미 상대가 보통 인물이 아니라는 것을 직감한 때문이었다.

막능여는 그런 수하들을 안심시키려는 듯 말을 이었다.

"난 추배도 삼 책 중 하나를 얻었지만 불과 얼마 전까지만 해도 그 힘을 모두 얻지 못했습니다. 물론 아직도 조금씩 깨달아갈 뿐 모두 다 얻었다고 자신할 수는 없지만 이제는 용의 권족이라도 한번 해볼 수 있을 것 같습니다."

막능여는 자신의 키만치나 큰 거대한 패도의 손잡이를 오른손으로 쥐고 도신을 오른쪽 어깨에 걸친 채 백왕과 대치해 섰다. 언제라도 휘두를 수 있는 자세였다.

백왕은 막능여의 말을 듣고 긴장하지 않을 수 없었다.

추배도는 무학의 끝이었고 또한 법(法)의 시작이었다. 그것은 천하에 존재하는 모든 무학의 모태(母胎)였고 또한 천지만물의 비밀을 담고 있었다.

"추배도라… 용의 권족들은 수많은 세월을 윤회되어 오면서도 기이하게 추배도와는 인연이 없었다."

"그 이유를 아직 모르고 있었소?"

"이유가 있었단 말이냐?"

백왕은 등에 메고 있던 칠현금을 자연스러운 동작으로 끌러내 몸체를 오른손으로 쥐며 고개를 갸웃했다.

막능여가 말을 이었다.

"천지만물에는 모두 그 상극(相剋)이 존재하는 법이오. 태초에 만물이 생길 때 용의 권족이 태어났기에 그 상극인 추배도가 존재하게 된 것이오."

"결국 추배도는 우리를 상대하기 위해 존재하는 것이란 뜻이군."

"그렇소. 난 잊고 있었지만 지금 그대를 대한 순간 기억이 났소. 내게 사명이 있다는 것을 말이오."

"너의 사명이라는 게 혹시 우리를 소멸시키는 것이냐?"

"그렇소. 소위 이계칠군이라 불리고 있는 용의 권족을 소멸시키는 것이 추배도를 얻은 나의 사명인 것이오."

백왕은 새로운 이야기를 들었다는 듯 놀란 빛을 감추지 않았다.

"우리를 상대할 수 있는 것은 법신검뿐이라고 알고 있었다. 한데 그게 아니라면 그 오랜 세월 동안 천하가 금왕에게 속고 있었다는 얘기가 되는군."

"금왕……?"

"법신검은 용의 권족을 상대하기 위해 만들어진 검이다. 법신검을 전승받은 사람은 모두 이계칠군을 소멸시키는 걸 사명으로 여긴 채 평생을 우릴 찾아 헤매게 되지."

 백왕은 무엇인가에 분노해 있는 상태였다. 막능여는 그 분노가 자신을 향한 것이 아님을 알고 있었다. 백왕은 지금 법신검을 남겨 용의 권족들을 없애도록 한 금왕에게 분노하고 있었던 것이다.

 "그렇군. 지금 생각해 보니 금왕은 법신검을 남겨 인간들에게 용의 권족을 소멸시키는 사명을 준 채 그 자신은 법신검 안에 숨어 있었어. 아마도 용의 권족 중 최후의 한 명마저 소멸되는 순간 그는 법신검 안에서 뛰쳐나올 것이다. 우리들의 싸움에 인간을 이용한 것이다."

 "그랬구려."

 막능여가 고개를 끄덕였다.

 만약 백왕의 말이 사실이라면 그는 법신검 또한 파괴시켜야 한다. 그것이 그의 사명인 것이다.

 싸움은 지켜보고 있는 외사당 수하들이 어이없어할 정도로 순식간에 끝이 나고 말았다.

 백왕은 칠현금의 몸체에서 버드나무 잎처럼 얇고 긴 장검을 꺼내 막능여를 공격했다. 검신에서 은은한 청광이 뿜어지고 있는 검이었다.

 백왕이 검을 뿌려내자 수십여 가닥의 청광(淸光)이 유성처럼 막능여를 향해 쏟아져 들었다.

 너무도 빠르고 너무도 강해 무어라 표현할 수조차 없는 검세였다.

 막능여는 체구에 어울리지 않게 빠른 속도로 뒤로 물러났다. 동시에 거대한 패도가 허공을 갈랐다.

 패도에서 뻗어 나간 묵광(墨光)과 청광이 서로 뒤섞이는 순간 누군가의 입에서 짧은 신음 소리가 새어 나왔다.

 단 한 번의 격돌이었지만 이미 승패는 갈라져 있었다.

외사당의 수하들은 움직일 수가 없었다. 싸움이 시작되기 직전, 조를 짜서 흩어져 있던 외사당 수하들 대부분이 돌아와 있었는데 그들 역시 숨을 죽인 채 결과를 기다리고 있었다.

백왕과 막능여는 처음과 똑같은 거리를 유지한 채 역시 같은 자세로 움직이지 않았다. 처음부터 지켜보지 않은 사람은 두 사람이 아직 싸움을 시작하지 않은 것으로 생각할 수밖에 없는 자세였다.

"그래, 이제야 비로소 긴 잠을 잘 수 있게 된 것 같군."

문득 정적을 깨며 백왕이 입을 열었다. 그는 허탈해하면서도 또한 오히려 만족스럽다는 듯한 눈빛이었다.

그의 입에서 흘러나온 말은 그뿐이었다. 그 말을 내뱉기 무섭게 그의 얼굴이 별안간 백지장처럼 창백하게 변해가기 시작했다.

거의 동시에 그의 전신이 정수리에서부터 두 조각으로 갈라지며 엄청난 피가 뿜어져 나오기 시작했다.

막능여는 몸이 갈라진 채 지면에 엎어져 있는 백왕의 시체를 말없이 내려다보았다. 그의 아래쪽에 흘러나온 피가 홍건히 고여 있었다.

그 상태에서 백왕의 시체가 점차 사라지기 시작했다.

마치 허공 중에 녹아드는 듯 전신이 투명해지며 몸 아래의 지면이 시야에 들어왔다. 그리고는 이내 홍건히 고여 있던 피마지 완벽하게 사라져 버리고 없었다.

백왕이 소멸된 뒤에도 오랫동안 막능여는 제자리에 서 있었다. 마음의 갈등 때문이었다.

그는 백왕을 대하는 순간 잊고 있었던 사명을 기억해 냈는데 그러자 머리가 복잡해지지 않을 수 없었다.

추배도를 얻은 이상 용의 권족을 소멸시키는 것이 그의 사명이다.

하지만 용의 권족 중 두 명이 그가 사랑하는 사람들 몸 안에 있었다.
　공주 주선이 그러했고, 또한 능비령 역시 마찬가지였다.

　백왕이 소멸된 바로 그 순간, 초조하게 백왕의 소식을 기다리고 있던 천패공 조확은 예기지 못한 손님을 맞이하고 있었다.
　천패공 조확은 서탁 앞에 앉아 서탁 위에 쌓여 있는 수많은 보고서들을 점검하고 있는 중이었다. 대부분 급박하게 돌아가고 있는 금와오의 공세에 대한 보고들뿐이었다.
　서탁 한쪽 위에 찻잔이 놓여 있었지만 차는 이미 싸늘하게 식은 상태였다.
　천패공 조확은 보고서들을 반도 보지 못한 채 차가운 눈빛으로 눈을 들었다. 반가운 소식이라곤 단 하나도 없는 보고서들을 읽고 있자니 점차 짜증이 나기 시작한 것이다.
　그가 누군가 자신을 찾아왔다는 것을 알게 된 것은 바로 그 순간이었다.
　천패공 조확이 자신도 모르게 굳게 닫혀 있는 창문을 바라보았다. 창문 너머의 후원에 누군가가 있었다.
　천패공 조확의 몸이 굳어졌다.
　그는 창문을 열고 밖을 내다보진 않았지만 이미 후원에 서 있는 사람이 누구인가를 알고 있었다.
　넘을 수 없는 벽… 늘 그로 하여금 패배감을 안고 살게 만들던 인물.
　그가 빛이라면 그가 존재하는 한 천패공 조확은 언제나 그림자일 수밖에 없었다.
　무성 율도극,

그가 거기 서 있었다.

결국 천패공 조확은 후원으로 나갈 수밖에 없었다.

과연 후원에 있는 사람은 무성 율도극이었다.

그는 후원의 한가운데 쪼그리고 앉아 무언가를 들여다보고 있었다. 짐작하건대 아마도 새로 돋아나는 새싹이나 흙을 파헤치며 꼬물거리고 있는 작은 벌레들을 지켜보고 있을 게 분명했다.

천패공 조확은 후원 가운데 쪼그리고 앉아 무언가를 신기하다는 듯 내려다보고 있는 무성 율도극의 모습에서 사부의 모습을 볼 수 있었다.

그까짓 작은 풀벌레나 하잘것없는 새싹 같은 게 무어 그리 신기하다고 그의 사부와 사형은 저렇게 정신없이 들여다보는지 천패공 조확으로서는 도무지 이해할 수가 없었다.

사부와 사형이 작은 것 하나까지 완벽하게 닮아 있다는 것을 느끼고 천패공 조확은 다시 벽을 느껴야 했다.

"오셨습니까?"

천패공 조확의 음성이 떨려 나왔다.

무성 율도극이 돌아온 이상 그는 이미 그가 십 년 전에 저지른 짓을 모두 알고 있을 것이다.

차라리 도망칠 수 있었으면 했지만 그는 무성 율도극으로부디 결코 도망칠 수가 없었다.

"대관주가 되고 싶었느냐? 그랬다면 네 힘으로 일어나야 했다."

무성 율도극이 몸을 일으켜 천패공 조확에게 눈을 주었다. 천패공 조확의 예상과는 달리 부드러운 눈빛이었다. 그 부드러움이 오히려 천패공 조확에게는 더욱 부담스러웠다.

무성 율도극의 말이 이어졌다.

추적과 역추적 259

"강호는 곧 약육강식의 세계이다. 더구나 대관주라는 권좌는 스스로의 힘으로 차지한 게 아니라면 결국 지탱할 수 없는 그런 자리야. 나는 소위 무림의 황제라는 십승관의 대관주가 누군가의 지배를 받는 못난 인물이 되는 걸 용납하고 싶지 않구나."

천패공 조확의 몸이 가늘게 떨리기 시작했다.

사형인 무성 율도극은 이미 모든 걸 알고 있었다. 천패공 조확이 백왕의 힘을 빌려 오늘의 위치까지 오른 일도 그에게는 비밀이 될 수 없었던 것이다.

"기회를 주겠다. 오너라!"

무성 율도극이 자연스럽게 두 발을 어깨 넓이로 벌리며 섰다.

천패공 조확은 공격하라는 명령을 받았지만 결코 검을 뽑을 수가 없었다.

무성 율도극은 그렇게 그저 서 있을 뿐이었지만 이미 천패공 조확의 전신전령은 완벽하게 통제당하고 있었다.

얼마의 시간이 흘렀을까?

비처럼 땀을 흘리며 서 있던 천패공 조확이 발작적으로 검을 뽑아들며 무성 율도극을 향해 덮쳐 갔다.

"못난 놈……!"

그의 의식이 아득한 심연으로 빠져들기 직전 그의 귓가로 흘러 들어온 음성은 그 한마디였다.

십승관의 새로운 대관주를 추대하는 십승연의가 불과 삼 일 앞으로 다가온 그날, 금와오의 병력은 용성과 검림의 연합 세력을 격파하며 용성으로 진입해 들어갔다. 금와오가 용성과의 싸움에서 승리를 거둔 것이다.

이 싸움의 일등공신은 단연코 건곤철축이었다.

싸움에 참여했던 금와오의 무사들이 퍼뜨린 말에 의하면 자신들이 용성에 진입하는 순간 건곤철축의 새 문주인 막능여와 그 휘하 오십 명의 고수들이 이미 용성 안에서 싸우고 있었다고 했다.

용성의 패배는 촉각을 곤두세운 채 지켜보고 있던 모든 무림방파들에게는 충격적인 소식이 아닐 수 없었다. 예상을 뒤엎은 결과였기 때문이다.

금와오는 승리를 거두긴 했지만 그 피해 또한 용성에 못지않았다.

그 때문이었을까?

금와오는 곧 개최될 십승연의에서 무극파와 함께 건곤철축을 지지한다고 공식적으로 선언했다. 여기에다가 용성의 동맹 세력이라고 생각하고 있던 소요장마저 전격적으로 건곤철축의 지지를 선언했다.

천하의 모든 무림문파들은 이제 건곤철축의 막능여가 새 대관주가 될 것을 의심하지 않았다.

하지만 무림을 뒤흔드는 충격은 그것으로 그치지 않았다.

모두들 대세가 판가름났다고 확신하는 그 순간, 천곤목이 느닷없이 부상되기 시작한 것이다.

천곤목을 지지해 온 문파는 원래 혈류교뿐이었다. 한데 천곤목에서는 용성과 금와오의 싸움이 진행되고 있는 동안 관외의 백리사사하와 동맹을 맺었고, 동시에 천뢰도와도 합작을 이뤄냈다.

세인들을 더욱 놀라게 한 것은 용성과 검림 또한 십승연의가 개최되기 직전 천곤목을 지지한다고 표명한 일이었다.

용성은 싸움에서 졌지만 완전히 멸문당한 것은 아니었다. 때문에 십승연의에서 귀중한 한 표를 행사할 수 있었는데 검림 역시 마찬가지였다.

이렇게 해서 반전에 반전을 거듭하던 십승관의 후계자 쟁탈전은 극도의 혼란과 함께 막을 내리게 된다.

유난히 길었던 겨울도 어느새 조금씩 밀려오는 봄에 의해 물러나고 있었다.


산에는 어느새 봄 기운이 완연했다.

산은 겨울의 깊은 잠에서 깨어나 이미 소리를 내고 있었다.

침묵 속에서 움트는 소리, 겨울잠에서 깨어난 짐승들의 포효와 햇살처럼 번져 가는 생명의 소리를 내고 있었다.

대별산(大別山)은 하남, 호북, 안휘 3성의 경계에 걸쳐 북서에서 남동으로 뻗어 있는 대산으로서 남양 분지의 동쪽에서 북동을 거쳐 양자강 북안에까지 그 산세가 이어져 있었다.

이 대별산 중턱 넓은 분지에 언제인지 모르게 웅장한 성전(聖殿)이 완성되어 있었다. 바로 천을계의 총단이었다.

수십 채의 크고 작은 전각들과 전각들 사이의 아름답게 꾸며져 있는 화원들, 곳곳에 연못이 보였고 연못마다 온갖 형태의 다리들이 걸려 있다.

한눈에 살펴보아도 일이십 년에 완성될 공사가 아니었다.

천을계가 재건을 알리는 대제전(大祭典)을 개최한다고 공표했을 때 무림문파들은 두 번 놀라야 했다.

첫 번째는 그 웅장한 성전을 언제 건축했느냐는 것이었고, 두 번째는 천을계가 공식적으로 무림에 모습을 드러냈음에도 불구하고 십승관에서 아무 반응이 없다는 점이었다.

무림인들의 예상대로라면 십승관은 전 세력을 동원해 천을계를 공격해야만 했다. 하지만 십승관에서는 천을계를 공격하기는커녕 오히려 대제전에 축하 사절까지 파견했던 것이다.

그뿐이 아니었다. 대관주 후계자 쟁탈전에서 최후의 승리를 따낸 천곤목에서는 문주 이하 모든 원로들이 직접 대제전에 참가하기 위해 문을 비우고 출발했을 정도였다.

능비령은 계주의 거처인 대성전 뒤쪽의 담에 기대앉아 있었다. 햇살이 따사롭게 비쳐들고 있는 장소였다.

대제전이 개최되려면 아직 보름 정도가 남아 있었지만 천을계의 총단은 그야말로 몰려온 축하객으로 인해 인산인해를 이루고 있었다. 능비령은 그 인파를 피해 대성전의 뒤쪽 벽에 혼자 앉아 있었던 것이다.

졸고 있는 것일까?

따사로운 햇살을 만끽하며 담벽에 기대앉아 있는 능비령의 모습은 평화스럽기 이를 데 없었다.

하지만 그것은 겉모습일 뿐이었다. 그는 지금 하나의 싸움을 준비하고 있었다.

그가 계획하고 있는 싸움은 검이 날고 도가 뻗어오는 싸움이 아니었다. 그렇기 때문에 오히려 더 위험한지도 몰랐다. 그 싸움은 육체로 싸우는 게 아니라 마음속에서의 싸움이었던 것이다.

그는 많은 생각을 했으되 그 생각을 역대 전승자들이 알게 하고 싶지 않았다. 의식을 차단하지 않은 상태에서는 그가 어떤 생각을 하게 되면 역대 전승자들이 그 생각을 함께 공유하게 된다. 그 때문에 그는 자신의 마음속에 있는 전승자들을 속이지 않으면 안 되었다.

마음을 봉인하는 비밀조차 전승자들에게 물려받은 것이지만 그는 그 비밀을 사용해 전승자들과 그리고 그 뒤에 숨어 있는 누군가에게 자신의 계획을 지금까지 철저하게 감추고 있었던 것이다.

결심을 굳힌 뒤 능비령은 차단시켰던 마음의 통로를 열었다.

'어르신들과의 대화도 오늘로써 마지막이 될 것입니다.'

(무슨 뜻인가? 설마 우리들마저 봉인하겠다는 말인가?)

'정말이지 내 생각 속에 다른 사람들의 생각이 불쑥불쑥 섞여드는 게 싫습니다.'

(자네가 우리가 전해준 무공과 밀법을 봉인한 것은 이해하네. 하지만 우리의 의식마저 봉인시키는 건 법신검 자체를 봉인하는 것과 마찬가지이네.)

'바로 그겁니다. 난 법신검을 영원히 봉인시킬 생각입니다.'

(그, 그건 안, 안 되네!)

능비령의 마음속에 있는 역대 전승자들 모두가 법신검의 봉인을 반대하는 것은 아니었다. 네 명의 전승자들 중 한 명은 능비령의 의식에 일체 개입하지 않았고 또 한 명은 오히려 능비령의 생각에 찬성을 하는 편이었다.

그들 중 두 명만이 능비령의 계획을 반대했다.

(이계칠군 중 아직 적왕이 존재하고 있네. 자네가 법신검을 봉인시키더라도 적왕을 소멸시킨 뒤에 해야 하네.)

'적왕은 막 형님이 충분히 통제할 수 있습니다.'

능비령은 그 말을 끝으로 역대 전승자들이 머물러 있는 무의식의 영역에서 의식으로 이어지는 통로의 문을 닫기 시작했다.

(자네 정말……!)

역대 전승자들이 당황해서 소릴 질렀다.

이 순간, 능비령의 무의식 서 안쪽 깊숙한 곳에 숨어 있던 어떤 존재가 당황해 앞으로 뛰쳐나오기 시작했다. 역대 전승자들은 자신들도 모르고 있던 또 다른 존재에 대해 크게 놀라 서로를 바라보았다.

(뭐지?)

(설마 금왕의 자아가 아직까지 존재하고 있었단 말인가?)

(그럴 리가 없어. 금왕은 단지 광정을 만들어냈을 뿐 자아를 버렸다.)

꽈꽈꽈꽝!

머리 속에서 거대한 폭발이 일어난 듯한 충격 때문에 눈을 감고 햇살을 즐기고 있는 듯한 능비령의 몸이 풀쩍 뛰어올랐다.

능비령은 자신의 마음속으로 들어가 역대 전승자들을 차례로 격파하며 뛰쳐나오고 있는 금왕의 존재를 보았다. 그가 언제인가부터 품고 있던 법신검에 대한 의심이 확인되는 순간이었다.

금왕은 법신검 안에 숨어 있다가 능비령이 법신검을 영원히 봉인하겠다는 말을 하자 뛰쳐나오기 시작했는데 그 힘은 역대 전승자들로써 감당할 수 없는 수준이었다. 금왕은 역대 전승자들과 의식을 공유했기 때문에 전승자들의 모든 능력을 그 자신의 것으로 만든 상태였던 것이다.

금왕은 순식간에 마지막 전승자마저 가공스러운 능력으로 파괴시킨 뒤 곧바로 능비령에게 덮쳐 왔다.

원래는 능비령이 평생을 참오해서 얻은 깨달음과 수많은 기연을 만나 얻은 모든 무학들도 금왕과 공유해야만 했다. 하지만 능비령은 나류에서 수련할 때부터 마음의 통로를 차단했기 때문에 실제적으로 그의 수행은 그만의 것이었다.

양지 바른 담에 기대앉아 있는 능비령의 몸이 저절로 들썩이기 시작했다. 마음속에서의 싸움이 워낙 격렬해 몸까지 반응되고 있었던 것이다.

역대 전승자들의 모든 것을 공유하고 있는 금왕의 능력은 가히 어느 누구도 항거할 수 없는 수준이었다.

게다가 능비령으로서는 법신검의 힘을 내공으로 사용할 수가 없었다. 그 힘을 이미 금왕이 회수했기 때문이었다. 하지만 그에게는 이계 신공으로 심장에 쌓아둔 공력이 있었고, 그 공력은 이미 대자연의 기를 자신의 것으로 사용할 수 있는 경지였다.

천하의 어떤 힘이 있어 대자연의 힘을 능가하랴!

(아… 안 돼……!)

…툭!

마음속의 무엇이 끊어지는 느낌과 함께 마음속에서 소리치던 금왕의 목소리가 사라져 버렸다.

능비령은 무의식의 어둠 깊은 곳에 숨어 있다가 능비령의 계획을 눈치 채고 뛰쳐나오던 금왕의 자아를 닫아버렸다. 그리고 다시 그 봉인한 방법조차 기억에서 지워 버렸다. 금왕의 자아 역시 영원히 깨어나지 못하게 된 것이다.

"용의 권족들 중 가장 위험한 존재는 바로 금왕이었습니다. 그는 종족 간의 전쟁에서 살아남아 최후의 승리자가 되기 위해 오히려 자아를 버리고 광증을 남기는 연극을 했던 것입니다."

금왕에 의해 마음속에 있던 역대 전승자들이 모두 소멸되었지만 능비령은 마치 그들을 위해 들려주듯 차분히 입을 열었다.

"그는 계속 전승자들의 마음 깊은 곳에 숨어 있었습니다. 자신이 직접 나서지 않고 법신검을 전승한 우리들이 언제고 다른 용의 권족을 모두 소멸시킬 때를 기다리며 말입니다."

금왕을 봉인시킨 능비령이 눈을 뜨자 커다란 눈이 바로 그의 얼굴 앞에 있었다.

여교가 고개를 숙여 얼굴이 맞닿을 정도로 가까이 한 채 능비령을 뚫어지게 내려다보고 있었던 것이다.

"여기서 뭐 하고 있는 거예요? 눈을 감고 몸을 들썩거리지를 않나, 혼자 중얼거리지를 않나… 내가 얼마나 놀랐는지 알아요?"

"여교로구나."

"어? 이 땀 좀 봐! 도대체 가만히 앉아 있는 사람이 비 오듯 땀을 흘린 까닭이 뭐냐니까요?"

"무엇 때문에 날 찾아냈느냐? 난 사람들을 피해 혼자 여기 조용히 있고 싶단 말이다."

능비령이 짐짓 퉁명스럽게 입을 열었다.

여교가 수상쩍어하는 표정으로 능비령을 바라보다 한참 만에야 입을 열었다.

"손님이 왔어요."

"손님이라면 조금 전까지만 해도 지긋지긋하게 상대했어. 날 좀 내버려 두면 안 되겠느냐?"

"그게… 건곤철축의 문주라면서 반드시 만나야 한다고… 어? 저기 오네요."

여교가 한쪽을 보며 입을 다물었다.

능비령이 고개를 돌려보니 막능여가 성큼성큼 걸어오는 게 보였다.

"자네였나? 십승관 후계자 쟁탈전에서 결국 날 패자로 만든 게 말일세."

"그게 사실은……."

능비령이 더듬거리며 딴청을 했다.

막능여가 미소했다.

"천곤목의 배후에 천을계가 있다는 것을 얼마 전에야 간신히 알아냈네. 또 전대 대관주가 자네를 도왔다는 사실도 말일세."

"새 대관주는 곧 십승관을 해체할 것입니다. 막 형님의 의도도 그게 아니었습니까?"

"뭐, 이미 그 사실도 대충 알아냈네. 사실 난 십승관의 일 때문에 자넬 찾아온 게 아니네. 천을계의 대제전을 축하하기 위해 온 것도 아니고."

"그럼 전에 말씀하신 대로 술 한잔을 사라고 온 것입니까?"

능비령은 막능여가 십승관의 일에 대해 개의치 않는 것을 알고 마음이 편해져 짐짓 밝게 웃으며 말을 이었다.

"하지만 난 아직 흑화고와 혼인을 하지 않았으니 막 형님에게 술을 대접하기는 아직 이른데요?"

"아니야, 난 술을 얻어먹기 위해 온 것도 아니네. 내가 온 것은 자네를 죽이기 위해서일세."

"죽여요? 날 말입니까?"

능비령이 멍청히 막능여를 바라보았다. 막능여의 말투도 너무 태연해 그가 자신과 싸우러 왔다는 사실이 실감되지 않았다.

막능여가 미안하다는 표정을 한 채 입을 열었다.

"그게 말이야… 마누라 몸속에 들어 있는 혈왕인가 적왕인가 하는 그 친구는 이 다음에 마누라가 늙어 죽고 난 뒤에 소멸시키면 되지만 내가 평생 능 아우를 따라다닐 수는 없지 않은가!"

"그야 그렇지요."

"그래서 하는 말인데… 차라리 지금 죽어주게. 법신검 안에 숨어 있는 금왕을 소멸시키기 위해서는 그 방법밖에 없네."

"지금 그걸 말이라고 하십니까? 세상에 죽어달라고 죽어준 사람이 어디 있습니까! 그리고 내 몸에 있는 법신검은 이제 영원히 봉인된 상태라 걱정할 필요가 없단 말입니다."

"그게 정말인가? …뭐, 그렇다면 나도 내 손으로 능 아우를 죽이지 않게 되어 다행일 뿐이네."

능비령이 짐짓 입을 내밀고 투덜대자 막능여가 깜짝 놀라 새삼 능비령의 몸을 살펴보았다. 기를 뻗어 능비령의 몸을 훑어보았지만 과연 법신검의 기운은 느껴지지 않았다.

"기왕에 오셨으니 대제전까지 쉴 방은 드리겠습니다만 그 대신 술은 단 한 방울도 주지 않을 겁니다. 날 죽이겠다고 설친 사람에게 술까지 내줄 아량은 없으니까요."

"어이쿠! 그건 곤란하네."

막능여가 짐짓 큰일 났다는 듯 너스레를 떨었다.

능비령이 대소를 터뜨렸다.

…지금 나와 함께 정극풍천에 가자고 한 거야?

―그래. 흑화고의 몸에 심어져 있는 귀속박주를 풀어내야 하잖아.

멍청이! 귀찮게 정극풍천까지 갈 필요가 뭐 있어? 귀속박주 정도는 법신검의 힘으로 얼마든지 풀어낼 수 있단 말이야.

―그게… 사실은 법신검을 봉인시켰어.

봉인시키다니……?

―그럴 일이 있었어. 이제 법신검은 존재하지 않아.

혹시 나와 여행하고 싶어서 일부러 법신검을 봉인시킨 건 아니고?

―끄응……!

아무튼 잘했어. 뭐 해! 서두르지 않고. 정극풍천까지 가려면 이것저것 준비할 게 많아.

〈완결〉

김해수 판타지 장편 소설

# | 운명의 업 |

### 판타지는 살아 있다!

무한한 상상력이 빚어낸 환상의 세계, Fantasy World!
도전과 모험, 사랑과 숙명이 치열함을 뽐내는 무대!
그 무대 위에 새롭게 우뚝 서게 될 『운명의 업』.
가혹한 운명, 화끈한 모험 속에 누리는 유쾌한 삶!

### 판타지가 보여줄 수 있는 극한적 환상의 세계가 펼쳐진다.

정원용 판타지 장편 소설

# | 더위저드 |

### 사랑을 위하여! 독립을 위하여!
### 100만 골드를 쟁취하라!

파산 위기에 몰린 대마법사 스승을 위해,
…라기보다 스승에게서 독립하여 잘 살아보기 위해,
그에게는 쟁취하지 않으면 안 될 필수 생존 아이템이 있다.
명예와 사랑, 독립을 위한 필수품! 1,000,000 골드!
너무나 인간적인, 그래서 더욱 치열한 마법사의 삶이 여기 있다!

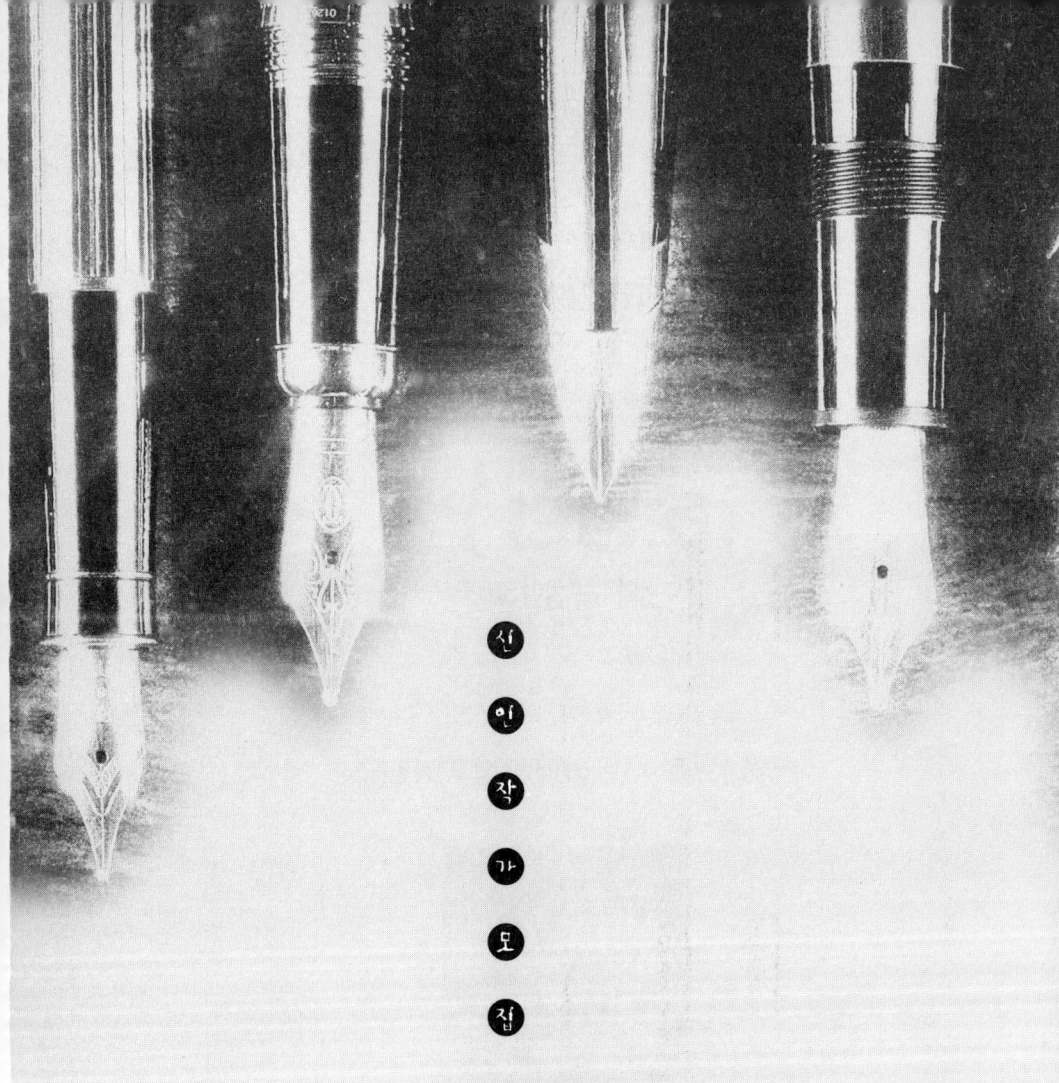